T0282980

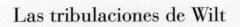

Las tribulaciones de Wilt

Tom Sharpe

Las tribulaciones de Wilt

Traducción de Marisol de Mora

EDITORIAL ANAGRAMA

BARCELONA

Título de la edición original:
The Wilt Alternative
Martin Secker & Warburg
Londres, 1979

Ilustración: © Maria Corte

Primera edición en «Contraseñas»: marzo 1988
Primera edición en «Compactos»: noviembre 1993
Segunda edición en «Compactos»: noviembre 1997
Tercera edición en «Compactos»: enero 2000
Cuarta edición en «Compactos»: mayo 2002
Quinta edición en «Compactos»: mayo 2007
Sexta edición en «Compactos»: noviembre 2016
Séptima edición en «Compactos»: junio 2024

Diseño de la colección: Julio Vivas y Estudio A

© EDITORIAL ANAGRAMA, S. A., 1988
    Pau Claris, 172
    08037 Barcelona

ISBN: 978-84-339-2437-7
Depósito legal: B. 3127-2024

Printed in Spain

Liberdúplex, S. L. U., ctra. BV 2249, km 7,4 - Polígono Torrentfondo
08791 Sant Llorenç d'Hortons

A Bill y Tina Baker

1

Era la semana de inscripción en la Escuela Técnica.[1] Henry Wilt estaba sentado a una mesa del Aula 467 y observaba, fingiendo interés, la cara de la ansiosa mujer que se encontraba frente a él.

–Bien, hay una plaza vacante en Lectura Rápida los lunes por la tarde –dijo–. Si quisiera usted simplemente llenar este formulario... –señaló vagamente en dirección a la ventana, pero la mujer no estaba dispuesta a dejarse engañar.

–Me gustaría saber algo más acerca del curso. Quiero decir que eso ayuda, ¿no?

–¿Ayudar? –dijo Wilt, resistiéndose a permitir que le arrastrase a compartir su entusiasmo por el perfeccionamiento personal–. Eso depende de lo que usted entienda por ayudar.

–Mi problema ha sido siempre que soy una lectora tan lenta que, para cuando he terminado un libro, ya no puedo recordar de qué trataba el comienzo –dijo la mujer–. Mi esposo dice que soy prácticamente analfabeta.

Sonrió con desamparo, sugiriendo un matrimonio a punto de romperse que Wilt podía salvar, animándola a pasar los lunes por la tarde fuera de casa y el resto de la semana leyendo libros rápida-

1. Se trata del Fenland College of Arts and Technology. Véase *Wilt.* (N. de la T.)

mente. Wilt dudaba de la eficacia de esa terapia, y trató de pasar a algún otro el fardo de aconsejarla.

–Quizá sería mejor que se inscribiese en Apreciación Literaria –sugirió.

–Ya lo hice el año pasado, y Mr. Fogerty fue maravilloso. Dijo que yo tenía una sensibilidad potentísima.

Reprimiendo el impulso de decirle que la noción de potencia de Mr. Fogerty no tenía nada que ver con la literatura, pues era de índole más bien física (aunque para él constituía un misterio lo que Fogerty podía haber visto en esa criatura tan deprimida y formal), Wilt se rindió.

–El propósito de la Lectura Rápida –dijo, comenzando con la palabrería– es mejorar su capacidad de lectura, tanto en velocidad como en retención de lo que se ha leído. Descubrirá que se concentra más cuanto más rápido avance y que...

Continuó durante cinco minutos soltando el discurso que se había aprendido de memoria en cuatro años de matricular potenciales Lectores Rápidos. Frente a él, la mujer cambió visiblemente. Eso era lo que había venido a escuchar, el evangelio de las clases nocturnas de perfeccionamiento. Cuando Wilt concluyó y ella hubo cumplimentado el formulario, se veía que estaba mucho más animada.

A Wilt en cambio, se le veía menos animado. Permaneció sentado lo que quedaba de las dos horas, escuchando conversaciones similares en las otras mesas y preguntándose cómo demonios se las arreglaba Bill Paschendaele para mantener su fervor proselitista después de veinte años de recomendar la Introducción a la Subcultura Fenland. El tipo brillaba literalmente de entusiasmo. Wilt se estremeció y matriculó a seis Lectores Rápidos más, con una falta de interés que estaba calculada para desanimar a todos salvo a los más fanáticos. En los intervalos daba gracias a Dios por no tener que seguir dando clases sobre ese tema y no estar allí más que para conducir las ovejas al redil. Como jefe de Estudios Liberales, Wilt había superado las Clases Nocturnas para entrar en el reino de los horarios, los comités, los memorandos, el preguntarse cuál de los miembros de su personal iba a ser el próximo en sufrir una crisis nerviosa, y las lecciones ocasionales a los Estudiantes Extranjeros. Esto último tenía que agradecérselo a Mayfield.

Mientras el resto de la Escuela se había visto muy afectada por los recortes financieros, los Estudiantes Extranjeros pagaban, y el doctor Mayfield, ahora director de Desarrollo Académico, había creado un imperio de árabes, suecos, alemanes, sudamericanos e incluso japoneses que iban de un aula a otra, tratando de comprender la lengua inglesa y, más difícil todavía, la cultura y costumbres inglesas; un popurrí de lecciones que llevaban el título de Inglés Avanzado para Extranjeros. La contribución de Wilt era una conferencia semanal sobre la Vida Familiar Británica, que le proporcionaba la oportunidad de hablar de su propia vida familiar con una libertad y franqueza que hubiera puesto furiosa a Eva y avergonzado al propio Wilt, si no hubiera sabido que sus alumnos carecían de la perspicacia necesaria para comprender lo que les estaba diciendo. La discrepancia entre la apariencia de Wilt y los hechos había desconcertado incluso a sus más íntimos amigos. Frente a ochenta extranjeros, tenía asegurado el anonimato. Tenía asegurado el anonimato y nada más. Sentado en el Aula 467, Wilt podía matar el tiempo especulando sobre las ironías de la vida.

En todas las salas, en todos los pisos, en los departamentos de toda la Escuela, había profesores sentados a las mesas, gente que hacía preguntas, recibía respuestas atentas y, finalmente, llenaba formularios que aseguraban a los profesores que conservarían su trabajo al menos un año más. Wilt conservaría el suyo para siempre. Los Estudios Liberales no podían desaparecer por falta de alumnos. La Ley de educación lo había previsto. Los aprendices en formación debían tener su hora semanal de opiniones progresistas tanto si querían como si no. Wilt estaba a salvo y, si no hubiera sido por el aburrimiento, habría sido un hombre feliz. Por el aburrimiento y por Eva.

No es que Eva fuese aburrida. Ahora que tenía que cuidar a las cuatrillizas, el entusiasmo de Eva Wilt se había ampliado hasta incluir toda «Alternativa» de la que iba teniendo noticia. La Medicina

11

Alternativa alternaba con la Jardinería Alternativa, la Nutrición Alternativa e incluso diversas Religiones Alternativas, de tal manera que, al volver a casa tras la diaria rutina sin opciones de la Escuela, Wilt nunca podía estar seguro de lo que le esperaba, excepto que no era lo de la noche anterior. Casi la única constante era el estrépito organizado por las cuatrillizas. Las cuatro hijas de Wilt habían salido a su madre. Allí donde Eva era entusiasta y enérgica, ellas eran inagotables y cuadriplicaban sus múltiples entusiasmos. Para no llegar a casa antes que estuvieran acostadas, Wilt había adoptado la costumbre de ir y volver de la Escuela andando, y era resueltamente displicente respecto al uso del coche. Para aumentar sus problemas, Eva había heredado un legado de una tía y, como el salario de Wilt se había duplicado, se habían trasladado de Parkview Avenue a Willington Road y a una gran casa con un gran jardín. Los Wilt habían ascendido en la escala social. Lo cual no era una mejora, en opinión de Wilt, y había días en que añoraba los viejos tiempos, cuando los entusiasmos de Eva se veían ligeramente amortiguados por lo que podían pensar los vecinos. Ahora, como madre de cuatro hijas y señora de una mansión, ya no se preocupaba. Había cultivado una horrenda seguridad en sí misma.

Y así, al final de sus dos horas, Wilt llevó su lista de nuevos alumnos a la oficina y vagabundeó por los corredores del edificio de la administración, camino de las escaleras. Estaba bajándolas, cuando Peter Braintree se reunió con él.

—Acabo de matricular a quince marineros de agua dulce en Navegación Náutica. ¿Qué te parece eso? Este curso va a ser movidito.

—Mañana sí que será movidita la maldita reunión del claustro de profesores de Mayfield —dijo Wilt—. Lo de esta tarde no ha sido nada. He tratado de disuadir a varias insistentes mujeres y cuatro jóvenes granujientos de que se inscribieran en Lectura Rápida, y he fracasado. Me pregunto por qué no damos un curso sobre la manera de resolver el crucigrama del *Times* en quince minutos exactos. Eso probablemente potenciaría mucho más su confianza que batir el récord de velocidad en *El paraíso perdido*.

Bajaron las escaleras y cruzaron el hall, donde Miss Pansak estaba todavía matriculando en Badminton para Principiantes.

–Me produce una sed de cerveza terrible –dijo Braintree. Wilt asintió. Cualquier cosa con tal de retrasar la vuelta a casa. Fuera todavía estaban llegando rezagados y había muchos coches aparcados en Post Road.

–¿Qué tal lo pasaste en Francia? –preguntó Braintree.

–Lo pasé como era de esperar, con Eva y las crías en una tienda. Nos pidieron que nos fuéramos del primer camping cuando Samantha soltó los tirantes de dos de las tiendas. No hubiese sido tan grave si la mujer que estaba dentro de una de ellas no hubiese tenido asma. Eso fue en el Loira. En La Vendée nos instalamos junto a un alemán que había combatido en el frente ruso y que sufría neurosis de guerra. No sé si alguna vez te habrá despertado en medio de la noche un hombre gritando *Flammenwerfern*, pero puedo asegurarte que es enervante. Esa vez nos mudamos sin que nos lo pidieran.

–Yo creí que ibais a la Dordoña. Eva le dijo a Betty que había estado leyendo un libro acerca de tres ríos y que era absolutamente apasionante.

–La lectura puede haberlo sido, pero los ríos no lo eran –dijo Wilt–, por lo menos los que vimos nosotros. Llovía y, naturalmente, Eva se empeñó en colocar la tienda sobre lo que resultó ser un afluente. Ya era bastante difícil levantar el trasto cuando estaba seco, pero sacarlo en medio de una tromba de agua, sobre cien metros de zarzales, a las doce de la noche, cuando esa tienda de mierda estaba chorreando...

Wilt se interrumpió. El recuerdo le resultaba insoportable.

–Y supongo que seguiría lloviendo –dijo Braintree con simpatía–. Ésa ha sido nuestra experiencia en todos los casos.

–Así fue –dijo Wilt–. Durante cinco días enteros. Después de eso nos trasladamos a un hotel.

–Lo mejor que podíais hacer. Al menos hay comida decente y se puede dormir cómodamente.

13

—Tú quizá puedas. Nosotros no. No pudimos porque Samantha se hizo caca en el bidet. Yo me preguntaba qué era aquella peste, alrededor de las dos de la madrugada. Dejémoslo y hablemos de algo civilizado.

Entraron en el Gato por Liebre y pidieron dos jarras.

—Por supuesto que los hombres son egoístas —dijo Mavis Mottram mientras ella y Eva estaban sentadas en la cocina en Willington Road—. Patrick casi nunca llega a casa hasta después de las ocho, y siempre se excusa con lo de la Universidad Abierta. No es nada de eso, o si lo es, se trata de alguna estudiante divorciada que desea un coito extra. No es que me importe, a estas alturas. La otra noche le dije: «Si quieres hacer el tonto corriendo detrás de otras mujeres es asunto tuyo; pero no creas que voy a aceptarlo tumbada a la bartola. Tú puedes montártelo como quieras, que yo también lo haré.»

—¿Qué dijo él a eso? —preguntó Eva, probando la plancha y comenzando con los vestidos de las cuatrillizas.

—Oh, sólo algo estúpido acerca de que él tampoco había pensado hacerlo de pie. Los hombres son tan groseros. No me explico por qué nos preocupamos por ellos.

—A veces desearía que Henry fuera un poco más grosero —dijo Eva, pensativa—. Siempre ha sido letárgico, pero ahora dice que está demasiado cansado porque va andando a la Escuela cada día. Son nueve kilómetros, así que supongo que debe estarlo.

—Puedo imaginarme otra razón —dijo Mavis amargamente—. Desconfía de las aguas mansas...

—Con Henry no. Yo lo sabría. Además, desde que nacieron las cuatrillizas ha estado muy pensativo.

—Sí, pero ¿acerca de qué ha estado pensativo? Eso es lo que tienes que preguntarte, Eva.

—Quiero decir que ha sido considerado conmigo. Se levanta a las siete y me trae el té a la cama y por la noche siempre me prepara Horlicks.

—Si Patrick comenzara a comportarse así, a mí me parecería muy sospechoso —dijo Mavis—. No me suena como algo natural.

14

—¿Verdad que no? Pero Henry es así. Es realmente amable. El único problema es que no es muy dominante. Dice que eso será porque está rodeado por cinco mujeres y él es de los que sabe cuándo está perdido.

—Si sigues adelante con el plan de la chica *au pair,* serán seis —dijo Mavis.

—Irmgard no es exactamente una chica *au pair.* Alquila el piso de arriba y dice que ayudará en la casa siempre que pueda.

—Lo cual, si la experiencia de los Everard con la finlandesa sirve de algo, será nunca. Se quedaba en la cama hasta las doce y prácticamente se les comió todo lo que había en casa.

—Los finlandeses son distintos —dijo Eva—, Irmgard es alemana. La conocí en una reunión de protesta en contra del Mundial argentino, en casa de los Van Donken. Ya sabes que consiguieron casi ciento veinte libras para los tupamaros torturados.

—No sabía que aún quedaran tupamaros en Argentina. Yo creía que el ejército los había matado a todos.

—Éstos son los que escaparon —dijo Eva—. En cualquier caso, allí conocí a Miss Müller, y mencioné que tenía el ático libre, y ella estaba tan ansiosa por quedárselo. Se hará ella misma todas sus comidas y demás.

—¿Demás? ¿Le preguntaste en qué otras cosas había pensado?

—Bueno, no exactamente, pero dice que quiere estudiar mucho y que es una adicta de la forma física.

—¿Y qué dice Henry de ella? —preguntó Mavis aproximándose más a lo que realmente la preocupaba.

—No se lo he contado todavía. Ya sabes cómo es cuando se trata de tener extraños en casa, pero creo que si ella permanece en su piso, y por las noches se mantiene lejos de su camino...

—Querida Eva —dijo Mavis con liberal sinceridad—, sé que esto no es asunto mío, pero ¿no estás tentando un poquito al destino?

—No veo cómo. Quiero decir que es un arreglo buenísimo. Ella puede cuidar de las niñas cuando queramos salir. Además, la casa es demasiado grande para nosotros y nadie sube nunca a esa planta.

—Pero subirán cuando ella viva allí. Ya verás, habrá todo tipo de gente circulando por la casa, y seguro que tendrá tocadiscos. Todas lo tienen.

—Aunque lo tenga, no lo oiremos. He encargado esteras de junco en Soales, y el otro día subí con un transistor y casi no se oye nada.

—Bueno, es asunto tuyo, querida, pero si yo tuviera una chica *au pair* en casa, con Patrick circulando por ahí, preferiría oír algo.

—Creí que le habías dicho a Patrick que hiciese lo que quisiera.

—No dije que lo hiciera en casa —dijo Mavis—. Puede hacer lo que quiera en cualquier otro sitio, pero si alguna vez le pillo jugando al Casanova en casa, lo lamentará el resto de su vida.

—Bueno, Henry es diferente. Creo que ni siquiera se dará cuenta de su presencia —dijo Eva complacida—. Le he dicho a ella que él es muy tranquilo y amante del hogar, y ella dice que lo único que quiere es paz y tranquilidad, también.

Con el secreto pensamiento de que la señorita Irmgard Müller iba a encontrar la vida en casa de Eva y las cuatrillizas cualquier cosa menos pacífica y tranquila, Mavis terminó su café y se levantó para marcharse.

—En todo caso, yo no le quitaría la vista de encima a Henry —dijo—. Puede que sea diferente, pero yo no confiaría en ningún hombre desde el momento en que sale del alcance de mi vista. Y mi experiencia con las estudiantes extranjeras es que vienen para hacer muchas cosas más que aprender la lengua inglesa.

Salió hacia su coche y, mientras conducía hasta casa, se preguntó qué era lo que hacía tan siniestra la simpleza de Eva. Los Wilt eran una pareja extraña, pero desde que se trasladaron a Willington Road el dominio de Mavis Mottran había disminuido. Los días en que Eva era su protegida en el arreglo de flores habían pasado, y Mavis estaba francamente celosa. Por otra parte, Willington Road estaba decididamente en uno de los mejores barrios de Ipford, y conocer a los Wilt podía proporcionar ventajas sociales.

En la esquina de Regal Gardens sus faros iluminaron a Wilt, que caminaba lentamente hacia casa, y le llamó. Pero él estaba sumido en profundos pensamientos y no la oyó.

Como de costumbre, los pensamientos de Wilt eran negros y misteriosos, y la circunstancia de no entender por qué le acuciaban los hacía aún más negros y misteriosos. Tenían que ver con extrañas fantasías violentas que fluían en su interior, con insatisfacciones que sólo en parte podían explicarse por su trabajo, su matrimonio con una dinamo humana o el desagrado que le producía la atmósfera de Willington Road, donde todos eran gente importante en física de alta energía o en conductividad a baja temperatura y ganaban más dinero que él. Y tras todos estos explicables motivos estaba el sentimiento de que su vida carecía en general de significado, y que más allá de lo personal había un universo caótico, aleatorio, dotado sin embargo de una coherencia sobrenatural que él nunca llegaría a comprender. Wilt especulaba con la paradoja del progreso material y la decadencia espiritual y, como de costumbre, no llegó a ninguna conclusión, si exceptuamos que la cerveza con el estómago vacío le sentaba mal. Era un consuelo que Eva estuviera ahora dedicada a la Jardinería Alternativa, porque hacía previsible que le preparase una buena cena y que las cuatrillizas estuvieran profundamente dormidas. Si por lo menos los pequeños monstruos no se despertaran durante la noche. Wilt había tenido ya su ración completa de sueño interrumpido en los primeros tiempos de amamantamiento y de calentar biberones. Aquellos días habían pasado, y ahora, aparte de los ocasionales ataques de sonambulismo de Samantha y del problema de vejiga de Penelope, sus noches eran tranquilas. De modo que se apresuró, siguiendo los árboles alineados de Willington Road, y fue recibido por el aroma de la cacerola en la cocina. Wilt se sintió relativamente animado.

2

A la mañana siguiente salió de casa con un talante mucho más decaído. «Aquel guiso debía haberme alertado de que ella tenía algún funesto mensaje que transmitir», murmuraba mientras se dirigía a la Escuela. Y el anuncio de Eva, a saber, que había encontrado una inquilina para el piso de arriba, había sido realmente funesto. Wilt había estado alerta a esa posibilidad desde el momento mismo de comprar la casa, pero los entusiasmos inmediatos de Eva –la jardinería, el herbalismo, las guarderías progresistas para las cuatrillizas, la redecoración de la casa y el diseño de la cocina fundamental– habían aplazado cualquier decisión acerca del piso de arriba. Wilt tuvo la esperanza de que el asunto se olvidara. Ahora que ella había dispuesto de las habitaciones sin siquiera molestarse en decírselo, Wilt se sentía muy ofendido. Peor aún, ella le había entontecido con el señuelo de aquel espléndido estofado. Cuando Eva se ponía a cocinar lo hacía bien, y Wilt se acabó su segunda ración y una botella de su mejor borgoña español antes de que ella le anunciase este último desastre. A Wilt le había costado varios segundos concentrarse en el problema.

–¿Has hecho qué? –dijo.

–Se lo he cedido a una joven alemana muy agradable –dijo Eva–. Va a pagar quince libras a la semana y promete hacer muy poco ruido. Ni siquiera te darás cuenta de su presencia.

—Maldita sea. Claro que me daré cuenta. Tendrá amantes que se pasearán arriba y abajo por las escaleras en lasciva procesión todas las noches, y la casa apestará a *sauerkraut*.

—No, señor. Hay un extractor en la cocinita de arriba y ella puede tener amigos, siempre que se comporten correctamente.

—¡Correctamente! Enséñame a un noviete que se comporte correctamente y yo te enseñaré un camello con cuatro jorobas...

—Se llaman dromedarios —dijo Eva utilizando la táctica de la información embrollada que usualmente distraía a Wilt y le obligaba a corregirla. Pero Wilt estaba ya demasiado distraído para molestarse.

—No, no se llaman dromedarios. Se llaman jodidos extraños, y por una vez estoy empleando la palabra jodidos con propiedad. Y si piensas que tengo la intención de pasarme las noches escuchando desde la cama a algún puñetero latino probar su virilidad mediante la imitación del Popocatepetl en erupción sobre un colchón de muelles, a pocos metros sobre mi cabeza...

—Un Dunlopillo —dijo Eva—. Nunca te enteras de las cosas.

—Oh, sí que me entero —rugió Wilt—. Sabía que esto estaba preparándose desde el momento mismo en que tu maldita tía tuvo que morirse y dejarte una herencia, y tú tuviste que comprar este hotel en miniatura. Ya sabía yo que tendrías que convertirlo en una estúpida comuna.

—No es una comuna, y de todos modos Mavis dice que la familia extendida era una de las buenas cosas de antaño.

—Desde luego, Mavis no debe de ignorar nada sobre las familias extendidas. Patrick no hace más que extender la suya en las casas de los demás.

—Mavis le ha lanzado un ultimátum —dijo Eva—. No va a aguantar eso más tiempo.

—Y yo te estoy lanzando un ultimátum a ti —dijo Wilt—. Un chirrido de muelles, una bocanada de porro, un rasgueo de guitarra, una risita en las escaleras, y yo voy a extender esta familia buscándome un hogar en la ciudad hasta que Miss Schickelgruber se haya largado.

—Su nombre no es Schickeloquesea, es Müller, Irmgard Müller.

—Ése era también el nombre de uno de los más temibles *Obergruppenführers* de Hitler. Lo que estoy diciendo es...

—Lo que te pasa es que estás celoso —dijo Eva—. Si fueras un hombre de verdad y no hubieras tenido problemas sexuales a causa de tus padres, no te pondrías de esa manera por lo que otras personas hacen.

Wilt la contempló tristemente. Siempre que Eva quería apabullarle, lanzaba una ofensiva sexual. Wilt se retiró a la cama, derrotado. Las discusiones sobre sus deficiencias sexuales tendían a acabar con la obligación de demostrar a Eva su error de manera práctica, y, después de ese estofado, no se sentía con fuerzas.

Tampoco se sentía con muchas fuerzas a la mañana siguiente, cuando llegó a la Escuela. Las cuatrillizas habían librado su usual guerra fratricida acerca de quién iba a ponerse qué ropa antes de que fuesen arrastradas a la guardería, y había aparecido otra carta de Lord Longford en el *Times* pidiendo la puesta en libertad de Myra Hindley, la asesina de los Moors, sobre la base de que ahora estaba completamente reformada y era una cristiana convencida y una ciudadana socialmente valiosa. «En ese caso, podría probar su calidad social y su caridad cristiana quedándose en la cárcel para ayudar a sus compañeras convictas», había sido la furiosa reacción de Wilt. Las otras noticias eran igual de deprimentes. La inflación subía de nuevo. La libra bajaba. El gas del Mar del Norte se agotaría en cinco años. El mundo era el mismo inmundo revoltijo de siempre y, por si fuera poco, ahora tenía que escuchar al doctor Mayfield glorificar las virtudes del Curso Avanzado de Inglés para Extranjeros durante varias horas intolerablemente aburridas, antes de lidiar con las quejas de sus colegas de Estudios Liberales sobre la forma en que había confeccionado el horario.

Una de las peores cosas del cargo de director de los Estudios Liberales era que tenía que pasar gran parte de sus vacaciones de verano asignando clases a las aulas y profesores a las clases, y cuando había terminado y derrotado al director de Arte, que quería el Aula 607 para sus Estudios del Natural mientras Wilt la necesitaba para Carne III, todavía tenía que afrontar la bronca del comienzo de curso y reajustar el horario, ya que Mrs. Fyfe no podía encargarse el martes a las dos de DMT I porque su esposo... En estas ocasiones era cuando Wilt añoraba no seguir explicando *El señor de las moscas* a los instaladores de gas, en lugar de dirigir el departamento. Pero su sueldo era bueno, los impuestos sobre Willington Road eran exorbitantes y durante el resto del año podría pasar la mayor parte de tiempo sentado en su oficina, soñando.

También podía asistir a la mayor parte de las reuniones del comité en estado de coma, pero la que presidía el doctor Mayfield era la única excepción. Wilt tenía que permanecer despierto para impedir que Mayfield le cargara con varias lecciones más en su ausencia relativa. Además, el doctor Board querría comenzar el curso con una bronca.

Así fue. Mayfield no había hecho más que comenzar a señalar la necesidad de un currículum más orientado a los estudiantes con especial énfasis en la información socioeconómica cuando intervino el doctor Board.

–Hay que joderse –dijo–. El trabajo de mi departamento consiste en enseñar a estudiantes ingleses a hablar alemán, francés, español e italiano, y no en explicar los orígenes de sus propias lenguas a todo un lote de extranjeros, y en cuanto a la información socioeconómica, sugiero que el doctor Mayfield tiene sus prioridades equivocadas. Si tuviéramos que guiarnos por los árabes que tuve el año pasado, económicamente estaban informados al máximo acerca del poder adquisitivo del petróleo y, en cambio, socialmente estaban tan atrasados que harían falta trescientos años de cursos para persuadir a esos maricones de que lapidar mujeres infieles no es lo mismo que jugar al cricket. Quizá si tuviéramos trescientos años...

–Doctor Board, esta reunión es la que va a durar trescientos años si continúa usted interrumpiendo –dijo el subdirector–. Ahora, si el doctor Mayfield quisiera continuar...

El director de Desarrollo Académico continuó durante otra hora, y estaba dispuesto a continuar la mañana entera cuando el director de Ingeniería objetó.

–Observo que varios miembros de mi personal tienen asignadas lecciones sobre Realizaciones de la Ingeniería Británica en el siglo XIX. Me gustaría informar al doctor Mayfield y a esta asamblea que los miembros de mi departamento son ingenieros, no historiadores, y francamente no veo razón alguna por la que se les exija dar lecciones sobre temas fuera de su área.

–Bravo, bravo –dijo el doctor Board.

–Es más, me gustaría que se me informara por qué se pone tanto énfasis en un curso para extranjeros, a expensas de nuestros estudiantes británicos.

–Creo que puedo contestar a eso –dijo el subdirector–. Gracias a las restricciones que nos han impuesto las autoridades locales, nos hemos visto forzados a subvencionar nuestros cursos gratuitos y a los miembros de nuestro personal por medio de la ampliación al sector de extranjeros, en el que los estudiantes pagan sustanciosas matrículas. Si quieren conocer las cifras de los beneficios que obtuvimos el año pasado...

Pero nadie aprovechó la invitación. Incluso el doctor Board se quedó momentáneamente silencioso.

–Hasta el momento en que la situación económica mejore –continuó el subdirector–, muchos profesores sólo conservarán su trabajo porque estamos haciendo este curso. Es más, podríamos ampliar el Inglés Avanzado para Extranjeros a un curso con diploma aprobado por el Ministerio. Creo que estarán de acuerdo conmigo en que cualquier cosa que aumente nuestras oportunidades de convertirnos en Politécnico será ventajosa para todos. –El subdirector se interrumpió y miró a su alrededor, pero nadie dijo una palabra–. En ese caso, lo único que queda por hacer es que el doctor Mayfield asigne las nuevas materias a los distintos directores de departamento.

El doctor Mayfield distribuyó unas listas fotocopiadas. Wilt estudió su nueva tarea y comprobó que incluía el Desarrollo de las

Actitudes Sociales Progresistas y Liberales en la Sociedad Inglesa, de 1668 a 1978, y estaba a punto de protestar cuando el director de Zoología se le adelantó.

—Veo aquí que se me asigna la Producción Animal y la Agricultura, con especial referencia a la Cría Intensiva de Cerdos, Gallinas y Ganado.

—El tema tiene valor ecológico...

—Y está orientado a los estudiantes —dijo el doctor Board—. Educación en Batería, o posiblemente Cría del Cerdo mediante Evaluación Continua. Quizás incluso podríamos dar un curso sobre Preparación del Estiércol.

—Oh, no —dijo Wilt con un estremecimiento. El doctor Board lo contempló con interés.

—¿Su fantástica esposa? —preguntó.

Wilt asintió dolorosamente.

—Sí, ha comenzado con eso...

—Si solamente pudiera volver a mi objeción original en lugar de escuchar los problemas matrimoniales de Wilt —dijo el director de Zoología—. Quisiera dejar absolutamente claro desde ahora que no estoy cualificado para enseñar Producción Animal. Soy un zoólogo y no un granjero, y lo que sé sobre cría de ganado es cero.

—Debemos ampliar nuestros conocimientos —dijo el doctor Board—; después de todo, si vamos a adquirir el dudoso privilegio de autodenominarnos Politécnico, deberíamos anteponer el Colegio a nuestros intereses personales.

—Quizá usted no ha visto lo que tiene que enseñar, Board —continuó el de Zoología—. Influencias Seménticas..., ¿no debería decir Semánticas, Mayfield?

—Debe de ser un error de mecanografía —dijo Mayfield—. Sí, debería decir Influencias Semánticas sobre las Teorías Sociológicas Actuales. La bibliografía incluye a Wittgenstein, Chomsky y Wilkes...

—A mí no me incluye —dijo Board—. Pueden ustedes borrarme de la lista. No me importa descender al nivel de escuela primaria, pero no pienso desfigurar a Wittgenstein ni a Chomsky en beneficio de nadie.

—Bueno, pues entonces no me diga a mí que tengo que ampliar mis conocimientos —dijo el director de Zoología—. Yo no entro en un aula llena de musulmanes a explicar, ni siquiera con mi limitado conocimiento del tema, las ventajas de la cría de cerdos en el golfo Pérsico.

—Caballeros, aunque reconozco que son necesarias una o dos correcciones de menor cuantía a los títulos de los cursos, creo que podrían imprimirse...

—Suprimirse, más bien —dijo el doctor Board.

El subdirector ignoró su interrupción:

—Y lo más importante es mantener los cursos en su formato presente, pero presentarlos a un nivel adecuado a los estudiantes en cada caso.

—De todos modos, no pienso mencionar a los cerdos —dijo el de Zoología.

—No tiene por qué hacerlo. Puede usted dar una serie de charlas elementales sobre plantas —dijo el subdirector, agotado.

—Estupendo, ¿y puede decirme alguien, en nombre de Dios, cómo puedo yo dar una charla elemental sobre Wittgenstein? El año pasado tuve a un iraquí que no era capaz de deletrear su propio nombre, así que ya me dirán qué va a hacer el pobre tipo con Wittgenstein —dijo el doctor Board.

—Y si me permiten introducir un nuevo tema —dijo, bastante tímidamente, un profesor del departamento de Inglés—, creo que vamos a tener algo así como un problema de comunicación con los dieciocho japoneses y ese joven del Tíbet.

—Oh, ciertamente —dijo el doctor Mayfield—, un problema de comunicación. Podríamos también añadir una o dos conferencias sobre Discurso Intercomunicacional. Es el tipo de tema que puede llamar la atención del Consejo de los Premios Académicos Nacionales.

—Puede que les llame la atención a ellos, pero a mí no —dijo Board—. Siempre he dicho que son la vergüenza del mundo académico.

24

—Sí, ya le hemos oído extenderse sobre ese tema —dijo el subdirector—. Y ahora volvamos a los japoneses y al joven tibetano. Dijo usted tibetano, ¿no?

—Bueno, eso dije, pero no puedo estar demasiado seguro —respondió el profesor de Inglés—. A eso me refería cuando hablaba de un problema de comunicación. Ese alumno no habla una palabra de inglés, y mi tibetano no es precisamente fluido. Lo mismo sucede con los japoneses.

El subdirector miró a su alrededor:

—¿Supongo que es mucho esperar que alguien aquí tenga una ligera idea de japonés?

—Yo sé un poco —dijo el director de Arte—, pero no tengo la menor intención de servirme de él. Si se hubiera pasado usted cuatro años en un campo de prisioneros de guerra nipón, la última cosa que querría en su vida es tener que volver a hablar con esos bastardos. Mi sistema digestivo todavía no se ha repuesto.

—En lugar de eso quizá podría ser usted el tutor de los estudiantes chinos. El Tíbet es parte de China ahora, y si le ponemos junto a las cuatro chicas de Hong Kong...

—Podríamos anunciar diplomas «lléveselo puesto» —dijo el doctor Board, y provocó otra acre discusión que duró hasta la hora de comer.

Wilt volvió a su oficina para encontrarse con que Mrs. Fyfe no podía ocuparse de los Mecánicos Técnicos de los martes a las dos porque su esposo... Era exactamente lo que Wilt había previsto. El curso de la Escuela había comenzado como siempre. Continuó con la misma tónica penosa los siguientes cuatro días. Wilt asistió a reuniones acerca de la Colaboración Interdepartamental; dio un seminario a profesores en formación de la escuela normal local sobre El Significado de los Estudios Liberales, lo cual, en lo que a él respecta, era una contradicción en los términos; recibió una conferencia del sargento de la brigada de estupefacientes sobre reconocimiento de plantas de marihuana y adicción a la heroína, y finalmente se las arregló para colocar a Mrs. Fyfe en el Aula 29 los lunes a las 10 de la mañana, con Pan II, y durante todo ese tiempo le estuvo dando vueltas al tema de Eva y su maldita inquilina.

Mientras Wilt estaba ocupado, aunque sin pasión, en la Escuela, Eva ponía en marcha sus planes de manera implacable. Miss Müller llegó dos mañanas después y se instaló discretamente en el piso; tan discretamente que a Wilt le costó otros dos días darse cuenta de que estaba allí, y sólo porque la entrega de nueve botellas de leche donde antes solía haber ocho le puso sobre la pista. Wilt no dijo nada, pero esperó al primer indicio de animación en el piso de arriba para lanzar su contraofensiva de quejas.

Pero Miss Müller hizo honor a la promesa de Eva. Era extraordinariamente silenciosa, llegaba sin molestar cuando Wilt todavía estaba en la Escuela, y se marchaba por la mañana después que él hubiese comenzado su paseo diario. Pasados quince días comenzó a pensar que sus peores temores no estaban justificados. En cualquier caso, tenía que preparar sus lecciones para los estudiantes extranjeros, y el trimestre había comenzado por fin. La cuestión de la inquilina se diluía mientras trataba de pensar qué demonios decirles a los súbditos del Imperio de Mayfield, como lo llamaba el doctor Board, acerca de las Actividades Sociales Progresistas en la Sociedad Inglesa desde 1688. Si los instaladores de gas representaban un índice de ello, había habido una recesión, y no un desarrollo progresivo. Los hijos de puta se habían graduado en apalear homosexuales.

3

Pero si los temores de Wilt eran prematuros, no tardaron mucho en realizarse. Estaba sentado un sábado por la tarde en el Piagetory, pabellón de verano al final del jardín en el que Eva había intentado originalmente practicar juegos conceptuales con «las chiquititas», una frase que Wilt detestaba particularmente, cuando cayó la primera bomba.

No fue tanto una bomba como una revelación. El pabellón era un lugar agradablemente recóndito, entre viejos manzanos y con un emparrado de clemátides y rosas trepadoras que le escondían del resto del mundo, y también a Wilt de Eva, cuando aquél se dedicaba al consumo de cerveza de fabricación casera. Dentro había colgadas plantas secas. A Wilt no le gustaban las hierbas, pero las prefería en su forma colgante, más que en las horribles infusiones que a veces Eva trataba de endosarle, y parecían tener la ventaja adicional de mantener a distancia a las moscas del montón de estiércol. Podía sentarse allí mientras el sol salpicaba la hierba de alrededor y sentirse relativamente en paz con el mundo, y cuanta más cerveza bebía, mayor era la paz. Wilt estaba orgulloso de los efectos de su cerveza. La elaboraba en un cubo de la basura de plástico, y a veces la reforzaba con vodka antes de embotellarla en el garaje. Después de tres botellas, incluso el escándalo de las cuatrillizas remitía en cierto modo y llegaba a ser casi natural; un coro de lloriqueos, chillidos y risas, generalmente maliciosas, cuando alguna se caía del columpio, pero al menos distante. E incluso esa distracción estaba ausente aquella tarde. Eva se las había llevado al ballet con la esperanza de que un contacto precoz con Stravinsky convertiría a Samantha en una segunda Margot Fonteyn. Wilt tenía sus dudas acerca de Samantha y Stravinsky. En su opinión, el talento de su hija era más adecuado para la lucha libre, y el genio de Stravinsky estaba sobreestimado. Tenía que estarlo, si Eva lo aprobaba. Los gustos de Wilt iban más bien de Mozart a Mugsy Spanier, un eclecticismo que Eva no podía entender, pero que le permitía molestarla, pasando de una sonata para piano con la que ella estaba disfrutando, al jazz de los años veinte, que Eva detestaba.

En cualquier caso, aquella tarde no tenía necesidad de utilizar el magnetófono. Bastaba con sentarse en el pabellón de verano y saber que, aunque las cuatrillizas le despertasen a las cinco de la mañana siguiente, después podría quedarse en la cama hasta las diez. Estaba destapando justamente la cuarta botella de su cerveza reforzada, cuando su mirada captó una figura en el balcón de madera del dormitorio del piso de arriba. La mano de Wilt soltó la botella y un momento después tanteaba para alcanzar los gemelos que Eva había comprado para hacer de ornitóloga. Los enfocó sobre la figura a través de una brecha entre las rosas y se olvidó de la cerveza. Toda su atención estaba concentrada en Miss Irmgard Müller.

La joven estaba de pie, mirando al campo que había más allá de los árboles, y, desde donde estaba observándola, Wilt tenía una vista de sus piernas particularmente interesante. No se podía negar que eran unas piernas estupendas. De hecho, unas piernas asombrosamente bien hechas, y los muslos... Wilt se movió, encontró fascinantes sus pechos semiocultos bajo una blusa color crema, y finalmente llegó hasta su cara. Allí se quedó. No era que Irmgard —Miss Müller y esa maldita inquilina se convirtieron instantáneamente en nombres del pasado— fuese una joven atractiva. Wilt se había topado con jóvenes atractivas en la Escuela durante demasiados años, jóvenes que le habían lanzado miradas insinuantes y habían dejado las piernas distraídamente separadas, para no haber desarrollado suficientes anticuerpos sexuales con los que luchar contra sus encantos juveniles. Pero Irmgard no era juvenil. Era una mujer, una mujer de unos veintiocho años, una mujer guapísima con unas piernas extraordinarias, con pechos discretos y firmes, «no mancillados por la lactancia» fue la frase que surgió inmediatamente en la mente de Wilt, con caderas bien dibujadas, incluso las manos que agarraban la barandilla del balcón eran de algún modo delicadamente fuertes, con dedos afilados, ligeramente tostados como por el sol de medianoche. La mente de Wilt se perdió en metáforas sin significado, muy alejadas de los guantes de goma de Eva, de los pliegues de su vientre deteriorado por la maternidad, de las tetas que caían sobre sus fláccidas caderas, y toda la erosión física de veinte años de vida matrimonial. Se encontró brutalmente prendado de esa espléndida criatura, pero sobre todo de su cara.

El rostro de Irmgard no era simplemente bello. A pesar de la cerveza, Wilt habría podido resistir el magnetismo de la mera belleza. Lo que le derrotó fue la inteligencia de su rostro. De hecho, en aquella cara había imperfecciones, desde un punto de vista meramente físico. En primer lugar, era demasiado enérgica, la nariz era un poco respingona para resultar comercialmente perfecta, y la boca demasiado generosa, pero tenía personalidad. Era personal, inteligente, madura, sensible, reflexiva... Wilt renunció con desesperación a hacer la suma, y en eso estaba cuando le pareció que Irmgard dirigía sus dos ojos adorables hacia él, o al menos hacia sus gemelos, y que una sonrisa sutil aparecía en sus turgentes labios. Luego se dio la vuelta y entró de nuevo en la casa. Wilt abandonó los gemelos y asió la botella de cerveza como en trance. Lo que acababa de ver había cambiado su concepto de la vida.

Ya no era el director de Estudios Liberales, casado con Eva, padre de cuatro repulsivas y pendencieras niñas, ni tenía treinta y ocho años. Tenía de nuevo veintiuno, y era un joven brillante y esbelto que escribía poesía y nadaba en el río las mañanas de verano, y cuyo futuro estaba henchido de promesas cumplidas. Ya era un gran escritor. El hecho de que ser un escritor implicase escribir era totalmente irrelevante. Lo que importaba era ser un escritor, y Wilt, a los veintiuno, ya hacía mucho que había decidido su futuro leyendo a Proust y Gide, y luego libros sobre Proust y Gide y libros sobre libros sobre Proust y Gide, hasta que pudo tener una imagen de sí mismo a los treinta y ocho que le producía una deliciosa angustia de anticipación. Rememorando esos instantes, sólo podía compararlos con el sentimiento que ahora tenía cuando salía de la clínica dental sin que hubiera sido necesario ningún empaste. En un plano intelectual, naturalmente. En el espiritual, se veía en habitaciones llenas de humo y forradas de corcho, páginas y páginas de ilegible pero maravillosa prosa se desparramaban y casi revoloteaban sobre su mesa, en alguna calle deliciosamente anónima de París. O en un dormitorio de paredes blancas sobre sábanas blancas, enlazado con una mujer bronceada mientras el sol brillaba a través de las persianas, espejeando sobre el techo desde el mar azul, en algún lugar cerca de Hyères. Wilt había degustado todos esos placeres por adelantado a los veintiuno. Fama, fortuna, la modestia de la grandeza, las palabras justas saliendo de su boca sin esfuerzo junto a la botella de absenta, alusiones lanzadas, recogidas y relanzadas como dardos, y la intensa vuelta a casa a través de las desiertas calles de Montparnasse, al alba.

Casi la única cosa que Wilt había rehusado de sus plagiados maestros Proust y Gide habían sido los niños; los niños y los cubos de basura de plástico. No es que pudiera imaginarse a Gide practicando la sodomía mientras elaboraba cerveza, y no digamos en un cubo de basura de plástico. El muy maricón era probablemente abstemio. Tenía que tener algún defecto para compensarlo con los niños. Así que Wilt le había birlado Frieda a Lawrence, con la esperanza de no coger la tuberculosis, y le había dotado de un temperamento más dulce. Juntos yacieron sobre la arena haciendo el amor, mientras las pequeñas olas del mar azul rompían sobre los dos en una playa desierta. Ahora que pensaba en ello, debía de haber sido en la época en que vio *De aquí a la eternidad,* y Frieda se parecía tanto a Deborah Kerr. Lo principal era que ella se había mostrado fuerte y firme y en armonía, si no con el infinito como tal, sí con las infinitas variaciones de la particular lujuria de Wilt. Sólo que no había sido lujuria. Ésa era una palabra demasiado indiferente para las sublimes contorsiones que Wilt había imaginado. En cualquier caso, ella había sido una especie de musa sexual, más sexo que musa, pero alguien a quien había podido confiar sus más profundas reflexiones sin que le preguntase quién era ese Rochefu... lo-que-sea, lo cual era estar mucho más cerca de una musa de lo que Eva había estado nunca. Y ahora, mírenle, emboscado en un maldito Spockery, emborrachándose hasta tener barriga de bebedor de cerveza para lograr un olvido transitorio gracias a algo que pretende ser cerveza y que ha fabricado en un cubo de basura de plástico. Era el plástico lo que podía con Wilt. Al menos un cubo de basura era apropiado para ese brebaje si hubiera tenido la dignidad de ser de metal. Pero no, incluso ese leve consuelo le estaba vedado. Lo había intentado una vez y había estado a punto de envenenarse. Daba igual. Los cubos de basura no tenían importancia y lo que acababa de ver era su Musa. Wilt dotó a la palabra de una M mayúscula por primera vez en diecisiete decepcionantes años, y en seguida le echó la culpa de este lapsus a la maldita cerveza. Irmgard no era una musa. Era probablemente una estúpida y seductora bruja cuyo *Vater* era *Lagermeister*[1] de Colonia y poseía cinco Mercedes. Se levantó y se dirigió a la casa.

Cuando Eva y las cuatrillizas volvieron del teatro le encontraron sentado con aire moroso frente a la televisión, contemplando ostensiblemente el fútbol, pero ardiendo interiormente de indignación por las sucias tretas que la vida había empleado con él.

—Ahora, mientras yo preparo la cena —dijo Eva—, enseñadle a papá cómo bailaba aquella señora.

1. En alemán en el original. *Vater* = padre; *Lagermeister* = almacenista de cerveza (en este caso). *(N. de la T.)*

–Era tan guapa, papi –dijo Penelope–, hacía así, y luego estaba ese hombre y él...

Wilt tuvo que asistir a una representación de *La consagración de la primavera* por cuatro niñas patosas que, en cualquier caso, no habían entendido nada de la historia, y que ensayaban por turnos el *pas-de-deux* saltando del brazo de su sillón.

–Sí, bueno, por vuestra actuación puedo ver que tiene que haber sido brillante –dijo Wilt–. Ahora, si no os importa, quiero ver quién ha ganado...

Pero las cuatrillizas no se dieron por aludidas y continuaron lanzándose a través de la habitación hasta que Wilt se vio obligado a buscar refugio en la cocina.

–Nunca llegarán a nada si no te interesas por su forma de bailar –dijo Eva.

–Para mí está claro que no llegarán a ninguna parte de todos modos, y si tú llamas bailar a eso que hacen, yo no. Es como ver a unos hipopótamos tratando de volar. Son capaces de hundir el techo si no las vigilas.

Pero fue Emmeline la que se golpeó la cabeza con el guardafuego, y Wilt tuvo que ponerle mercromina en la herida. Para completar las desdichas de la noche, Eva anunció que había invitado a los Nye después de la cena.

–Quiero hablar con él acerca del retrete orgánico. No está funcionando bien.

–No creo que estén hechos para eso –dijo Wilt–. Ese horror es sólo una versión ilustrada de la fosa séptica, y todas las fosas sépticas apestan.

–No apesta, tiene olor a estiércol, eso es todo, pero no produce suficiente gas para cocinar, y John dijo que lo produciría.

–En mi opinión produce suficiente gas para convertir el retrete de abajo en una cámara de la muerte. Uno de estos días algún pobre infeliz va a encender un cigarrillo, y la explosión nos mandará a todos a mejor vida.

–Lo que pasa es que estás predipuesto contra la Sociedad Al-

32

ternativa en general –dijo Eva–. ¿Y quién era el que se quejaba continuamente cuando yo usaba el desinfectante químico para el váter? Tú, y no digas que no.

–Ya tengo suficientes problemas con la sociedad tal como es para complicarme la existencia con una sociedad alternativa y, ya que estamos en ello, tiene que haber una alternativa a envenenar la atmósfera con metano y esterilizarla con Harpic. Francamente, diría que el Harpic tenía algo en su favor. Al menos podía hacer desaparecer la maldita sustancia tirando de la cadena. Desafío a cualquiera a que haga desaparecer el asqueroso digeridor de mierda de Nye, si no es con dinamita. No es más que una tubería de evacuación incrustada de excrementos, con un tonel al final.

–Así tiene que ser si quieres devolver a la tierra la esencia natural.

–Y envenenar los alimentos –dijo Wilt.

–No, si la descomposición se hace correctamente. El calor mata todos los gérmenes antes de que lo vacíes.

–Yo no tengo la menor intención de vaciarlo. Tú eres quien ha hecho instalar ese estúpido artefacto, y puedes arriesgar tu vida en el sótano vaciándolo cuando esté lleno y a punto. Y no me eches a mí la culpa si los vecinos llaman otra vez a Sanidad.

Continuaron discutiendo hasta la cena. Luego Wilt llevó a acostar a las cuatrillizas y les leyó por enésima vez *Mr. Gumpy*. Cuando bajó por fin, ya habían llegado los Nye y estaban abriendo una botella de vino de ortigas con un sacacorchos alternativo que John Nye había fabricado con un viejo resorte de somier.

–Ah, hola, Henry –dijo él, con esa brillante cordialidad casi religiosa que parecía afectar a todos los amigos de Eva pertenecientes al mundo Auto-Suficiente–. No es una mala cosecha, 1976, aunque sea yo quien lo diga.

–¿No fue el año de la sequía? –preguntó Wilt.

–Sí, pero hace falta algo más que una sequía para matar a las ortigas. Son muy coriáceas.

–¿Las cultivaste tú mismo?

33

–No hay necesidad. Crecen silvestres en todas partes. Simplemente las recogimos a lo largo del camino.

Wilt pareció perplejo:

–¿Te importaría decir en qué parte del camino cosechaste este *cru* en concreto?

–Según creo recordar, fue entre Ballingbourne y Umpston. De hecho, estoy seguro.

Sirvió un vaso y se lo tendió a Wilt.

–En ese caso, por mi parte no lo probaré –dijo Wilt, devolviéndole el vaso–. Vi cómo sembraban allí en 1976. Esas ortigas no crecieron orgánicamente. Fueron contaminadas.

–Pero si hemos bebido litros de ese vino –dijo Nye–, y no nos ha hecho ningún daño.

–Probablemente no sentiréis los efectos hasta los sesenta años –dijo Wilt–, y entonces será demasiado tarde. Es lo mismo que pasa con el flúor, como sabes muy bien.

Y habiendo dejado caer esta funesta advertencia, atravesó el salón, rebautizado como «la sala vital» por Eva, a quien encontró en profunda conversación con Bertha Nye sobre las alegrías y enormes responsabilidades de la maternidad. Como los Nye no tenían hijos y habían desplazado sus afectos hacia el humus, dos cerdos, una docena de gallinas y una cabra, Bertha estaba recibiendo las encendidas descripciones de Eva con una sonrisa estoica. Wilt le sonrió a su vez estoicamente, se dirigió errático hasta el pabellón de verano, y permaneció allí en la oscuridad mirando esperanzado hacia la ventana de arriba. Pero las cortinas estaban corridas. Wilt suspiró pensando en lo que habría podido ser y no fue, y volvió a la casa para oír lo que John Nye tenía que decir sobre su retrete orgánico.

–Para producir metano hay que mantener una temperatura constante y, desde luego, iría bien que tuvierais una vaca.

–Oh, no creo que pudiéramos tener una vaca aquí –dijo Eva–, quiero decir que no tenemos terreno y...

–No te imagino levantándote cada mañana a las cinco para ordeñarla –dijo Wilt, decidido a abortar la siniestra posibilidad de que el 9 de Willington Road se convirtiese en una granja en miniatura. Pero Eva había vuelto ya al problema de la conversión del metano.

–¿Y cómo haces para calentarlo? –preguntó.

–Siempre podéis instalar placas solares –dijo Nye–. Todo lo que se necesita son varios radiadores viejos pintados de negro y rodeados de paja; se hace pasar agua por ellos mediante una bomba...

–No quisiera yo hacer eso –dijo Wilt–. Necesitaríamos una bomba eléctrica, y, con la crisis de energía, tendría escrúpulos morales por usar la electricidad.

–No necesitas gastar demasiada –dijo Bertha–, y siempre puedes hacer funcionar la bomba mediante un rotor Savonius. Lo que te hace falta son dos grandes tambores...

Wilt volvió a sumergirse en sus ensoñaciones privadas, despertando sólo para preguntar si había alguna manera de librarse del pestilente olor del retrete de abajo, una pregunta calculada para distraer la atención de Eva de los rotores Savorius, fueran lo que fueran.

–No se puede tener todo, Henry –dijo Nye–. El que no derrocha no ambiciona es un antiguo lema, pero aún tiene validez.

–Yo lo que quiero es eliminar esa peste –dijo Wilt–, y si no podemos producir suficiente metano para encender el piloto de la cocina de gas sin convertir el jardín en un corral, no le veo mucho sentido a perder el tiempo apestando la casa.

El problema seguía sin resolver cuando los Nye se fueron.

–Vaya, tengo que decir que no estuviste muy constructivo –dijo Eva mientras Wilt comenzaba a desnudarse–. La idea de esos radiadores solares me parece muy razonable. Podríamos ahorrarnos todos los recibos de agua caliente en verano y si lo único que se necesita son algunos radiadores viejos y pintura...

–Y algún maldito cretino que los sujete en el tejado. Olvídalo. Conociendo a Nye, si es él quien los instala se caerán al primer temporal y aplastarán a alguien abajo y, en cualquier caso, con los veranos que hemos tenido últimamente tendremos suerte si no hemos de calentar agua y hacerla pasar por ellos para impedir que se congelen, exploten e inunden el apartamento de arriba.

—Hay que ver qué pesimista eres —dijo Eva—. Siempre ves el lado malo de las cosas. ¿Por qué no puedes ser positivo por una vez en tu vida?

—Soy un acendrado realista —dijo Wilt—. De la experiencia he aprendido a esperar siempre lo peor. Y si sucede lo mejor, yo, encantado.

Se tumbó en la cama y apagó la lámpara de su lado. Para cuando Eva se tendió en la cama junto a él, ya estaba fingiendo dormir. Los sábados por la noche tendían a ser lo que Eva llamaba Noches de Unión, pero Wilt estaba enamorado y sus pensamientos eran todos para Irmgard. Eva leyó otro capítulo sobre la producción de estiércol, y luego apagó la luz con un suspiro. ¿Por qué no podía Henry ser aventurero y emprendedor como John Nye? Oh, bueno, ya harían el amor por la mañana.

Pero cuando ella despertó, se encontró con el otro lado de la cama vacío. Por primera vez, que ella recordara, Henry se había levantado a las siete un domingo por la mañana sin que le hubieran arrancado de la cama las cuatrillizas. Probablemente estaba abajo, preparándole un té. Eva se dio la vuelta y se volvió a dormir.

Wilt no estaba en la cocina. Estaba paseando por el sendero del río. La mañana era luminosa, con una luz otoñal, y el río brillaba. Una ligera brisa agitaba los sauces y Wilt estaba solo con sus pensamientos y sus sentimientos. Como de costumbre, sus pensamientos eran sombríos, mientras que sus sentimientos tendían a expresarse en verso. A diferencia de la mayoría de los poetas modernos, Wilt no se expresaba en verso libre. Sus versos tenían medida y rimaban. O por lo menos lo habrían hecho si hubiera encontrado algo que rimase con Irmgarda. Casi la única palabra que le venía a la mente era buharda. Luego estaban albarda, lombarda, avutarda y petarda. Ninguna parecía adecuarse a la delicadeza de sus sentimientos. Después de cuatro kilómetros infructuosos dio media vuelta y se dirigió pesadamente a sus obligaciones de hombre casado. Wilt hubiera podido pasarse sin ellas.

4

También podría haberse pasado sin lo que encontró sobre su mesa el lunes por la mañana. Era una nota del subdirector pidiendo a Wilt que fuera a verle, y añadía en un tono bastante siniestro «lo antes, repito, lo antes que le sea posible».

–Que me sea posible, y una mierda –murmuró Wilt–. ¿Por qué no puede decir «inmediatamente» y acabaríamos antes?

Con el pensamiento de que algo iba mal y que más valía enterarse de las malas noticias lo antes posible y salir de dudas, bajó dos pisos y atravesó el corredor hasta la oficina del subdirector.

–Ah, Henry, siento tener que molestarle –dijo el subdirector–, pero me temo que hay noticias bastante inquietantes acerca de su departamento.

–¿Inquietantes? –dijo Wilt con suspicacia.

–Alarmantemente inquietantes. De hecho hay un escándalo en la Administración del condado.

–¿En qué han metido las narices esta vez? Si piensan enviar más consejeros como el de la última vez, que quería saber por qué no habíamos juntado las clases de enfermeras pediatras y colocadores de ladrillos, les puede decir de mi parte...

El subdirector levantó una mano para protestar.

–Eso no tiene nada que ver con lo que quieren esta vez. O más bien con lo que no quieren. Y con franqueza, si hubiera usted escuchado su opinión acerca de las clases mixtas, esto de ahora no hubiera sucedido.

–Yo sé lo que hubiera sucedido –dijo Wilt–, tendríamos ahora entre manos un montón de enfermeras embarazadas y...

–Si quisiera escucharme un momento. Olvídese de las puericultoras. ¿Qué sabe usted de sodomizar cocodrilos?

–¿Que qué sé acerca..., he oído bien?

El subdirector asintió.

–Me temo que sí.

–Bueno, si quiere usted una respuesta franca, nunca hubiera pensado que eso fuera posible. Y está usted sugiriendo...

–Lo que le estoy diciendo, Henry, es que alguien de su departamento ha estado haciéndolo. Incluso ha sido filmado.

–¿Filmado? –dijo Wilt todavía aferrado a las aterradoras implicaciones zoológicas de acercarse siquiera a un cocodrilo, para no hablar de sodomizarlo.

–Con una clase de aprendices –continuó el subdirector–; el Comité de Educación se ha enterado y quiere saber por qué.

–No puedo reprochárselo, la verdad –dijo Wilt–, me refiero a que sólo un candidato suicida a conejillo de Indias para Krafft-Ebbing[1] podría hacer proposiciones de dar por el culo a un cocodrilo, y aunque sé que tengo algunos maricones dementes como profesores por horas, me hubiese dado cuenta si se hubieran comido a alguno de ellos. ¿Y de dónde demonios sacaron el cocodrilo?

–No se moleste en preguntarme a mí. Todo lo que sé es que el Comité insiste en ver el film antes de formular su juicio –dijo el subdirector.

–Bueno, por mí pueden formular los juicios que quieran –dijo Wilt– siempre que me dejen a mí fuera de ellos. Declino toda responsabilidad por cualquier tipo de film realizado en mi departamento, y si algún maníaco decide sodomizar a un cocodrilo, eso es

1. Richard von Krafft-Ebbing (1840-1902), médico y psicólogo alemán, autor del primer libro dedicado a las perversiones sexuales. *(N. de la T.)*

38

asunto suyo, no mío. Yo nunca quise todas esas cámaras de televisión y vídeo que nos endosaron. Cuesta una fortuna utilizarlas y siempre hay algún estúpido que rompe algo.

–Primero tendrían que haberle roto algo a quien sea que lo haya filmado, digo yo –dijo el subdirector–. De todas maneras, el comité quiere verle a usted en el Aula 80 a las seis, y le aconsejo que investigue qué demonios ha pasado antes de que ellos comiencen a hacerle preguntas.

Wilt regresó cansinamente a su oficina tratando desesperadamente de adivinar cuál de los lectores de su departamento era un zoófilo, un seguidor del bestialismo cinematográfico *nouvelle vague* y un completo chiflado. Pasco estaba evidentemente loco como resultado, en opinión de Wilt, de catorce años de continuo esfuerzo para conseguir que los instaladores de gas apreciasen las sutilezas lingüísticas de *Finnegan's Wake*. Pero aunque había pasado dos veces su año sabático en el hospital psiquiátrico local, era relativamente amable, y demasiado torpe para utilizar una cámara de cine, y en cuanto a los cocodrilos... Wilt renunció y se dirigió a la sala de audiovisuales para consultar el registro.

–Estoy buscando a un cretino integral que ha hecho una película sobre cocodrilos –le dijo a Mr. Dobble, el encargado del material. Mr. Dobble lanzó un bufido.

–Llega usted un poco tarde. El director ha interceptado la película y está organizando un escándalo espantoso. Y no se lo reprocho, fíjese. Le dije a Mr. Macaulay cuando el film volvió del revelado: «Pornografía de mierda, eso es lo que es, y se atreven a pasarla por los laboratorios. Pues yo no dejo que la película salga de aquí hasta que haya sido repasada de cabo a rabo.» Eso es lo que dije y lo sigo diciendo.

–Repasado es la palabra exacta –dijo Wilt cáusticamente–. ¿Y supongo que no se le ocurrió a usted enseñarme el film antes de que le llegase al director?

–Bueno, usted no tiene control sobre los tarados de su departamento, ¿no es verdad, Mr. Wilt?

–¿Y cuál es el tarado que ha realizado esta película en particular?
–Yo no soy de los que mencionan nombres, pero le diré esto: Mr. Bilger sabe de este asunto más de lo que parece.
–¿Bilger? Ese cabrón. Sabía que estaba políticamente tocado, ¿pero para qué coño habrá querido hacer una película como ésa?
–No diré una palabra más –dijo Mr. Dobble–, no quiero problemas.
–Yo sí –aseguró Wilt, y salió en busca de Bill Bilger.

Lo encontró en la sala de profesores tomando café y en profunda dialéctica con su acólito, Joe Stoley, del departamento de Historia. Bilger estaba argumentando que una verdadera conciencia proletaria sólo se podría lograr desestabilizando la jodida infraestructura lingüística de la jodida hegemonía de un jodido estado fascista.

–Eso es jodido Marcuse –dijo Stoley, siguiendo a Bilger con cierta inseguridad por la cloaca semántica de la desestabilización.

–Y esto es Wilt –dijo Wilt–. Si su discusión sobre el milenarismo puede esperar un momento, me gustaría hablar con usted.

–No pienso encargarme de ninguna otra clase –dijo Bilger, adoptando el estilo del discurso sindical–. No me toca hacer sustituciones, como debe usted saber.

–No le estoy pidiendo que haga ningún trabajo extra. Le estoy pidiendo simplemente que tengamos unas palabras en privado. Me doy cuenta de que estoy infringiendo su inalienable derecho, como individuo libre en un estado fascista, a buscar la felicidad exponiendo sus opiniones, pero me temo que el deber nos llama.

–Lo que es a mí, no me llama, tío –dijo Bilger.

–Ya. Pero a mí sí –dijo Wilt–. Estaré en mi oficina dentro de cinco minutos.

–Conmigo no cuente –oyó Wilt que Bilger decía mientras se dirigía hacia la puerta. Pero Wilt sabía que no era verdad. Estaba fanfarroneando y adoptando una pose para impresionar a Stoley, pero a Wilt le quedaba la sanción de alterar el horario, de manera que Bilger comenzase la semana el lunes a las nueve con Impresores III, y terminase el viernes por la tarde a las ocho con los Cocineros IV de media jornada. Era prácticamente la única sanción de que disponía, pero era notablemente efectiva. Mientras esperaba, consideró la táctica a seguir y la composición del Comité de Educación. Seguro que Mrs. Chatterway iba a estar allí defendiendo hasta el final su progresista opinión de que los delincuentes juveniles eran seres humanos cariñosos que sólo necesitaban algunas palabras simpáticas para dejar de atizar en la cabeza a las ancianas. A su derecha, el consejero Blighte-Smythe que, si tenía la menor oportunidad, instauraría de nuevo la horca para los cazadores furtivos y, probablemente, el gato de nueve colas para los parados. Entre esos dos extremos se encontraban el director —que odiaba sobre todas las cosas que algo o alguien trastornase sus pausados métodos—, el delegado de Educación, que odiaba al director, y finalmente Mr. Squidley, un constructor local para quien los Estudios Liberales eran una maldición y una estúpida pérdida de tiempo cuando lo que tendrían que hacer esos gamberros de mierda es trabajar de sol a sol subiendo carretillas de ladrillos por una escalera. En resumen, la perspectiva de enfrentarse con el Comité de Educación era siniestra. Tendría que manejarlos con mucho tacto.

Pero primero estaba Bilger. Llegó diez minutos después y entró sin llamar.

—¿Y bien? —preguntó, sentándose y mirando a Wilt de mal humor.

—Pensé que sería mejor tener esta charla en privado —dijo Wilt—. Sólo quería saber algo de la película que usted hizo con un cocodrilo. Tengo que decir que suena de lo más atrevido. Si todos los profesores de Estudios Liberales aprovechasen las facilidades que proporcionan las autoridades locales a tal efecto...

Dejó la frase sin terminar en un tono de tácita aprobación. La hostilidad de Bilger se suavizó.

—La única manera de conseguir que las clases trabajadoras comprendan cómo están manipuladas por los *mass media* es empujarles a hacer sus propias películas. Eso es lo que yo hago.

—En efecto —dijo Wilt—. ¿Y empujarlas a filmar a alguien dando por el culo a un cocodrilo les ayuda a desarrollar una conciencia proletaria, trascendiendo los falsos valores que les han sido inculcados por una jerarquía capitalista?

—Exacto, tío —dijo Bilger, entusiasmado—; esas bestias simbolizan la explotación.

—La burguesía devorando su propia conciencia, por decirlo así.

—Usted lo ha dicho —contestó Bilger, mordiendo el anzuelo.

Wilt le miró con estupefacción.

—¿Y con qué clases ha realizado usted este... trabajo de campo?

—Ajustadores y Torneros II. Encontramos el cocodrilo en Nott Road y...

—¿En Nott Road? —dijo Wilt, tratando de hacer cuadrar lo que sabía de la calle con cocodrilos dóciles y presumiblemente homosexuales.

—Bueno, también es la calle de los teatros —dijo Bilger, calentándose cada vez más—. La mitad de la gente que vive allí también necesita liberarse.

—Probablemente sí, pero a mí no se me habría ocurrido que animarles a sodomizar cocodrilos sería para ellos una experiencia liberadora. Supongo que como ejemplo de la lucha de clases...

—¡Oiga! —dijo Bilger—. Creí que había dicho que había visto la película.

—No exactamente. Pero me han llegado noticias de su polémico contenido. Alguien me dijo que era casi un Buñuel.

—¿De verdad? Bueno, lo que hicimos fue conseguir un cocodrilo de juguete, ¿sabe usted? De esos en que los niños ponen unas monedas para después montarse encima...

—¿Un cocodrilo de juguete? ¿Quiere decir que en realidad no utilizaron un cocodrilo vivo?

—Claro que no. ¿Quién iba a ser tan bobo para engancharse a un cocodrilo de verdad? Podría haberle mordido.

—¿Podría? —dijo Wilt—. Yo hubiera apostado por cualquier cocodrilo que se respete... Pero en fin, continúe.

—Así que uno de los chicos se subió sobre ese juguete de plástico y le filmamos haciéndolo.

—¿Haciéndolo? Seamos precisos. ¿Quiere usted decir sodomizándolo?

—Más o menos —dijo Bilger—. Él no se sacó la pija ni nada de eso. No tenía dónde meterla, por otra parte. Todo lo que hizo fue simular que le daba por el culo a la cosa. De ese modo sodomizaba simbólicamente a todo el reformismo capitalista del estado del Bienestar.

—¿Bajo la forma de un cocodrilo basculante? —dijo Wilt. Se recostó en su silla y se preguntó una vez más cómo era posible que un hombre supuestamente inteligente como Bilger, que después de todo había ido a la universidad y era un graduado, podía creer a estas alturas que el mundo sería un lugar mejor cuando todas las clases medias hubiesen sido puestas ante el paredón y fusiladas. Parecía que nadie aprendía nada del pasado. Bien, pues el gilipollas de Bilger iba a aprender algo del presente. Wilt puso los codos sobre la mesa.

—Dejemos esto claro de una vez por todas —dijo—. Considera usted decididamente que enseñar a los aprendices la sodomización marxista-leninista-maoísta del cocodrilo forma parte de sus deberes como profesor de Estudios Liberales?

La hostilidad de Bilger resurgió.

—Éste es un país libre, y tengo derecho a expresar mis opiniones personales. Usted no puede impedírmelo.

Wilt sonrió ante esas espléndidas contradicciones.

—¿Es que trato de hacerlo? —preguntó inocentemente—. Puede que usted no lo crea, pero estoy dispuesto a proporcionarle una plataforma para que las exponga completa y públicamente.

—Ése será un gran día —dijo Bilger.

—Lo es, camarada Bilger, créame, lo es. El Comité de Educación se reúne a las seis. El delegado de Educación, el director, el consejero Blighte-Smythe...

—Ese cerdo militarista. ¿Qué sabe ése sobre educación? Sólo porque le dieron la Cruz Militar en la guerra piensa que puede pisotearle la cara a la clase trabajadora.

–Lo cual, considerando que tiene una pierna de madera, no dice mucho de la opinión de usted sobre el proletariado, ¿verdad?–dijo Wilt, encelándose–. Primero alaba usted a la clase trabajadora por su inteligencia y solidaridad; luego reconoce que son tan burros que no pueden distinguir sus propios intereses de un anuncio de jabón en la televisión, y ahora me dice usted que un hombre que ha perdido una pierna puede pisotearles a todos. Oyéndole a usted más bien parecen subnormales.

–Yo no he dicho eso –dijo Bilger.

–No, pero ésa parece ser su actitud. Y si quiere expresarse más lúcidamente sobre el tema podrá hacerlo ante el comité a las seis. Estoy seguro de que estarán muy interesados.

–Yo no voy ante ningún comité ni qué puñetas. Conozco mis derechos y...

–Éste es un país libre, ya me lo ha dicho antes. Otra espléndida contradicción, y teniendo en cuenta que este país le permite andar por ahí induciendo a aprendices adolescentes a simular que joden con cocodrilos de juguete, yo diría que, resumiendo, es una jodida sociedad. A veces desearía que viviéramos todos en Rusia.

–Ellos sabrían qué hacer con tipos como usted, Wilt –dijo Bilger–. Usted es sólo un cerdo reformista desviacionista.

–Desviacionista, ésa sí que es buena, viniendo de usted –exclamó Wilt–. Y, con sus leyes draconianas, en Rusia cualquiera que tuviera la idea de filmar a los ajustadores sodomizando cocodrilos acabaría rápidamente en la Lubianka, y no saldría de allí hasta que le hubieran pegado un tiro en la nuca de su cabeza sin sesos. O eso, o le encerrarían en algún manicomio y probablemente usted sería el único interno que no estaría cuerdo.

–Muy bien, Wilt –gritó Bilger a su vez, saltando de la silla–. Se acabó. Puede que usted sea el director del departamento, pero si piensa que puede insultar a los profesores yo sé lo que tengo que hacer. Presentar una queja en el sindicato.

Se dirigió hacia la puerta.

—Eso es —aulló Wilt—. Corra a ver a su mamaíta colectiva y, ya que está en ello, dígales que me ha llamado cerdo desviacionista. Les gustará.

Pero Bilger ya estaba fuera de la oficina y Wilt tenía el problema de encontrar alguna excusa verosímil que ofrecer al comité. No es que le hubiera importado librarse de Bilger, pero ese idiota tenía mujer y tres niños, y no podía esperar ninguna ayuda de su padre, el contraalmirante Bilger. Era típico de esta especie de bufón intelectual radical el provenir de lo que se suele llamar una «buena familia».

Entretanto, tenía que acabar de preparar su clase de Inglés Avanzado para Extranjeros. Dios confunda a las Actitudes Liberales y Progresistas. De 1688 a 1978, casi trescientos años de historia inglesa comprimida en ocho lecciones, y todas ellas con la reconfortante suposición del doctor Mayfield de que el progreso es continuo y las actitudes liberales son de algún modo independientes del tiempo y del lugar. ¿Y qué me dicen del Ulster? Un montón de actitudes liberales fueron aplicadas allí en 1978. Y el Imperio no había sido exactamente un modelo de liberalismo. Lo más que se podía decir era que no había sido tan horriblemente sangriento como el Congo Belga o Angola. Pero claro, Mayfield era un sociólogo, y lo que sabía de historia era peligroso. No es que Wilt supiera mucho más. ¿Y qué decir del liberalismo inglés? Mayfield parecía pensar que los galeses, escoceses e irlandeses no habían existido o que, si lo hicieron, no habían sido liberales y progresistas.

Wilt sacó un bolígrafo y anotó algunas cosas. No tenían nada que ver en absoluto con el curso propuesto por Mayfield. Todavía estaba perdido en sus especulaciones cuando llegó la hora de comer. Bajó a la cantina y comió lo que llamaban arroz con curry, solo en una mesa, y volvió a su oficina con ideas frescas. Esta vez tenían que ver con la influencia del Imperio sobre Inglaterra. *Curry, baksheesh, pukka, posh, polo, thug,* eran palabras que se habían infiltrado en el idioma inglés desde lejanas avanzadas donde los Wilt antepasados las habían dominado con una arrogancia y una autoridad que él encontraba difícil de imaginar. Fue distraído de estas especulaciones agradablemente nostálgicas por Mrs. Rosery, la secretaria del departamento, que vino a decirle que Mr. Germiston estaba enfermo y no podía dar Técnicos Electrónicos III, y que Mr. Laxton, su sustituto, había hecho un cambio con Mrs. Vaugard sin decírselo a nadie y que ella no estaba disponible porque tenía hora para el dentista y...

Wilt bajó las escaleras y entró en el barracón donde los Técnicos Electrónicos estaban sentados medio embobados por las cervezas del almuerzo en el pub.

–Bien –dijo, sentándose tras la mesa–. ¿Qué han hecho con Mr. Germiston?

–No le hemos tocado ni un pelo –dijo un joven pelirrojo de la primera fila–. No vale la pena. Un puñetazo en el hocico...

–Lo que quiero decir –dijo Wilt antes de que el pelirrojo pudiera entrar en detalles de lo que le pasaría a Germiston en una pelea– es de qué tema les ha estado hablando este trimestre.

–De dar por el culo a los morenos –dijo otro técnico.

–No literalmente, supongo –dijo Wilt, esperando que esta ironía no condujese a una discusión sobre el sexo interracial–. ¿Se refiere a las relaciones entre razas distintas?

–Me refiero a una mierda. Eso es a lo que me refiero. Negros, mestizos, extranjeros, todos esos cabrones que vienen aquí y les quitan el trabajo a tipos blancos decentes. Lo que digo es...

Pero fue interrumpido por otro TE III.

–No escuche lo que dice. Joe es miembro del Frente Nacional.

–¿Y qué tiene eso de malo? –preguntó Joe–. Nuestra política es mantener...

–Nada de políticas –dijo Wilt–, ésa es mi política y pienso atenerme a ello. Lo que usted diga fuera de aquí es asunto suyo, pero en el aula hablaremos de otras cosas.

–Ya, bueno. Tendría que decirle eso al viejo Germen-Pistón. Se pasa todo el tiempo diciéndonos que tenemos que ser buenos cristianos y amar a nuestro prójimo como a nosotros mismos. Pues si él viviera en nuestra calle lo vería de otro modo. Tenemos un montón de jamaicanos dos puertas más allá que tocan bongos y cacerolas hasta las cuatro de la mañana. Si el viejo Germy sabe cómo hay que amar a esa tribu toda la jodida noche, es que debe de estar sordo como una tapia.

–Podríais pedirles que hagan menos ruido o que paren a las once –dijo Wilt.

–¿Qué? ¿Y que te claven una navaja en las tripas? Usted bromea.

–Pues entonces, la policía...

Joe le miró con incredulidad.

–Hay un tipo, cuatro puertas más allá, que avisó a la pasma, y ¿sabe usted lo que le pasó?

–No –dijo Wilt.

–Dos días más tarde se encontró los neumáticos de su coche a tiras. Eso es lo que le pasó. ¿Y cree usted que a los polis les interesó la noticia? A ellos se la trae floja.

–Bueno, me doy cuenta de que tienen ustedes un problema –tuvo que admitir Wilt.

–Sí, tío, y también sabemos cómo resolverlo –dijo Joe.

–Pero no lo vais a resolver enviándoles de vuelta a Jamaica –dijo el técnico que era anti Frente Nacional–. En cualquier caso, los de tu calle no eran de allí. Nacieron en Brixton.

–En la mierda de Brixton, si quieres saber mi opinión.

–Lo que te pasa es que estás lleno de prejuicios.

–Así estarías tú si no hubieras podido echar una cabezada en un mes.

La batalla seguía al rojo vivo y Wilt, mientras tanto, contemplaba el aula. Estaba exactamente tal como la recordaba de sus viejos tiempos. A los aprendices se les provocaba y luego se les dejaba hacer, simplemente dejando caer algún comentario provocador para que se enzarzaran en otra discusión cuando el debate flaqueaba. Y era a estos mismos aprendices a quienes los Bilger de este mundo querían imbuir conciencia política, como si fueran ocas proletarias a las que hubiera que cebar para producir un paté de foie-gras totalitario.

Pero los Técnicos Electrónicos III ya se habían desentendido de las razas y habían pasado a discutir la Final de la Copa del año anterior. Parecían tener sentimientos más apasionados para el fútbol que para la política. Cuando terminó la hora, Wilt los dejó allí y se dirigió al auditorio, donde tenía que dar su conferencia a los Extranjeros Avanzados. Comprobó con horror que la sala estaba atestada. El doctor Mayfield había tenido razón al decir que el curso era popular, y enormemente rentable. Observando las filas, Wilt tomó nota mentalmente de que se iba a dirigir con toda probabilidad a varios millones de libras en pozos de petróleo, acerías, astilleros e industrias químicas, esparcidas desde Estocolmo a Tokio, vía Arabia Saudita y el golfo Pérsico. Bien, esa gente había venido a aprender cosas sobre Inglaterra y él tenía que darles aquello por lo que habían pagado.

Wilt subió al estrado, ordenó sus escasas notas, dio unos golpecitos en el micrófono, que provocaron enormes ruidos en los altavoces del fondo, y comenzó su lección.

–Puede que sea una sorpresa para aquellos de ustedes procedentes de sociedades más autoritarias el que yo tenga intención de ignorar el título de la serie de lecciones que se supone debo darles, a saber, el Desarrollo de las Actitudes Liberales y Progresistas en la Sociedad Inglesa desde 1688 hasta nuestros días, y que me concentre en cambio en el problema más esencial (por no decir el enigma) de lo que constituye la naturaleza de lo inglés. Es un problema que ha desconcertado a las más agudas mentes extranjeras durante siglos, y no tengo la menor duda de que también les desconcierta a ustedes. Tengo que admitir que yo mismo, aun siendo inglés, sigo desorientado ante este tema y no tengo ninguna razón para suponer que al final de estas lecciones el asunto estará más claro en mi mente de lo que está ahora.

Wilt hizo una pausa y miró a su auditorio. Las cabezas estaban inclinadas sobre los cuadernos y los bolígrafos se movían sin parar. Era lo que él había esperado. Ellos escribirían con gran aplicación todo lo que les dijera, con la misma falta de reflexión que los grupos a los que había dado esta clase anteriormente; pero entre ellos podía haber una persona que se plantease preguntas sobre lo que iba a decir. Esta vez les iba a dar todos materia sobre la que plantearse preguntas.

–Comenzaré con una lista de libros que son de lectura obligada, pero antes quiero llamar su atención sobre un ejemplo de lo inglés que pretendo explorar. Y es que he decidido ignorar el tema que se supone debo enseñarles, y he tomado otro tema de mi elección. También me estoy limitando a Inglaterra e ignorando Gales, Escocia y lo que popularmente se conoce como Gran Bretaña. Sé menos acerca de Glasgow que acerca de Nueva Delhi, y los habitantes de esos lugares se sentirían insultados si los incluyera entre los ingleses. En particular, evitaré hablar de los irlandeses. Están totalmente fuera del alcance de mi capacidad de comprensión como inglés, y los métodos que emplean para resolver sus disputas no es que me convenzan. Sólo repetiré lo que dijo Metternich sobre Irlanda (creo que fue él): que es la Polonia de Inglaterra.

Wilt se detuvo de nuevo para permitir que la clase tomase notas totalmente incoherentes. Le sorprendería muchísimo que los sauditas hubieran oído hablar alguna vez de Metternich.

–Y ahora la lista de libros. El primero es *El viento en los juncos* de Kenneth Grahame. Hace la más fina descripción de las aspiraciones y actitudes de la clase media inglesa que se puede encontrar en la literatura inglesa. Se darán cuenta de que trata exclusivamente de animales, y que esos animales son todos machos. Las únicas mujeres del libro son personajes secundarios; una es barquera y las otras, la hija de un carcelero y su tía, y estrictamente hablando son irrelevantes. Los personajes principales son una rata de agua, un topo, un tejón y un sapo. Ninguno de ellos está casado ni muestra el más ligero interés por el sexo opuesto. Aquellos de ustedes que vengan de climas más tórridos o que hayan dado un vuelta por el Soho pueden encontrar sorprendente esta falta de motivación sexual. Sólo puedo decirles que su ausencia concuerda perfectamente con los valores de la vida familiar de la clase media en Inglaterra. A aquellos de ustedes que no se contenten con aspiraciones y actitudes y quieran estudiar el tema con una mayor profundidad, aunque de carácter más lujurioso, puedo recomendarles algunos de los periódicos diarios, en particular los del domingo. El número de niños de coro violados indecentemente cada año por vicarios y sacristanes puede inducirles a suponer que Inglaterra es un país profundamente religioso. Yo me inclino por la opinión sostenida por algunos de que...

Pero cualquiera que fuese la opinión ante la que Wilt pensaba inclinarse, la clase nunca la conoció. Se detuvo en mitad de la frase, y se quedó mirando hacia abajo, a un rostro de la tercera fila. Irmgard Müller era alumna suya. Peor todavía, le estaba mirando con una curiosa intensidad y no se había molestado en tomar ninguna nota. Wilt la miró a su vez, y luego miró sus propias notas y trató de pensar qué decir a continuación. Pero todas las ideas que había ensayado tan irónicamente se le habían desintegrado. Por primera vez en una larga carrera de improvisación, Wilt se quedó mudo. Se quedó aferrado a la tribuna con manos húmedas y miró el reloj. Tenía que decir algo en los próximos cuarenta minutos, algo intenso y serio y... sí, incluso significativo. Ese odiado término de su susceptible juventud subió hasta la superficie. Wilt hizo un esfuerzo por ponerse duro.

—Como iba diciendo —tartamudeó justo cuando sus oyentes comenzaban a cuchichear entre ellos—, ninguno de los libros que he recomendado puede hacer algo más que arañar la superficie del problema de ser inglés... o, más bien, de conocer la naturaleza del inglés.

Durante la media hora siguiente fue lanzando frases deslavazadas una tras otra, y finalmente acabó murmurando algo acerca del pragmatismo mientras reunía sus notas y terminaba la lección. Estaba bajando del estrado cuando Imrgard se levantó de su asiento y se le acercó.

—Señor Wilt —dijo—, quiero decirle lo interesante que he encontrado su clase.

—Muy amable de su parte —dijo Wilt, disimulando su pasión.

—Me ha interesado en particular el tema de que el sistema parlamentario sólo es aparentemente democrático. Es usted el primer profesor que hemos tenido que ha puesto el problema de Inglaterra en el contexto de la realidad social y la cultura popular. Ha sido muy instructivo.

Era un Wilt iluminado el que salió flotando del auditorio y escaleras arriba hasta su oficina. Ahora no podía haber ninguna duda. Irmgard no era simplemente guapísima. Era también fabulosamente inteligente. Y Wilt había encontrado la mujer perfecta veinte años demasiado tarde.

5

Estaba tan preocupado con este nuevo y regocijante problema, que llegó con veinte minutos de retraso a la reunión del Comité de Educación y, cuando él entraba, Mr. Dobble salía ya con el proyector y el aire de un hombre que ha cumplido con su deber metiendo al gato en el palomar.

–No es culpa mía, Mr. Wilt –dijo al ver a Wilt poner mala cara–. Yo sólo estoy aquí para...

Wilt le ignoró y entró en la habitación para encontrar al comité acomodándose alrededor de una larga mesa. En el fondo, visiblemente, habían colocado una solitaria silla y, como Wilt había previsto, estaban todos allí; el director, el subdirector, el consejero Blighte-Smythe, Mrs. Chatterway, Mr. Squidley y el delegado de Educación.

–Ah, Wilt –dijo el director a modo de saludo totalmente falto de entusiasmo–. Tome asiento.

Wilt hizo un esfuerzo por evitar la silla solitaria y se sentó junto al delegado de Educación.

–Creo que querían ustedes verme acerca de la película antipornográfica que ha realizado un miembro del departamento de Estudios Liberales –dijo, tratando de tomar la iniciativa.

El comité le miró con ferocidad.

–Para empezar, puede usted prescindir del anti –dijo el consejero Blighte-Smythe–. Lo que acabamos de ver sodomiza... ejem... sintetiza lo que es una película pornográfica.

–Supongo que debe de serlo para alguien que tenga fetichismo con los cocodrilos –dijo Wilt–. Personalmente, como no he tenido la oportunidad de ver la película, no puedo decir en qué medida me afectaría a mí.

–Pero usted afirmó que era antipornográfica –dijo Mrs. Chatterway, cuyas opiniones progresistas siempre la enfrentaban con el consejero y Mr. Squidley–, y como director de Estudios Liberales debe haberla autorizado. Estoy segura de que al comité le gustaría oír sus razones.

Wilt sonrió torvamente.

–Creo que el título de director de departamento requiere una explicación, Mrs. Chatterway –comenzó, para ser inmediatamente interrumpido por Blighte-Smythe.

–Y lo mismo sucede con este jo... sucio film que acabamos de ver. No nos desviemos de la cuestión –saltó.

–Da la casualidad de que ésa es la cuestión –dijo Wilt–. El mero hecho de que se me nombre director de Estudios Liberales no significa que tenga la posibilidad de controlar lo que hacen los miembros de mi personal, por llamarlo de alguna manera.

–Ya estamos enterados de lo que hacen –dijo Mr. Squidley– y si cualquiera de mis empleados comenzase a hacer lo que acabamos de ver le despediría de inmediato.

–Bueno, en la enseñanza es bastante diferente –dijo Wilt–. Yo no puedo explicarle las directrices de la política educativa, pero creo que el director estará de acuerdo en que ningún director de departamento puede echar a la calle a un profesor porque no siga esas directrices.

Wilt miró al director en busca de confirmación. Éste se la concedió a regañadientes. El director hubiera echado a Wilt a la calle hace años con gran placer.

–Cierto –murmuró.

–¿Quiere usted decir que no puede quitarse de encima al pervertido que hizo esa película? –preguntó Blighte-Smythe.

—No, a menos que no asista a sus clases de manera continuada, esté borracho habitualmente o cohabite abiertamente con los alumnos –dijo Wilt.

—¿Es eso cierto? –preguntó Mr. Squidley al delegado de Educación.

—Me temo que sí. A menos que se pueda probar una flagrante incompetencia o inmoralidad sexual en relación con algún alumno, no hay manera de expulsar a un profesor con dedicación exclusiva.

—Si inducir a un alumno a sodomizar un cocodrilo no es inmoralidad sexual, ya me dirán qué es inmoral –dijo el consejero Blighte-Smythe.

—Si he entendido bien, el objeto en cuestión no era propiamente un cocodrilo, y no hubo acto sexual efectivo –dijo Wilt–. Y en cualquier caso el profesor se limitó a filmar el hecho. No participó en el mismo.

—Hubiera sido encarcelado si lo hubiera hecho –dijo Mr. Squidley–. Es un milagro que no hayan linchado a ese cretino.

—¿No estamos desviándonos del tema central de esta reunión? –preguntó el director–. Creo que Mr. Ranlon tiene otras preguntas que hacer.

El delegado de Educación consultó sus notas.

—Me gustaría preguntar al señor Wilt cuáles son sus directrices con respecto a los Estudios Liberales. Puede que tenga alguna relación con el número de quejas que estamos recibiendo del público.

Miró furioso a Wilt y esperó.

—Quizá me sirviera de ayuda saber cuáles son esas quejas –dijo Wilt para ganar tiempo, pero Mrs. Chatterway intervino.

—El propósito de los Estudios Liberales ha sido siempre inculcar un cierto sentido de responsabilidad social y preocupación por los demás en los jóvenes que están a nuestro cuidado, muchos de los cuales se han visto privados de una educación progresista.

—Depravados, sería la palabra adecuada, si desean saber mi opinión –dijo el consejero Blighte-Smythe.

—Nadie se la ha preguntado –ladró Mrs. Chatterway–. Todos conocemos perfectamente sus opiniones.

—Quizá si escucháramos cuáles son las de Mr. Wilt... —sugirió el delegado de Educación.

—Bien, en el pasado los Estudios Liberales consistían sobre todo en mantener tranquilos durante una hora a los aprendices ociosos poniéndoles a leer libros —dijo Wilt—. En mi opinión, no aprendían nada, y el sistema entero era una pérdida de tiempo.

Se detuvo con la esperanza de que el consejero dijese algo que enfureciese a Mrs. Chatterway. Mr. Squidley ahogó esa esperanza mostrándose de acuerdo con él.

—Siempre lo ha sido y siempre lo será. Ya lo he dicho antes y lo diré de nuevo. Estarían mucho mejor empleados en una verdadera jornada de trabajo, en lugar de malgastar el dinero de los contribuyentes holgazaneando en clase.

—Bien, al menos en alguna medida estamos de acuerdo —dijo el director, pacíficamente—. Tal como yo lo entiendo, la línea de acción de Mr. Wilt ha sido de tipo más práctico. ¿No es así, Wilt?

—La política del departamento ha sido enseñar a los aprendices a hacer cosas. Yo creo que interesándoles en...

—¿Cocodrilos? —inquirió el consejero Blighte-Smythe.

—No —dijo Wilt.

El delegado de Educación consultó la lista que tenía frente a él.

—Veo aquí que su concepto de educación práctica incluye la fabricación doméstica de cerveza.

Wilt asintió.

—¿Puedo preguntar por qué? A mí no se me habría ocurrido que animar a los adolescentes a convertirse en alcohólicos sirviera a ningún propósito educativo.

—Para empezar sirve para mantenerles alejados de los pubs —dijo Wilt—. Y, en cualquier caso, los Ingenieros del Gas IV no son adolescentes. La mitad de ellos son hombres casados y con hijos.

—¿Y ese curso sobre la fabricación de cerveza se amplía a la fabricación de alambiques ilegales?

—¿Alambiques? —dijo Wilt.

—Para fabricar alcohol.

–No creo que nadie de mi departamento tuviera la suficiente habilidad. En cuanto a la bebida que fabrican, es...

–Según los de Consumo, prácticamente alcohol puro –dijo el delegado de Educación–. Desde luego, el bidón de ciento ochenta litros que desenterraron del edificio de Ingenieros tuvo que ser quemado. Según dijo uno de los funcionarios de Consumo, se podría haber hecho funcionar un coche con esa porquería.

–Quizás eso es lo que intentaban hacer –dijo Wilt.

–En ese caso –continuó el delegado–, no parece lo más adecuado haber etiquetado varias botellas como Chateau Tech VSOP.

El director miró hacia el techo y rezó, pero el delegado de Educación no parecía haber terminado.

–¿Le importaría decirnos algo de la clase que ha organizado usted para los Proveedores sobre Avituallamiento Autónomo?

–Bien, de hecho se llama Vivir de la Tierra –dijo Wilt.

–Exactamente. La tierra en cuestión es la de Lord Podnorton.

–Nunca he oído hablar de él.

–Él sí ha oído hablar de esta institución. Su guardabosques sorprendió a dos aprendices de cocina cuando decapitaban a un faisán con la ayuda de un tubo de plástico de tres metros de largo, a través del cual se había anudado un cable de cuerda de piano robada del departamento de Música, lo que probablemente explica el hecho de que catorce pianos hayan tenido que ser encordados de nuevo en los dos trimestres pasados.

–Dios mío, y yo que creía que habían sido unos vándalos –murmuró el director.

–Lord Podnorton también sufrió la misma equivocación acerca de sus invernaderos, cuatro cristaleras, una caja de pasas de Corinto...

–Bien, todo lo que puedo decir –interrumpió Wilt– es que irrumpir en los invernaderos no forma parte del programa de Vivir de la Tierra. Puedo asegurárselo. Saqué la idea de mi esposa, que es muy aficionada a fabricar estiércol...

–Estoy convencido de que también fue ella quien le dio la idea para otro curso. Tengo aquí una carta de Mrs. Tothingford quejándose de que impartimos clases de karate para niñeras. Quizá le gustaría explicarnos esto.

–Tenemos un curso de Defensa Antiviolación para enfermeras puericultoras. Pensamos que sería prudente, a la luz de la creciente ola de violencia.

–Muy adecuado –dijo Mrs. Chatterway–. Lo apruebo de todo corazón.

–Quizás usted lo apruebe –dijo el delegado, mirándola críticamente por encima de sus gafas–, pero Mrs. Tothingford no. Su carta la envía desde el hospital en el que está siendo tratada por una clavícula rota, una luxación en la nuez y lesiones internas que le infligió su enfermera el sábado pasado por la noche. No irá usted a decirme que la señora Tothingford es una violadora.

–Podría serlo –dijo Wilt–. ¿Le ha preguntado usted si es lesbiana? Se conoce el caso de...

–Mrs. Tothingford es madre de cinco hijos y esposa de... –consultó la carta.

–¿De tres? –preguntó Wilt.

–Del juez Tothingford, Wilt –ladró el delegado de Educación–. Y si está usted sugiriendo que la esposa de un juez es lesbiana le recordaré que existen cosas como la difamación.

–También existen cosas como una lesbiana casada –dijo Wilt–. Una vez conocí a una. Vivía en nuestra...

–No estamos aquí para hablar de sus deplorables conocidos.

–Yo creía que sí. Después de todo, usted me ha hecho venir aquí para hablar de una película filmada por un profesor de mi departamento; y aunque no le llamaría amigo, tengo una vaga relación con él...

Pero un puntapié del vicedirector por debajo de la mesa le hizo callar de golpe...

–¿Es ése el último de los incidentes de la lista? –preguntó el director esperanzado.

–Podría continuar casi indefinidamente, pero no lo haré –dijo el delegado de Educación–. La conclusión que podemos sacar de esto es que el departamento de Estudios Liberales no sólo está fracasando en su supuesta función de inculcar un cierto sentido de la responsabilidad social en los aprendices en formación, sino que está favoreciendo activamente una conducta antisocial...

–Eso no es culpa mía –dijo Wilt encolerizado.

–Usted es el responsable de la manera en que se lleva el departamento, y por ello debe dar cuentas a la Autoridad Local.

Wilt resopló.

–¡Qué Autoridad Local ni qué narices? Si yo tuviera la menor autoridad, esa película nunca se habría hecho. En lugar de eso, estoy cargado de profesores que yo no contraté y que no puedo expulsar, la mitad de los cuales son revolucionarios delirantes o anarquistas, y la otra mitad no podrían mantener el orden aunque los estudiantes tuvieran puestas camisas de fuerza, y usted espera que yo me haga responsable de todo lo que ocurra.

Wilt miró a los miembros del comité y sacudió la cabeza. Incluso el delegado de Educación parecía un poco desinflado.

–Está claro que el problema es muy complicado –dijo Mrs. Chatterway, que se había pasado a la defensa de Wilt desde que le oyó hablar sobre el Curso Antiviolación para enfermeras puericultoras–. Creo que puedo hablar en nombre de todo el comité si digo que valoramos las dificultades con las que se enfrenta Mr. Wilt.

–No importan las dificultades a las que se enfrente Wilt –intervino Blighte-Smythe–. Nosotros somos los que tendremos que enfrentarnos con algunas si la cosa llega a hacerse pública. Si la prensa llega a saber de algo de esta historia.

Mrs. Chatterway palideció ante la perspectiva, mientras el director se tapaba los ojos. Wilt observó sus reacciones con interés.

–No sé –dijo Wilt animadamente–. Yo estoy completamente a favor de los debates públicos sobre temas de importancia educativa. Los padres tienen que saber la manera en que se está educando a sus hijos. Yo mismo tengo cuatro hijas y...

–Wilt –dijo el director violentamente–, el comité ha acordado generosamente que no se le puede considerar a usted totalmente responsable de estos deplorables incidentes. Creo que no es necesario que le retengamos más.

Pero Wilt permaneció sentado y aprovechó su ventaja.

–Entiendo, por lo tanto, que ustedes no quieren que este lamentable asunto llegue a conocimiento de la prensa. Bien, ésa es *su* decisión...

–Escuche Wilt –ladró el delegado de Educación–, si una palabra de esto llega a la prensa o es mencionado en público del modo que sea, me encargaré de... Bien, no me gustaría estar en su pellejo.

Wilt se puso de pie.

–No me gusta estar en él en este momento –dijo–. Ustedes me convocan aquí y me someten a un interrogatorio acerca de algo que no puedo impedir porque ustedes se niegan a darme ninguna autoridad real y luego, cuando propongo hacer un caso público de este desgraciado asunto, comienzan a amenazarme. Me dan ganas de quejarme al sindicato.

Y tras lanzar esta terrible amenaza, se dirigió hacia la puerta.

–Wilt –gritó el director–. Todavía no hemos terminado.

–Ni yo tampoco –dijo Wilt, y abrió la puerta–. Encuentro todo este intento de tapar un asunto de interés público de lo más censurable.

–Dios –dijo Mrs. Chatterway, que no acostumbraba pedir la guía divina–. No creerán ustedes que lo dice en serio, ¿verdad?

–Hace mucho tiempo que he renunciado a intentar comprender lo que piensa Wilt –dijo el director con abatimiento–. De lo único que estoy seguro es de que ojalá nunca le hubiéramos contratado.

6

    —Estás cometiendo un suicidio profesional —le dijo Peter Braintree a Wilt mientras estaban sentados ante unas pintas de cerveza en El Soplador de Vidrio aquella noche.

    —Me siento como si estuviera cometiendo un suicidio de verdad —dijo Wilt, ignorando el pastel de cerdo que Braintree acababa de traerle—. Y no sirve de nada tratar de tentarme con pasteles de cerdo.

    —Tienes que cenar algo. En tu estado es vital.

    —En mi estado nada es vital. Por un lado, estoy obligado a guerrear contra el director, el delegado de Educación y su estúpido Comité en nombre de lunáticos como Bilger que quieren una revolución sangrienta, y por el otro, después de haberme pasado años reprimiendo mis instintos predatorios con respecto a las secretarias del curso superior, Miss Trott y la enfermera puericultora de turno, Eva tiene que meter en casa a la mujer más espléndida, más devastadora que ha podido encontrar. No te lo creas... ¿Recuerdas aquel verano y las suecas?

    —¿Aquellas a las que debías explicar *Hijos y amantes?*

    —Sí —dijo Wilt—. Cuatro semanas de D. H. Lawrence y treinta deliciosas suecas. Bien, si eso no fue un bautismo de lujuria, no sé qué puede serlo. Pues yo salí indemne. Cada noche volvía a casa junto a Eva inmaculado. Si la guerra de los sexos se declarase abiertamente, yo ya habría ganado la Medalla Conyugal a la castidad por encima de las exigencias del deber.

–Todos hemos pasado por esa fase –dijo Braintree.

–¿Y qué quieres decir exactamente cuando dices «esa fase»? –preguntó secamente Wilt.

–El cuerpo maravilloso, las tetas, los traseros, el atisbo ocasional de un muslo. Recuerdo una vez...

–Prefiero no oír tus repugnantes fantasías –dijo Wilt–. Quizás en otra ocasión. Con Irmgard es diferente. No estoy hablando de algo meramente físico. Nos comunicamos.

–Por Dios, Henry... –dijo Braintree, pasmado.

–Exactamente. ¿Cuándo me has oído utilizar antes esa temida palabra?

–Nunca.

–Pues ya la estás oyendo. Y eso te dará idea del pavoroso trance en que me encuentro.

–Desde luego –dijo Braintree– estás...

–Enamorado –dijo Wilt.

–Iba a decir completamente loco.

–Viene a ser lo mismo. Estoy atrapado entre los cuernos de un dilema. Utilizo ese cliché deliberadamente aunque, para ser franco, en este caso los cuernos no tienen nada que ver. Estoy casado con una mujer formidable, frenética y absolutamente carente de sensibilidad...

–Que no te comprende. Ya lo he oído antes.

–Que me comprende. Y tú no –dijo Wilt, y tragó amargamente un poco más de cerveza.

–Henry, alguien te ha estado echando algo en el té –dijo Braintree.

–Sí, y los dos sabemos quién. Mrs. Crippen.[1]

–¿Mrs. Crippen? ¿De qué demonios estás hablando?

1. Hawley Crippen fue un famoso criminal de comienzos de siglo, que envenenó a su esposa y la cortó en pedazos que escondió en el sótano de su casa. *(N. de la T.)*

–¿Se te ha ocurrido alguna vez –dijo Wilt, empujando el pastel de cerdo hacia el otro extremo de la barra– lo que habría pasado si Mrs. Crippen, en lugar de no tener hijos y de incordiar constantemente a su marido y hacerle la vida imposible en términos generales, hubiera tenido cuatrillizos? Ya veo que no. Bueno, pues a mí sí. Desde que di aquel curso sobre Orwell y el Arte del Asesinato Inglés, he meditado profundamente sobre el tema, camino de casa y de una Cena Alternativa consistente en salchichas de soja crudas y acedera casera, todo ello regado con café de diente de león, y he llegado a ciertas conclusiones.

–Henry, estás cayendo en la paranoia –dijo Braintree severamente.

–¿Tú crees? Entonces contesta a mi pregunta. ¿Si Mrs. Crippen hubiera tenido cuatrillizas, quién habría terminado bajo el suelo del sótano? El doctor Crippen. No, no me interrumpas. Tú no te das cuenta del cambio que la maternidad ha producido en Eva. Yo sí. Vivo en una casa sobredimensionada con una madre sobredimensionada y cuatro hijas, y puedo asegurarte que tengo una visión de la hembra de la especie que les ha sido negada a hombres más afortunados y que sé cuándo soy indeseable.

–¿De qué demonios estás hablando ahora?

–Dos pintas más, por favor –le pidió Wilt al barman– y sea tan amable de meter ese pastel en su sitio.

–Mira, Henry, estás dejando que tu imaginación se desboque –dijo Braintree–. ¿No estarás sugiriendo en serio que Eva se dispone a envenenarte?

–No llegaré tan lejos –dijo Wilt–, aunque ese pensamiento se me pasó por la cabeza cuando Eva se interesó por las Setas Alternativas. Pero terminé con eso haciendo que Samantha las probase antes que yo. Puede que yo esté de más, pero las cuatrillizas no. Al menos en opinión de Eva. Ella considera a su camada como si fueran genios en potencia. Samantha es Einstein; la obra de Penelope con el rotulador sobre las paredes del cuarto de estar le hizo suponer que se trata de un Miguel Ángel femenino; Josephine apenas requiere presentación con un nombre como ése. ¿Es necesario que continúe?

Braintree negó con la cabeza.

—Bien —continuó Wilt con desaliento, bebiéndose la otra cerveza—. Ya he cumplido con mi función biológica como macho, y justo cuando me estaba adaptando con relativa facilidad a la senilidad prematura, Eva, con una intuición infalible que debo añadir nunca sospeché, hace vivir bajo nuestro mismo techo a una mujer que posee todas esas notables cualidades; inteligencia, belleza, una sensibilidad espiritual y un esplendor... Todo lo que puedo decir que es Irmgard es el epítome de la mujer con la que debería haberme casado.

—Pero no lo hiciste —dijo Braintree, emergiendo de la jarra de cerveza en la que se había refugiado para escapar del espantoso catálogo de Wilt—. Has cargado con Eva y...

—Cargado es la palabra —dijo Wilt—. Cuando Eva se mete en la cama... Te ahorraré los detalles sórdidos. Baste decir que ella es dos veces más hombre que yo.

Volvió a quedarse silencioso y terminó su cerveza.

—En cualquier caso, sigo diciendo que cometerás un terrible error si vuelves a darle mala publicidad a la Escuela —dijo Braintree para cambiar de tema—. No despiertes al perro que duerme, ése es mi lema.

—También sería el mío si la gente no se dedicara a dormir con cocodrilos —dijo Wilt—. Y ese bastardo de Bilger tiene el descaro de decirme que soy un cerdo desviacionista y un lacayo del fascismo capitalista..., gracias, tomaré otra pinta..., y yo todo el tiempo protegiendo a ese idiota. Casi estoy por hacer público todo el asunto. Casi, porque Toxted y su pandilla del Frente Nacional sólo esperan una oportunidad para dar el golpe y yo no pienso ser su héroe, muchas gracias.

—Esta mañana vi a nuestro pequeño Hitler poniendo un cartel en la cantina —dijo Braintree.

—¡Vaya! ¿Y por qué aboga esta vez? ¿La castración de los coolies o la vuelta a la tortura?

—Tiene algo que ver con el sionismo —dijo Braintree—, yo hubiera roto el cartel si él no hubiera llevado una guardia personal de beduinos. Ahora anda con los árabes, ¿sabes?

—Brillante —dijo Wilt—, absolutamente brillante. Es lo que me gusta de esos maníacos de derechas y de izquierdas, que sean tan absolutamente inconsecuentes. Ahí tienes a Bilger, que envía a sus hijos a un colegio privado y vive en una gran casa que le compró su padre, y anda por ahí abogando por la revolución mundial desde el asiento de un Porsche que debe de haberle costado como mínimo seis mil libras. Y se permite llamarme cerdo fascista. Acabo de recuperarme del choque con ese tipo y me doy de bruces con Toxted, que es un verdadero fascista que vive en una casa de protección oficial y quiere enviar a cualquiera que tenga un problema de pigmentación de vuelta a Islamabad, aunque de hecho haya nacido en Clapham y no haya salido nunca de Inglaterra, ¿y con quién forma equipo? Con una banda de jeques salvajes con más petrodólares bajo sus albornoces que cenas calientes ha comido él en su vida, que no son capaces de hablar dos palabras de inglés y poseen la mitad de Mayfair. Añade el hecho de que son semitas, y él es tan antisemita que Eichmann parecería un Amigo de Israel. Y ahora dime cómo funciona su maldito cerebro. Yo renuncio. Una cosa así hace que se dé a la bebida cualquier hombre racional.

Como para apoyar su afirmación, Wilt pidió dos pintas más de cerveza.

—Ya te has tomado seis —dijo Braintree preocupado—. Eva te va a montar un número cuando llegues a casa.

—Eva siempre me está montando números —dijo Wilt—, cuando pienso cómo he desperdiciado mi vida...

—Sí, bueno. Preferiría que no lo pensaras —dijo Braintree—. No hay nada peor que un borracho introspectivo.

—Estaba citando la primera línea de «Testamento de Belleza», de Robert Bridges —dijo Wilt— pero eso no importa. Puede que sea introspectivo, pero no estoy introspectivamente borracho. Sólo sencillamente beodo. Si hubieras tenido un día como el que yo he tenido y tuvieras que enfrentarte con la perspectiva de meterte en la cama con una Eva de mal humor, también buscarías el olvido en la cerveza. Sin contar con el hecho de que tres metros por encima de mi cabeza, separada por un techo, un suelo y algún tipo de moqueta, yace la criatura más bella, inteligente, radiante, sensible...

–Si mencionas otra vez la palabra musa, Henry... –dijo Braintree amenazante.

–No tengo la intención de hacerlo –dijo Wilt–. Oídos como los tuyos son demasiado groseros. Ahora que lo pienso, ¿se te ha ocurrido alguna vez que el inglés es la lengua más naturalmente adecuada para la poesía rimada?

Wilt se enfrascó en este tema, más agradable, y se bebió unas cuantas cervezas más. Para cuando salieron del Soplador de Vidrio, Braintree estaba demasiado borracho para conducir de vuelta a casa.

–Dejaré el coche aquí y lo recogeré mañana por la mañana –le dijo a Wilt, que estaba apoyado contra un poste de telégrafo–, y si yo fuera tú, llamaría a un taxi. Ni siquiera estás en condiciones de andar.

–Voy a comunicar con la naturaleza –dijo Wilt–, no tengo intención de acelerar el tiempo entre el ahora y la realidad. Con un poco de suerte, la realidad estará dormida cuando llegue a casa.

Y se fue tambaleándose en dirección a Willington Road, deteniéndose ocasionalmente para recobrar el equilibrio contra una verja, y dos veces para aliviarse en el jardín de otro. En la segunda ocasión confundió un rosal espinoso con una hortensia, arañándose a base de bien. Estaba sentado al borde del césped intentando utilizar un pañuelo como torniquete cuando un coche de la policía se detuvo junto a él. Wilt parpadeó bajo la luz de la linterna, que le dio en la cara antes de recorrer el camino hasta el pañuelo manchado de sangre.

–¿Está usted bien? –preguntó la voz tras la linterna, demasiado obsequiosamente a gusto de Wilt.

–¿Es que lo parece? –preguntó con tono truculento–. ¿Encuentra usted un tipo sentado en el bordillo con un pañuelo alrededor de los restos de su perdido orgullo de hombre y le hace una estúpida pregunta como ésa?

—Si no le importa, señor, abandone ese lenguaje —dijo el policía—. Hay una ley contra su utilización en la vía pública.

—Debería haber una ley contra la plantación de puñeteros rosales espinosos junto a las aceras de mierda —dijo Wilt.

—¿Y puedo preguntar qué estaba haciendo con las rosas, señor?

—Puede —dijo Wilt—. Si alguien es tan burro que no es capaz de verlo por sí mismo, puede preguntarlo.

—¿Le importaría decírmelo, entonces? —dijo el policía, sacando un cuaderno de notas. Wilt se lo dijo con una riqueza descriptiva y una viveza que hizo encenderse las luces de varias casas de la calle. Diez minutos más tarde, era conducido a la comisaría en el coche de la policía. «Ebriedad y escándalo público, utilización de lenguaje soez, atentado contra la paz...»

Wilt le interrumpió.

—Paciencia, y una mierda —gritó—. No era una paciencia. Nosotros tenemos una paciencia en el jardín delantero y no tiene púas de treinta centímetros. Y, en cualquier caso, yo no estaba atentando contra ella. Tendrían ustedes que ensayar la circuncisión parcial con una *flaming floribunda* para saber lo que es atentar. Todo lo que hacía era aliviarme discretamente o, por decirlo en lenguaje popular, meando, cuando ese arbusto infernal con garras de gato trepador decidió darme unas cuchilladas. Si no me creen, vuelvan allí e inténtelo ustedes mismos...

—Llévenlo a la celda —dijo el sargento de guardia para impedir que Wilt ofendiese a una anciana que había ido a denunciar la pérdida de un pequinés. Pero antes de que los dos guardias pudieran arrastrar a Wilt hasta aquélla, les interrumpió un grito que venía de la oficina del inspector Flint. El inspector había vuelto a la comisaría informado del arresto de un ladrón del que se sospechaba hacía tiempo, y estaba interrogándole con éxito cuando percibió el sonido de una voz familiar. Salió en tromba de su oficina y se quedó lívido al contemplar a Wilt.

–¿Qué coño está haciendo éste aquí? –preguntó.

–Bien, señor... –comenzó un guardia, pero Wilt le interrumpió abruptamente.

–Según sus esbirros, estaba intentando violar a un rosal espinoso. Según yo estaba tranquilamente mean...

–Wilt –gritó el inspector–, si ha venido usted aquí a hacerme la vida imposible otra vez, olvídelo. En cuanto a vosotros dos, mirad bien a este hijo de puta, fijaos bien; y a menos que le cojáis en el acto de asesinar efectivamente a alguien, o mejor aún, esperad hasta que le hayáis visto hacerlo para ponerle un dedo encima. Y ahora sacádmelo de aquí.

–Pero señor...

–He dicho que fuera –gritó Flint– y eso quiere decir fuera. Esta cosa que acabáis de traer es un virus humano de locura contagiosa. Sacadlo de aquí antes de que convierta la comisaría en un manicomio.

–Vaya, eso me gusta –protestó Wilt–, me arrastran aquí falsamente acusado...

De nuevo se lo llevaron a rastras, mientras Flint volvía a su oficina y se sentaba pensando distraídamente en Wilt. Todavía rondaban por su mente las visiones de aquella diabólica muñeca, y nunca olvidaría las horas que había pasado interrogando a aquel demente. Y además estaba Mrs. Eva Wilt, cuyo cadáver él había supuesto enterrado por Wilt bajo treinta toneladas de hormigón mientras que todo ese tiempo aquella maldita mujer iba río abajo en un yate con el motor estropeado. Los Wilt, conjuntamente, le habían hecho sentir como un idiota, y todavía oía contar chistes de muñecas inflables en la cantina. Un día de éstos se iba a vengar. Sí, un día de éstos... Se volvió hacia el ladrón con nuevas energías.

Wilt se sentó a la puerta de su casa de Willington Road, mirando las nubes y meditando sobre el amor y la vida, y sobre las distintas impresiones que él, Wilt, causaba a la gente. ¿Qué le había llamado Flint? Virus infeccioso..., virus humano infeccioso... Eso le recordó a Wilt sus propias heridas.

–Quizá coja el tétanos o algo así –murmuró, y rebuscó en su bolsillo la llave de la puerta. Diez minutos más tarde, todavía con la chaqueta puesta pero sin pantalones ni calzoncillos, Wilt estaba en el cuarto de baño remojando su virilidad en un vaso para enjuagarse la boca lleno de desinfectante y agua caliente cuando entró Eva.

–¿Tienes idea de la hora que es? Son...

Se detuvo y miró el vaso con horror.

–Las tres en punto –dijo Wilt, tratando de conducir la conversación hacia temas menos polémicos; pero el interés de Eva por la hora había desaparecido.

–¿Qué demonios estás haciendo con eso? –jadeó. Wilt bajó la vista hacia el vaso.

–Bien, ya que lo mencionas y a pesar de todas las evidencias cir... circunstanciales en mi contra, no estoy... Bueno, estoy tratando de desinfectarme, sabes...

–¿Desinfectarte?

–Sí... bueno –dijo Wilt consciente de que habría ciertos aspectos ambiguos en la explicación–, el caso es...

–En mi vaso –gritó Eva–. ¿Estás ahí con la berenjena metida en mi vaso y admites que te estás desinfectando? ¿Y quién era la mujer, o no te has molestado en preguntarle su nombre?

–No ha sido una mujer, ha sido...

–No me lo digas. No quiero saberlo. Mavis tenía razón acerca de ti. Dijo que lo que hacías no era simplemente volver andando a casa. Dijo que pasabas las tardes con otra mujer.

–No ha sido otra mujer. Ha sido...

–No me mientas. Pensar que después de todos estos años de vida de casados tienes que recurrir a prostitutas y rameras...

–No era una enramada. Supongo que tú le encontrarías flores y semillas, pero no es así como se llama...

–Eso es, ahora cambia de tema...

–No estoy cambiando de tema. Me quedé enganchado en un rosal...

–¿Así es como se hacen llamar ahora? ¿Rosales?

Eva calló y se quedó mirando a Wilt con renovado horror.

–Por lo que yo sé siempre se han llamado rosales –dijo Wilt, sin percatarse de que las sospechas de Eva habían tomado otro rumbo–. No veo de qué otro modo se les podría llamar.

–¿Gays? ¿Maricas? ¿Qué te parece para empezar?

–¿Qué? –gritó Wilt, pero ya no había quien parase a Eva.

–Siempre supe que había algo que no te funcionaba, Henry Wilt –dijo desgañitándose–, y ahora ya sé lo que es. Y pensar que vuelves y me coges el vaso para desinfectarte. ¿Tan bajo puedes caer?

–Escucha –dijo Wilt, repentinamente consciente de que su musa podía enterarse de las abominables insinuaciones de Eva–, puedo demostrar que era un rosal espinoso. Echa una mirada si no me crees.

Pero Eva no se esperó.

–No pienses que vas a pasar una noche más en mi casa –gritó desde el pasillo–. ¡Nunca más! Puedes volverte con tu novio y...

–Ya te he aguantado más de la cuenta –gritó Wilt, corriendo tras ella, pero se paró en seco al ver que Penelope estaba en medio del pasillo con los ojos como platos.

–¡Oh, mierda! –dijo Wilt, emprendiendo otra vez la retirada hacia el cuarto de baño. Fuera se oía a Penelope sollozando, y a Eva intentando calmarla histéricamente. La puerta de un dormitorio se abrió y se cerró. Wilt se sentó en el borde de la bañera y soltó un taco. Luego, vació el vaso en el inodoro, se secó distraídamente con una toalla y se puso esparadrapo. Finalmente extendió pasta de dientes sobre el cepillo eléctrico, y estaba lavándose afanosamente los dientes, cuando de nuevo se abrió la puerta del dormitorio y Eva salió precipitadamente.

–Henry Wilt, si está usando ese cepillo de dientes para...

–De una vez por todas –gritó Wilt con la boca llena de espuma–. Estoy asqueado y cansado de tus viles insinuaciones. He tenido un día largo y agotador y...

–Eso ya me lo creo –gritó Eva.

–Para tu información, estoy simplemente cepillándome los dientes antes de irme a la cama, y si piensas que estoy haciendo alguna otra cosa...

Fue interrumpido por el cepillo de dientes. El extremo saltó y fue a parar al lavabo.

–¿Y ahora qué estás haciendo? –preguntó Eva.

–Tratando de sacar el cepillo del agujero –dijo Wilt, una explicación que trajo consigo nuevas recriminaciones, un breve y desigual enfrentamiento en el descansillo y finalmente un furioso Wilt que era expulsado por la puerta de la cocina con un saco de dormir y la orden de pasar el resto de la noche en el pabellón de verano.

–No quiero tenerte más aquí pervirtiendo a las pequeñas –gritó Eva desde la puerta–; y mañana iré a ver a un abogado.

–Me la trae floja –replicó Wilt a gritos, y se dirigió al pabellón atravesando el jardín. Durante unos momentos tanteó en la oscuridad tratando de encontrar la cremallera del saco de dormir. No parecía tener ninguna. Wilt se sentó en el suelo, metió los pies en el saco, y estaba precisamente contorsionándose para meterse en él, cuando un sonido que provenía de detrás del pabellón le sobresaltó. Alguien se acercaba por el prado atravesando el huerto. Wilt se sentó silenciosamente en la oscuridad y escuchó. No había duda. Escuchó el roce de la hierba y una rama al romperse. Silencio de nuevo. Wilt se asomó por una esquina de la ventana y, en ese momento, las luces de la casa se apagaron. Eva se había ido de nuevo a la cama. El ruido de alguien que caminaba con precaución a través del huerto comenzó de nuevo. En el pabellón, la imaginación de Wilt especulaba con ladrones y con lo que iba a hacer si alguien trataba de penetrar en la casa, cuando vio allí afuera, junto a la ventana, una figura oscura. A ésta se le unió una segunda. Wilt se acurrucó en el pabellón y maldijo a Eva por dejarle sin pantalones y...

Pero un momento después sus temores habían desaparecido. Las dos siluetas atravesaron confiadas el césped, y una de ellas había hablado en alemán. Fue la voz de Irmgard la que llegó hasta Wilt y le tranquilizó. Y cuando las dos siluetas desaparecieron por el otro lado de la casa, Wilt se deslizó en el saco de dormir con el pensamiento relativamente reconfortante de que al menos su musa se había ahorrado esa visión de las interioridades de la vida familiar inglesa que las denuncias de Eva hubieran revelado. Por otro lado, ¿qué hacía Irmgard fuera a esas horas de la noche, y quién era la otra persona? Una oleada de celos autocompasivos inundó a Wilt antes de ser desalojada por consideraciones de carácter más práctico. El suelo del pabellón era duro, él no tenía almohada, y la noche se había vuelto de pronto muy fría. No pensaba pasar allí el resto de ella, ni mucho menos. Y, en cualquier caso, las llaves de la puerta principal estaban todavía en el bolsillo de su chaqueta. Wilt trepó fuera del saco de dormir y tanteó en busca de sus zapatos. Luego, arrastrando el saco tras él, cruzó el césped y dio la vuelta a la casa hasta la puerta principal. Una vez dentro, se quitó los zapatos y cruzó el hall en dirección al salón. Diez minutos más tarde se había quedado profundamente dormido en el sofá.

Cuando se despertó, Eva estaba trajinando en la cocina mientras las cuatrillizas, manifiestamente congregadas alrededor de la mesa del desayuno, hablaban de los acontecimientos de la noche. Wilt, contemplando las cortinas, escuchaba las preguntas de sus hijas y las respuestas evasivas de Eva. Como de costumbre, estaba aderezando mentiras descaradas con nauseabundo sentimentalismo.

–Vuestro padre no estaba muy bien ayer noche, cariño –le oyó decir–. Tenía cólicos en la tripita y eso es todo, y cuando le pasa eso dice cosas... Sí, ya sé, mamá también dice cosas, cielito. Yo estaba... ¿Qué has dicho, Samantha?... ¿Yo dije eso?... Bueno, no puede ser que él tuviera eso en el vaso porque las tripitas no caben en sitios tan pequeños... Tripitas, querida... No se puede tener cólico en ningún otro sitio... ¿Dónde aprendiste esa palabra, Samantha?... No él no hizo eso, y si vas a la guardería y le dices a Miss Oates que tu padre puso la...

Wilt enterró la cabeza bajo las almohadas para acallar la conversación. Esa maldita mujer estaba otra vez contando torpes mentiras a cuatro niñas que pasaban tanto tiempo tratando de engañarse unas a otras que podían detectar una mentira a un kilómetro de distancia. Y machacarles con lo de Miss Oates estaba calculado para que compitieran a ver quién era la primera en decirle a esa vieja y a las otras veinticinco crías que su papá se había pasado la noche con el pene en un vaso de enjuagarse la boca. Para cuando la historia se hubiera diseminado por la vecindad, sería del dominio público que el notable Mr. Wilt era una especie de fetichista de los vasos de enjuagarse la boca.

Estaba maldiciendo a Eva por su estupidez y a sí mismo por haber bebido demasiada cerveza, cuando precisamente se hicieron sentir las consecuencias de haber bebido demasiada cerveza. Necesitaba mear, y rápido. Wilt se arrastró fuera del saco de dormir. Se podía oír a Eva en el hall, poniéndoles los abrigos a las cuatrillizas. Wilt esperó hasta que se hubo cerrado tras ellas la puerta de la calle, y entonces atravesó corriendo el hall para ir al váter de abajo. Sólo entonces se hizo patente su situación en toda su magnitud. Wilt contempló aquel ancho pedazo de esparadrapo tan extremadamente tenaz.

–Maldita sea –dijo Wilt–, debí de emborracharme más de lo que creía. ¿Cuándo demonios me puse esto?

Tenía una laguna en su memoria. Se sentó en el inodoro y se puso a pensar cómo quitarse aquella maldita cosa sin hacerse más heridas. A juzgar por anteriores experiencias con el esparadrapo, sabía que el mejor método era arrancarlo de un solo tirón. En estas circunstancias, no parecía lo más indicado.

–Igual me arranco todo el asunto –murmuró–. Lo más seguro será encontrar un par de tijeras.

Wilt salió del váter con precaución y se asomó por la barandilla. Mientras no se encontrase con Irmgard bajando desde el ático. Considerando la hora en que había vuelto era totalmente improbable. Seguramente estaría todavía en la cama con algún bestia de novio. Wilt subió las escaleras y entró en el dormitorio. Eva guardaba unas tijeras para las uñas en el tocador. Las encontró, y estaba sentado en el borde de la cama, cuando Eva regresó. Ella subió las escaleras, se detuvo un momento en el rellano y luego entró en el dormitorio.

—Pensé que te encontraría aquí —dijo, cruzando la habitación hacia las cortinas—. Sabía que en cuanto volviera la espalda te meterías en casa como un reptil. Bueno, pues no pienses que puedes salir de ésta porque no puedes. Lo tengo todo pensado.

—¿Tú, pensar? —dijo Wilt.

—Eso es, insúltame —dijo Eva, corriendo las cortinas e inundando de luz la habitación.

—Yo no estoy insultándote —rugió Wilt—, simplemente te estoy haciendo una pregunta. Como no puedo meter en tu cabeza hueca que no soy un maniático del culo...

—¡Qué lenguaje! —dijo Eva.

—Sí, lenguaje que es un medio de comunicación, no simplemente una serie de mugidos, ronroneos y balidos como los que tú haces.

Pero Eva ya no estaba escuchando. Su atención se había fijado en las tijeras.

—Eso es, córtate de una vez esa horrible cosa —chilló, y se echó a llorar abruptamente—. Cuando pienso que has tenido que ir y...

—Cállate —aulló Wilt—. Aquí estoy, en peligro inminente de reventar y tú tienes que empezar a gritar como una sirena de fábrica. Si ayer noche hubieras utilizado tu maldita cabeza en lugar de una imaginación pervertida, no me encontraría en este apuro.

—¿Qué apuro? —preguntó Eva entre sollozos.

—Éste —gritó Wilt, agitando su órgano agonizante.

Eva lo miró con curiosidad.

—¿Para qué hiciste eso? —preguntó.

—Para cortar la hemorragia de mi puñetera cola. Te he dicho repetidas veces que me enganché en un rosal espinoso, pero tú tenías que lanzarte a conclusiones estúpidas. Ahora no puedo quitarme este asqueroso esparadrapo y tengo un galón de cerveza a presión detrás de él.

–Entonces, ¿lo del rosal era en serio?

–Naturalmente que sí. Me paso la vida diciendo la verdad y nada más que la verdad y nadie me cree nunca. Por última vez; estaba meando en un rosal y me enganché la jodida cosa. Ésa es la simple verdad, sin florituras, adornos, ni exageraciones.

–¿Y quieres quitarte el esparadrapo?

–¿Qué es lo que te estoy diciendo desde hace cinco minutos? No sólo quiero hacerlo. Necesito hacerlo o explotaré.

–Eso es fácil –dijo Eva–. Todo lo que hay que hacer...

7

Veinticinco minutos más tarde Wilt atravesaba cojeando la puerta del Centro de Accidentados del Hospital Ipford, pálido, dolorido y terriblemente azorado. Se dirigió al mostrador y miró a los ojos antipáticos, y obviamente carentes de imaginación, de la encargada de admisiones.

–Necesito que me vea un médico –dijo con cierta dificultad.

–¿Tiene usted algo roto? –preguntó la mujer.

–En cierto modo –dijo Wilt, consciente de que su conversación era seguida por una docena de pacientes con lesiones más obvias pero menos penosas.

–¿Qué quiere decir en cierto modo?

Wilt miró a la mujer y trató de sugerir sin palabras que la suya era una situación que requería discreción. La mujer, estaba claro, era extraordinariamente obtusa.

–Si no es una fractura, corte o herida que requiera inmediata atención o un caso de envenenamiento, debe usted consultar a su propio médico.

Wilt consideró todas esas opciones y decidió que lo suyo era «herida que requería inmediata atención».

–Herida –dijo.

–¿Dónde? –preguntó ella, bolígrafo y formulario en mano.

–Bueno... –dijo Wilt, con voz aún más ronca que antes. La mitad de los pacientes que estaban allí parecían haber ido con sus mujeres o madres.

–Le he preguntado dónde –dijo la mujer impaciente.

–Ya sé que me lo ha preguntado –susurró Wilt–, la cosa es...

–No dispongo de todo el día, sabe usted.

–Ya me doy cuenta –dijo Wilt–, es sólo que... bueno, yo... ¿No le importaría que le explicase la situación a un doctor? Mire usted...

Pero la mujer no miraba. En opinión de Wilt era una sádica o, si no, una deficiente mental.

–Tengo que rellenar este formulario y si usted no quiere decirme dónde tiene la herida... –Se interrumpió y miró a Wilt con suspicacia–. Creí que había dicho que era una fractura. Ahora dice usted que es una herida. Sería mejor que se decidiera. No dispongo de todo el día, sabe.

–Y a este paso, yo tampoco –dijo Wilt irritado por la repetición–. En realidad, si no hace algo inmediatamente bien puede ser que expire delante de usted.

La mujer se encogió de hombros. Que la gente expirara delante de ella era evidentemente parte de su rutina diaria.

–Todavía tengo que aclarar si es una fractura o una herida y su localización, y si usted no me dice qué es y dónde, no puedo admitirle.

Wilt echó una mirada por encima de su hombro, y estaba a punto de decir que tenía el pene prácticamente despellejado por culpa de su maldita esposa, cuando se fijó en los ojos de varias mujeres de mediana edad que estaban prestando gran atención al toma y daca. Cambió rápidamente de táctica.

–Veneno –murmuró.

–¿Está usted seguro?

–Claro que estoy seguro –dijo Wilt–, soy yo quien lo tomó, ¿no?

–También dijo usted que tenía una fractura y luego una herida. Ahora dice usted que se ha tomado las tres... Quiero decir, que ha tomado veneno. No tiene por qué mirarme de ese modo. Sólo estoy haciendo mi trabajo, por si no lo sabe.

—A la velocidad con que lo hace, me maravilla que alguien consiga entrar aquí antes de morir —soltó Wilt secamente, y enseguida se arrepintió. La mujer le miraba ahora con abierta hostilidad. La expresión de su cara parecía sugerir que, en lo tocante a Wilt, él mismo acababa de expresar el deseo mas ardiente de ella.

—Escuche —dijo Wilt tratando de apaciguar a la bruja—, lo lamento; si mi comportamiento es algo nervioso...

—Grosero, más bien.

—Como usted quiera. Grosero, entonces. Lo siento; pero si usted acabase de ingerir un veneno, se hubiera caído sobre un brazo y se lo hubiera roto, y sufriera una herida en el trasero, estaría un poco nerviosa.

Para dar algún tipo de credibilidad a esa lista de catástrofes, levantó blandamente el brazo izquierdo sujetándoselo con el derecho. La mujer le miró indecisa y tomó de nuevo el bolígrafo.

—¿Ha traído la botella? —preguntó.

—¿La botella?

—La botella que contenía el veneno que dice haber tomado.

—¿Para qué tenía que traerla?

—No podemos ayudarle a menos que sepamos qué tipo de veneno tomó.

—En la botella no ponía qué clase de veneno contenía —dijo Wilt—, era una botella de limonada que estaba en el garaje. Todo lo que sé es que era veneno.

—¿Cómo?

—¿Cómo qué?

—¿Cómo sabe que era veneno?

—Porque no sabía a limonada —dijo Wilt frenético, sabiendo que se hundía cada vez más en un marasmo de confusión diagnóstica.

—Porque algo no sepa a limonada no tiene por qué ser necesariamente venenoso —dijo la mujer, ejerciendo una lógica implacable—. Sólo la limonada sabe a limonada. Ninguna otra cosa sabe a limonada.

—Claro que no. Pero aquello no es que sencillamente no supiera a limonada. Tenía un sabor a veneno mortífero. Probablemente cianuro.

—Nadie conoce el sabor del cianuro —dijo la mujer, continuando la demolición de las defensas de Wilt—, la muerte es instantánea. Wilt la miró, lívido.

—De acuerdo —dijo finalmente—, olvídese del veneno. Todavía tengo un brazo roto y una herida que requiere atención inmediata. Exijo ver a un doctor.

—Entonces tendrá que esperar a que le toque. ¿Dónde dijo usted que era la herida?

—En el trasero —dijo Wilt, y pasó la hora siguiente lamentándolo. Para corroborar su declaración se vio obligado a estar de pie, mientras los otros pacientes eran atendidos y la recepcionista continuaba mirándole con una mezcla de franca sospecha y antipatía. En un esfuerzo por evitar su mirada, Wilt trató de leer el periódico por encima del hombro de un tipo cuyo único motivo aparente para necesitar atención urgente era un dedo gordo del pie vendado. Wilt sintió envidia de él y una vez más meditó sobre las circunstancias que provocaban la incredulidad en torno a su persona.

No era tan sencillo como Byron había sugerido con su «La verdad es más extraña que la ficción». Según su propia experiencia, verdad y ficción eran igualmente inaceptables. Algún elemento de ambigüedad en su propio carácter, quizá la capacidad de ver los dos lados de cualquier problema, creaba a su alrededor un aura de falta de sinceridad, y hacía imposible que nadie creyese lo que él decía. La verdad, para ser creída, primero había de ser verosímil, probable, y poder ser clasificada fácilmente dentro de alguna categoría de tópicos. Si no se adecuaba conforme a lo esperado, la gente se negaba a creerla. Pero la mente de Wilt no se conformaba. Seguía todas las posibilidades allí donde le llevasen, por laberintos de especulación que estaban fuera del alcance de la mayoría de la gente. Por supuesto, fuera del alcance de Eva. Además Eva jamás especulaba. Saltaba de una opinión a otra sin ese estado intermedio de perplejidad que era la condición perpetua de Wilt. En el mundo de ella, todo problema tenía una solución; en el de Wilt, todo problema tenía unas diez; cada una de ellas en directa contradicción con las demás. Incluso ahora, en aquella desvaída sala de espera en donde se suponía que su propia e inmediata miseria le iba a ahorrar preocuparse del resto del mundo, la febril inteligencia de Wilt encontraba material sobre el que especular.

El titular del periódico MAREA NEGRA: AVES MARINAS AMENAZADAS dominaba una página llena de horrores aparentemente menores. Aparentemente porque ocupaban un espacio muy pequeño. Había habido otro asalto terrorista a un transporte de seguridad. El conductor había sido amenazado con un lanzacohetes y a un guardia le habían disparado salvajemente en la cabeza. Los asesinos habían huido con 250.000 libras, pero eso era menos importante que el estado de las gaviotas amenazadas por una marea negra a lo largo de la costa. Wilt tomó nota de esa distinción y se preguntaba cómo se sentiría la viuda del guardia muerto ante la relegación de su difunto esposo al segundo lugar, en el interés del público, detrás de las gaviotas. ¿Qué ocurría en el mundo actual, que la fauna era más importante que las desgracias personales? Acaso la especie humana tuviera tanto miedo de su propia extinción que ya no se preocupaba de lo que sucedía al individuo; en cambio, cerraba filas contemplando la colisión de dos superpetroleros como un anticipo de su propio destino final. O quizá...

Wilt fue interrumpido en sus meditaciones por el sonido de su propio nombre, y al levantar la vista del papel sus ojos encontraron una enfermera de cara de cuchillo que estaba hablando con la recepcionista. La enfermera desapareció, y un poco después llegó a la recepción un especialista mayor y evidentemente importante, a juzgar por la escolta de médicos jóvenes, una hermana y dos enfermeras. Wilt observaba incómodo, en tanto el hombre estudiaba el informe de sus lesiones, miraba a Wilt por encima de las gafas como a un espécimen cuya dignidad le impidiera tratar, hacía una seña afirmativa a uno de los celadores y, sonriendo sardónicamente, salía de allí.

–Mr. Wilt –llamó el joven doctor. Wilt avanzó cauto.

–Si hace el favor de pasar a una cabina y esperar –dijo el doctor.

–Perdone, doctor –dijo Wilt–, me gustaría hablar con usted un momento en privado.

–A su debido tiempo, Mr. Wilt, hablaremos en privado, pero ahora, si no tiene usted nada mejor que hacer, pase por favor a una cabina.

Se dio la vuelta y se alejó por el corredor. Wilt estaba a punto de seguirle cojeando cuando la empleada de recepción le detuvo.

–Las cabinas de los accidentados son por ahí –dijo señalando las cortinas de otro corredor. Wilt hizo una mueca y se dirigió a una cabina.

En Willington Road, Eva estaba hablando por teléfono. Había llamado primero a la escuela para decir que Wilt tenía que quedarse en casa por enfermedad, y ahora estaba conversando con Mavis Mottram.

–No sé qué pensar –dijo Eva tristemente–. Es que parecía tan increíble que cuando me di cuenta de que estaba realmente herido me sentí horriblemente mal.

–Mi querida Eva –dijo Mavis, que sabía exactamente qué pensar–, estás demasiado predipuesta a echarte las culpas a ti misma y, naturalmente, Henry lo explota. Quiero decir que aquel asunto de la muñeca tendría que haberte demostrado que es un poco especial.

–No me gusta pensar en aquello –dijo Eva–, fue hace ya mucho tiempo, y Henry ha cambiado desde entonces.

–Los hombres no cambian de manera fundamental, y Henry está en una edad peligrosa. Ya te avisé cuando insististe en alojar a esa alemana *au pair*.

–Eso es diferente. Ella no está como *au pair*. Paga un alquiler mucho mayor que el que yo pedí pero no quiere hacer de criada. Se ha matriculado en el Curso para Extranjeros de la Escuela, y ya habla un inglés perfecto.

—¿Qué te dije, Eva? Ella nunca mencionó nada acerca de la Escuela cuando te pidió la habitación, ¿verdad?

—No —dijo Eva.

—No me sorprendería descubrir que Henry ya la conocía y que le habló de que alquilabas el ático.

—¿Pero cómo iba a hacerlo? Parecía muy sorprendido y enfadado cuando se lo dije.

—Querida Eva, me disgusta decirte esto, pero siempre ves el lado bueno de Henry. Naturalmente que fingiría estar sorprendido y enfadado. Sabe exactamente cómo manipularte, y si se hubiera mostrado encantado tú te habrías dado cuenta de que había algo raro.

—Supongo que sí —dijo Eva poco convencida.

—Y en cuanto a lo de conocerla de antes —continuó Mavis, haciendo la guerra a Patrick por medio de Wilt—, me parece recordar que él pasó mucho tiempo en la Escuela a comienzos de las vacaciones de verano, que es cuando se matriculan los estudiantes extranjeros.

—Pero Henry no tiene nada que ver con ese departamento. Él se ocupaba de los horarios.

—No tenía que pertenecer al departamento para encontrarse con esa tipa y, por lo que tú sabes, cuando se suponía que estaba haciendo horarios bien podía ser que estuvieran los dos haciendo algo muy diferente en su oficina.

Eva consideró esa posibilidad pero la descartó de inmediato.

—Henry no es así y, en cualquier caso, yo le habría notado un cambio —dijo.

—Querida, tienes que darte cuenta de que todos los hombres son así. Y yo no noté ningún cambio en Patrick hasta que fue demasiado tarde. Había tenido un lío con su secretaria durante un año entero, sin que yo me diera cuenta de nada —dijo Mavis—. Y aún entonces no tuve un solo indicio hasta que un día se sonó la nariz con sus bragas.

—¿Se sonó la nariz con *qué?* —dijo Eva, intrigada por la extraordinaria perversión que evocaba esa frase.

–Tenía un resfriado enorme, y una mañana en el desayuno sacó unas bragas rojas y se sonó la nariz con ellas –dijo Mavis–. Naturalmente; entonces me di cuenta de lo que había estado haciendo.

–Sí, era evidente, ¿verdad? –dijo Eva–. ¿Qué dijo él cuando le preguntaste?

–No le pregunté. Ya sabía todo lo que había que saber. Le dije que si pretendía provocarme para que me divorciara estaba muy equivocado, porque...

Mavis siguió charlando sobre su Patrick al tiempo que Eva se distraía poco a poco mientras seguía escuchando. Había en su memoria algo de aquella noche que estaba aflorando a la superficie. Algo que tenía que ver con Irmgard Müller. Después de aquella terrible bronca con Henry no había podido dormir. Había permanecido despierta, tendida en la oscuridad, preguntándose por qué Henry había... bueno, naturalmente ahora sabía que él no lo había hecho, pero entonces... Sí, era eso, la hora. A las cuatro en punto había oído a alguien que subía las escaleras muy sigilosamente, y había creído que era Henry. Luego había oído crujir las escaleras que llevaban al ático y supo que era Irmgard que volvía a casa. Recordaba haber mirado la esfera luminosa del despertador y haber visto las manecillas en las cuatro y en las doce, y por un momento había pensado que señalaban las doce y veinte, sólo que Henry había vuelto a las tres y... Se había quedado dormida con la pregunta a medio formular en su mente. Ahora, con la charla de Mavis, esa pregunta se completaba por sí sola. ¿Había salido Henry con Irmgard? No era propio de Henry volver tan tarde. Ella no podía recordar que lo hubiera hecho antes. Y ciertamente Irmgard no se comportaba como una chica *au pair*. En primer lugar era demasiado vieja, y además tenía demasiado dinero. Pero Mavis Mottram interrumpió este lento recorrido interior estableciendo la conclusión hacia la que Eva se dirigía.

–Yo no le quitaría la vista de encima a esa alemana –dijo–, y si quieres seguir mi consejo, líbrate de ella a fin de mes.

–Sí –dijo Eva–, sí, pensaré en eso, Mavis. Gracias por ser tan comprensiva.

Eva colgó el teléfono y miró por la ventana del dormitorio contemplando el haya que crecía en el jardín principal. Había sido una de las primeras cosas de la casa que le había atraído; el haya cobriza del jardín principal, un árbol grande y sólido, cuyas raíces se hundían bajo tierra tanto como las ramas se estiraban hacia arriba. Había leído eso en alguna parte; el equilibrio entre las ramas que buscaban la luz y las raíces que buscaban el agua le había parecido tan bien y tan, de alguna manera, orgánico, como para explicar lo que ella esperaba de la casa y lo que le daría a su vez.

Y la casa también le había parecido bien. Una casa grande, con techos altos y muros gruesos, y un jardín con huerto donde las cuatrillizas podrían crecer felices y más alejadas de la perturbadora realidad de lo que les hubiera permitido Parkview Road. Pero Henry no había querido mudarse. Había tenido que forzarle, pero él se resistía a la llamada de la rusticidad domesticada del huerto o al sentimiento de invulnerabilidad social que ella había encontrado en la casa y en Willington Road. Y no es que fuese una esnob pero no le gustaba que nadie la mirase de arriba abajo y ahora nadie lo hacía. Incluso Mavis había dejado de tratarla con aires protectores, y esa historia de Patrick y las bragas era algo que Mavis nunca le habría dicho si ella hubiera estado viviendo todavía dos calles más allá. En cualquier caso, Mavis era una bruja. Siempre estaba rebajando a Patrick y si él le era infiel físicamente, Mavis era moralmente desleal. Henry decía que ella cometía adulterio con su verborrea y había algo de cierto en eso. Pero también había algo de cierto en lo que Mavis decía acerca de Irmgard Müller. No le quitaría la vista de encima. Había en ella una extraña frialdad y ¿a qué venía decir que iba a ayudar en la casa y luego matricularse repentinamente en la Escuela?

Con una sensación de depresión poco habitual, Eva se hizo un café, luego pulió el suelo del hall, pasó el aspirador a la moqueta de la escalera, ordenó el salón, puso la ropa sucia en la lavadora, frotó el borde del inodoro orgánico e hizo todas las faenas que tenía que hacer antes de ir a recoger a las cuatrillizas a la guardería. Acababa de terminar y estaba cepillándose el pelo en el dormitorio cuando oyó que la puerta delantera se abría y se cerraba, y unos pasos en la escalera. No podía ser Henry. Él nunca las subía de dos en dos y en cualquier caso, con la pirula vendada, probablemente ni siquiera podría subir. Eva se llegó hasta la puerta del dormitorio y vio a un joven asustado en el descansillo.

–¿Qué está usted haciendo aquí? –preguntó algo alarmada.

El joven levantó las manos.

–Por favor. Estoy aquí por Miss Müller –dijo, con acento extranjero–. Ella me ha prestado la llave.

Como prueba sostuvo la llave frente a él.

–No tiene derecho a hacer eso –dijo Eva, molesta consigo misma por haberse alarmado tanto–, no quiero que haya gente paseando arriba y abajo sin llamar.

–Sí –dijo el joven–. La entiendo. Pero Miss Müller me dijo que podía estudiar en sus habitaciones. Donde yo vivo hay demasiado ruido.

–De acuerdo, no me importa que trabaje usted aquí pero no quiero que haga ruido –dijo Eva. Y se volvió al dormitorio. El joven continuó subiendo las estrechas escaleras del ático mientras Eva terminaba de cepillarse el pelo con un espíritu inesperadamente más ligero. Si Irmgard invitaba a jóvenes bastante guapos a su habitación, no era probable que tuviera interés por Henry. Y ese joven era decididamente guapo. Con un suspiro que combinaba pesar por no ser más joven y más atractiva y alivio de que su matrimonio no estuviera amenazado, bajó las escaleras.

8

En la Escuela, la ausencia de Wilt de la reunión semanal de jefes de departamento provocó reacciones diversas. El director estaba particularmente alarmado.

—¿Qué le pasa? —preguntó al secretario que había traído el mensaje de Eva de que Wilt estaba enfermo.

—Ella no lo precisó. Solamente dijo que estaría incapacitado durante unos días.

—Ojalá fueran años —murmuró el director, y llamó al orden a los reunidos—. Creo que todos hemos oído las lamentables noticias sobre la... ejem... película realizada por un profesor de Estudios Liberales —dijo—. No creo que tenga mucho sentido hablar de sus posibles consecuencias para el Colegio.

Miró a su alrededor con rostro sombrío. Sólo el doctor Board parecía no estar de acuerdo.

—Lo que no hemos sido capaces de dilucidar es si se trataba de un cocodrilo hembra o macho —dijo.

El director le miró con disgusto.

—En realidad, era sólo un juguete. Por lo que sé, los de juguete no tienen un sexo notablemente diferenciado.

—No, supongo que no —dijo el doctor Board—. No obstante suscita un problema interesante...

—Que, estoy seguro, el resto de nosotros preferiría no abordar —dijo el director.

—¿Sobre la base de que al buen callar llaman santo? –dijo Board–. Pero que me maten si puedo comprender cómo se pudo inducir a la estrella de esa película a...

—Board –dijo el director con amenazadora paciencia–, estamos aquí para tratar de asuntos académicos, no de las obscenas aberraciones de los profesores del departamento de Estudios Liberales.

—Muy bien, muy bien –dijo el director de Restauración–; cuando pienso que algunas de mis chicas están expuestas a la influencia de esos repugnantes pervertidos sólo puedo decir que creo deberíamos considerar muy seriamente la posibilidad de eliminar del todo los Estudios Liberales.

Hubo un murmullo general de aprobación. El doctor Board era la excepción.

—No veo por qué habría que culpar a los Estudios Liberales en conjunto –dijo–, y después de ver a algunas de sus chicas, yo diría...

—No, doctor Board, no lo haga –dijo el director.

El doctor Mayfield aprovechó la ocasión.

—Este desagradable incidente sólo refuerza mi opinión de que deberíamos ampliar los parámetros de nuestros contenidos académicos con el fin de incluir cursos de mayor significación intelectual.

Por una vez, el doctor Board estuvo de acuerdo con él.

—Supongo que podríamos dar unas clases nocturnas sobre Sodomía de Reptiles –dijo–. Podría tener el efecto secundario, si se puede decir así, de atraer a un cierto número de cocodrifílicos y, a un nivel más teórico, si duda un curso sobre la Bestialidad a través de los Tiempos tendría un cierto atractivo ecléctico. ¿He dicho algo inconveniente, señor director?

Pero el director estaba sin habla. El subdirector se lanzó por la brecha.

—Lo esencial primero es cuidar de que este lamentable asunto no llegue al conocimiento público.

—Bueno, considerando que tuvo lugar en Nott Road...

—Cállese, Board –gritó el director–, ya he aguantado más de la cuenta sus infernales digresiones. Una palabra más y pediré su dimisión o presentaré la mía ante el Comité de Educación. Y si es necesario, ambas. Puede usted elegir. Cállese o váyase.

El doctor Board se calló.

En el Centro de Accidentados, Wilt estaba comprobando que no tenía elección. El doctor que finalmente llegó a la cabina para atenderle iba acompañado de una formidable hermana y dos enfermeros. Wilt les lanzó una mirada asesina desde la camilla en que le habían dicho que se acostara.

–Se han tomado ustedes su tiempo –gruñó–. Llevo una hora aquí tendido agonizante y...

–Entonces tendremos que darnos prisa –dijo el doctor–. Bien, comencemos con el veneno. Un lavado de estómago será...

–¿Qué? –dijo Wilt, sentándose sobre la camilla horrorizado.

–No tardaremos ni un minuto –dijo el doctor–, solamente tiéndase mientras la hermana inserta el tubo.

–¡Oh, no! Ni pensarlo –dijo Wilt, saltando de la camilla hasta un rincón de la cabina mientras la enfermera se acercaba a él con un tubo–, yo no he tomado veneno.

–En su hoja de admisión dice que lo ha ingerido –dijo el doctor–. ¿Usted es Mr. Henry Wilt, no es cierto?

–Sí –dijo Wilt–, pero lo que no es cierto es que haya tomado veneno. Le puedo asegurar...

Se metió detrás de la camilla para esquivar a la hermana pero se vio atrapado por detrás por los dos enfermeros.

–Le juro que...

El mentís de Wilt se ahogó en sus labios al ser empujado de nuevo a la camilla. El tubo osciló sobre su boca. Wilt miró con odio al doctor. El tío parecía estar sonriendo de una manera singularmente sádica.

–Vamos, señor Wilt, será mejor que coopere.

–No quiero –gruñó Wilt a través de unos dientes apretados. Detrás de él, la hermana le sostenía la cabeza y esperaba.

–Mr. Wilt –dijo el doctor–, usted llegó aquí esta mañana y afirmó de forma bastante perentoria y por su propia voluntad que había ingerido veneno, que se había roto un brazo y que había sufrido una herida que requería atención inmediata, ¿cierto?

Wilt meditó sobre la forma de contestar. Parecía más seguro no abrir la boca. Asintió y luego trató de sacudir la cabeza.

–Gracias. No sólo eso, sino que además fue usted descortés, por decirlo de un modo elegante, con la señora de la recepción.

–No es verdad –dijo Wilt, y en seguida lamentó tanto sus malos modos como el intento de aclarar las cosas. Dos manos intentaron insertar el tubo. Wilt lo mordió.

–Tendremos que usar la fosa nasal izquierda –dijo el doctor.

–¡No, maldita sea! –aulló Wilt, pero era demasiado tarde. A medida que el tubo se deslizaba por su nariz y lo sentía bajar por su garganta, las protestas de Wilt acabaron siendo ininteligibles. Se retorció y produjo un sonido como de gorgoteo.

–Quizá lo que sigue le parezca ligeramente desagradable –dijo el doctor con evidente placer. Wilt miró al hombre con mirada asesina y, si el endiablado tubo no se lo hubiera impedido, hubiera proclamado con vehemencia que ya encontraba espantoso lo de ahora mismo. En el momento justo en que esbozaba una protesta, las cortinas se abrieron y apareció la empleada de la recepción.

–Me parece que le gustará ver esto, Mrs. Clemence –dijo el doctor–. Adelante, hermana.

La hermana prosiguió mientras Wilt se prometía silenciosamente a sí mismo que, si antes no se asfixiaba o explotaba, borraría la sonrisa de la cara de ese médico sádico tan pronto como esta abominable experiencia hubiera acabado. Por el momento su estado le impedía hacer otra cosa que gemir débilmente. Sólo la sugerencia de la hermana de que quizá, para mayor seguridad, deberían suministrarle un enema de aceite le prestó fuerzas para aclarar su caso.

–He venido para que me curaran el pene –susurró roncamente.

El doctor consultó su ficha.

–Aquí no hace ninguna mención de su pene –dijo–. Dice claramente que...

–Ya sé lo que dice –graznó Wilt–, también sé que si usted se viera obligado a entrar en una sala de espera llena de madres de clase media con sus hijos, los suicidas del monopatín, y tuviera que explicar a voz en grito a esa arpía que necesita que le den unos puntos en el extremo de la verga, se hubiera mostrado muy poco dispuesto a hacerlo.

–No estoy aquí para escuchar cómo un lunático me llama arpía –dijo la recepcionista.

–Y yo tampoco estaba allí para pregonar lo que le había pasado a mi pene para que todo el mundo pudiera oírlo. Solicité ver a un médico pero usted no me lo permitió. Niéguelo si puede.

–Yo le pregunté si se había roto algún miembro o si sufría una herida que requiriera...

–Sé muy bien lo que me preguntó –aulló Wilt–, o no se nota. Puedo repetírselo palabra por palabra. Y para que lo sepa, un pene no es un miembro, por lo menos no en mi caso. Supongo que entra en la categoría de apéndice, y si llego a decir que me había herido un apéndice usted me hubiera preguntado cuál, dónde y cómo, en qué circunstancias y con quién, y me hubiera enviado a enfermedades venéreas...

–Mr. Wilt –interrumpió el doctor–, aquí estamos extremadamente ocupados y si usted llega y se niega a decir exactamente lo que le pasa...

–Me encuentro con una jodida bomba estomacal metida en el gaznate como recompensa –gritó Wilt–. ¿Y qué sucede si aparece algún pobre tipo sordomudo? Supongo que lo dejan ustedes morir en el suelo de la sala de espera, o le extirpan las amígdalas para que en adelante aprenda a explicarse. Y a esto llaman Servicio de Salud Pública; una jodida dictadura burocrática, así es como yo lo veo.

–No importa cómo lo vea, Mr. Wilt. Si realmente hay algún problema con su pene, estamos perfectamente dispuestos a examinarlo.

–Yo, desde luego, no –dijo con firmeza la recepcionista, y desapareció tras las cortinas. Wilt se volvió a tender en la camilla y se quitó los pantalones.

El doctor le observó con precaución.

—¿Podría decirme qué es lo que tiene ahí enrollado?

—Un maldito pañuelo —dijo Wilt, y deshizo lentamente el chapucero vendaje.

—Dios mío —dijo el doctor—, ya veo lo que usted quería decir con «apéndice». ¿Sería pedir demasiado que me explicase cómo ha llegado su pene a este estado?

—Sí —dijo Wilt—, sería demasiado. Hasta ahora no me ha creído nadie, y preferiría no ser taladrado de nuevo.

—¿Taladrado? —dijo el doctor pensativo—. ¿No querrá usted decir que estas heridas fueron infligidas con un taladro? No sé lo que usted piensa, hermana, pero desde donde yo estoy parece como si nuestro amigo hubiera tenido una relación demasiado íntima con una máquina de picar carne.

—Y desde donde estoy yo se tiene exactamente esa sensación —dijo Wilt—, y si ello sirve para acabar con la chirigota, le diré que mi esposa es, en gran parte, responsable.

—¿Su esposa?

—Escuche, doctor —dijo Wilt—. Si le da lo mismo, prefiero no entrar en detalles.

—Eso no puedo reprochárselo —dijo el doctor, enjabonándose las manos—. Si mi esposa me hubiera hecho eso, me divorciaría de semejante furcia. ¿Estaban efectuando un coito?

—Sin comentarios —dijo Wilt, decidiendo que el silencio era la mejor política. El doctor se puso los guantes de cirujano y sacó sus propias sórdidas conclusiones. Llenó una aguja hipodérmica.

—Después de todo lo que le ha pasado —dijo, acercándose a la camilla—, esto no le va a doler nada.

Wilt saltó de nuevo de la camilla.

—Deténgase —gritó—. Si se imagina por un momento que va a plantar ese aguijón quirúrgico en mis jodidas partes, quíteselo de la cabeza. ¿Y para qué es eso?

La hermana acababa de recoger un aerosol.

—Sólo es un desinfectante inofensivo y anestésico. Le rociaré con esto primero y no notará el pinchazo.

—¿No lo notaré? Bien, pues permítame decirle que quiero notarlo. Si hubiese querido otra cosa hubiera dejado que la naturaleza siguiera su curso y no estaría aquí ahora. ¿Y que está haciendo ella con esa navaja de afeitar?.

—La está esterilizando, tenemos que afeitarle.

—¿Tienen que hacerlo? Ya he oído eso antes, y ya que estamos con el tema de la esterilización, me gustaría saber su opinión sobre la vasectomía.

—Soy completamente neutral en ese tema —dijo el doctor.

—Bueno, pues yo no —ladró Wilt desde el rincón—. En realidad, tengo una opinión muy clara, por no decir prejuicios. ¿De qué se ríe? —La musculosa hermana sonreía—. No será usted de esas malditas feministas, ¿verdad?

—Soy una mujer que trabaja —dijo la hermana—, y mis opiniones políticas son cosa mía. No entran en este asunto.

—Y yo soy un hombre que trabaja y quiero seguir siéndolo, y la política sí entra en este asunto. Ya sé a lo que han llegado en la India, y si salgo de aquí con un transistor, sin pelotas y parloteando como una mezzosoprano incipiente, les advierto que volveré con un cuchillo de carnicero y van a saber ustedes dos de qué va eso de la genética social.

—Bueno, si ésa es su actitud —dijo el doctor—, le sugiero que acuda a la medicina privada, Mr. Wilt. De ese modo usted recibe por lo que paga. Sólo puedo asegurarle...

Fueron necesarios diez minutos para convencer a Wilt de que volviera a echarse en la camilla, y cinco segundos para que saltara de ella de nuevo sujetándose el escroto.

—Refrigeración —chilló—, Dios mío, ya lo creo que sí. ¿Qué demonios se piensa que tengo aquí abajo, un paquete de guisantes para congelar?

—Simplemente tenemos que esperar a que la anestesia haga efecto —dijo el doctor—. Ya no tardará mucho.

–Desde luego que no –dijo Wilt con voz ronca mirando hacia abajo–, está desapareciendo todo. He entrado para una cura sin importancia, no para una operación de cambio de sexo, y si cree que a mi mujer le va a encantar tener un marido con clítoris se equivoca usted de medio a medio.

–Yo diría que es usted quien se ha equivocado ya con ella –dijo el doctor con tono divertido–. Una mujer capaz de producir tales daños a su esposo se merece todo lo que le pase.

–Ella puede que sí, pero yo no –dijo Wilt frenético–. Resulta que yo... ¿Qué está haciendo con ese tubo?

La hermana estaba desenvolviendo una sonda.

–Mr. Wilt –dijo el doctor–, vamos a introducirle esta...

–No, ni hablar –gritó Wilt–. Puede que mis partes se estén encogiendo a toda velocidad pero yo no soy Alicia en el País de las Maravillas ni un maldito enano con estreñimiento crónico. Ella ha dicho algo de un enema de aceite, y a mí no me lo ponen.

–Nadie intenta ponerle un enema. Esto simplemente permitirá que el líquido pase a través de los vendajes. Ahora, por favor, échese de nuevo en la camilla antes de que tenga que pedir ayuda.

–¿Qué quiere usted decir con que pase el líquido simplemente? –preguntó Wilt cauteloso mientras subía a la camilla. El doctor se lo explicó, y esta vez hicieron falta cuatro enfermeros para sujetar a Wilt. Durante toda la operación continuó con sus observaciones obscenas, y sólo la amenaza de una anestesia general le obligó a bajar el tono de voz. Incluso entonces, su observación de que el doctor y la hermana estaban menos dotados para la medicina que para las perforaciones petrolíferas en alta mar se pudo oír en la sala de espera.

–Eso es, ahora écheme a la calle como si fuese un surtidor de gasolina lleno de sangre –dijo cuando por fin le permitieron marchar–. Existen cosas tales como la dignidad humana, saben.

El doctor le miró escéptico.

–A juzgar por su conducta, me reservo la opinión. Vuelva la semana próxima, verá como ya viene corriendo.

—La única razón que me haría volver es precisamente que no me corriera más —dijo Wilt amargamente—. De ahora en adelante consultaré a mi médico de cabecera.

Se marchó cojeando hasta un teléfono y llamó a un taxi.

Para cuando llegó a casa, el efecto de la anestesia estaba empezando a pasar. Subió trabajosamente las escaleras y se encaramó a la cama. Estaba allí tumbado mirando al techo, preguntándose por qué no era él como debían de ser los demás hombres cuando había que soportar el dolor con entereza, y deseando serlo, cuando Eva y las cuatrillizas regresaron.

—Tienes un aspecto espantoso —dijo ella, animándole, al acercarse a la cama.

—Estoy en un estado espantoso —dijo Wilt—. Por qué hube de casarme con una partidaria de la circuncisión; sólo Dios lo sabe.

—Quizás eso te enseñe a no beber tanto en adelante.

—Ya me ha enseñado a no permitir que acerques tus manitas a mis instalaciones hidráulicas —dijo Wilt—. Repito, instalaciones hidráulicas.

Incluso Samantha tenía que contribuir a su desgracia:

—Cuando sea mayor quiero ser enfermera, papi.

—Si saltas otra vez así sobre la cama, no crecerás para llegar a ser nada —gruñó Wilt, retrocediendo.

Abajo sonó el teléfono.

—Si es de la Escuela otra vez, ¿qué les digo? —preguntó Eva.

—¿Otra vez? Creí que ya les habías dicho que estaba enfermo.

—Lo hice, pero han vuelto a llamar varias veces.

—Diles que todavía estoy enfermo —dijo Wilt—. Pero no les digas qué tengo.

—En cualquier caso, probablemente lo saben ya. Vi a Rowena Blackthorn en la guardería y me dijo que sentía lo de tu accidente —dijo Eva, bajando las escaleras.

—¿Y cuál de vosotras, pequeños altavoces cuadrafónicos, le contó la noticia sobre la cosita de papá al pequeño prodigio de Mrs. Blackthorn? –preguntó Wilt, lanzando terribles miradas a las cuatrillizas.

–Yo no fui –dijo Samantha con aire de superioridad.

–Tú sólo «sugeriste» a Penelope que lo hiciera, supongo. Conozco esa expresión de tu cara.

–No fue Penny. Fue Josephine. Estaba jugando con Robin y jugaban a papás y mamás.

–Bien, cuando seáis un poco mayores comprenderéis que no existe ese juego de mamás y papás. Veréis que en lugar de ello hay una guerra entre los sexos y que vosotras, preciosas mías, por ser las hembras de la especie, ganáis invariablemente.

Las cuatrillizas se batieron en retirada del dormitorio, se las oía cuchichear en el rellano de la escalera. Wilt se levantó de la cama con cautela en busca de un libro. Justo cuando volvía a ella con *La abadía de la pesadilla,* una novela que se adecuaba a su estado de ánimo por ser muy poco romántica, Emmeline fue obligada a entrar en la habitación.

–¿Qué quieres ahora? ¿No te das cuenta de que estoy malo?

–Por favor, papi –dijo Emmeline–, Samantha quiere saber por qué llevas esa bolsa atada a la pierna.

–Ah, conque quiere saberlo –dijo Wilt con peligrosa calma–. Bueno, pues puedes decirle a Samantha, y a través de ella a la señorita Oates y a sus cuidafieras, que papá lleva una bolsa en la pierna y un tubo en su pirula porque vuestra mamaíta guapa se empeñó, con su cabeza hueca, en intentar arrancarle los genitales a papaíto con la punta de una puñetera tira de esparadrapo. Y si la señorita Oates no sabe lo que son los genitales, dile de mi parte que son el equivalente adulto de una cigüeña macho, sólo que se escribe con una L, joder.[1] Y ahora, fuera de mi vista antes de que añada a mis otros problemas una hernia, hipertensión, e infanticidio múltiple.

1. Juego de palabras entre *stork,* cigüeña, y *stalk,* pene, de similar pronunciación en inglés. *(N. de la T.)*

Las niñas huyeron. Abajo, Eva colgó violentamente el teléfono y gritó:

–Henry Wilt...

–Cállate –gritó Wilt–. Otro comentario sobre cualquier persona de esta casa, y no respondo de mis actos.

Y por una vez le hizo caso. Eva entró en la cocina y puso a hervir agua para el té. Ojalá Henry fuese así de dominante cuando estaba levantado y se encontraba bien.

9

Durante los tres días siguientes, Wilt no fue a trabajar. Vagó por la casa, se sentó en el pabellón del jardín y especuló acerca de la naturaleza de un mundo en el cual el Progreso con P mayúscula estaba en conflicto con el Caos, y el hombre con h minúscula estaba en desacuerdo continuo con la Naturaleza. En opinión de Wilt, una de las grandes paradojas de la vida era que Eva, que siempre estaba acusándole de ser cínico y antiprogresista, hubiera sucumbido tan fácilmente a la recesiva llamada de la naturaleza en forma de montones de estiércol, retretes orgánicos, tejidos caseros y cualquier cosa que oliera a primitivo, mientras que al mismo tiempo mantenía un inconmovible optimismo ante el futuro. Para Wilt sólo existía el eterno presente, una sucesión de momentos que se movían no tanto hacia adelante como acumulándose detrás de ese presente a modo de reputación. Y si en el pasado su reputación había sufrido algunos golpes bajos, esta última desgracia ya se había acumulado a su leyenda. Los variados chismorreos de Mavis Mottram se habían esparcido por los suburbios decentes de Ipford, adquiriendo mayor crédito y otros atributos adicionales a cada nueva versión. Cuando la historia llegó a oídos de los Braintree, ya incluía la película del cocodrilo, pasando por la Escuela, Blighte-Smythe y Mrs. Chatterway, y el rumor afirmaba que Wilt había estado a punto de ser detenido por conducta indecente con un caimán de circo que sólo había logrado preservar su virginidad mordiéndole el miembro.

–Es típico de esta maldita ciudad –dijo Peter Braintree a su esposa Betty, cuando ésta llegó a casa con la última versión–. Henry sólo se ha ausentado unos días de la Escuela y radio macuto ya está haciendo correr las mentiras más demenciales.

–Cuando el río suena... –dijo Betty–. No hay humo...

–Es que un cretino malintencionado ha sumado dos y dos y le ha dado el brillante resultado de cincuenta y nueve. Hay un tipo llamado Bilger en Estudios Liberales que hizo una película en la que el personaje principal es un cocodrilo víctima de una violación. Punto primero. Henry tiene que dar al Comité de Educación alguna explicación que impida que la numerosa prole del camarada Bilger tenga que abandonar el colegio privado porque papá está en el paro. Punto segundo. El punto tercero es que Wilt se puso enfermo al día siguiente...

–No es eso lo que dice Rowena Braintree. Es del dominio público que el pene de Henry ha sido brutalizado.

–¿Dónde?

–¿Dónde qué?

–¿Dónde es del domino público?

–En la guardería. Las cuatrillizas han estado informando de los progresos de la pilila de su papá diariamente.

–Fantástico –dijo Braintree–, por fin el dominio público lo aclara todo. Las serviciales hijas de Henry no sabrían distinguir un pene de un hueso de caña. Eva se encarga de ello. Puede que sea partidaria del modo de vida autosuficiente, pero eso no incluye el sexo. Sobre todo después del asunto aquel de los Pringsheim,[1] y no me imagino a Henry en el papel de exhibicionista. Más bien es incluso remilgado.

–No en lo que se refiere al lenguaje –dijo Betty.

–Su utilización de «jodido» como adjetivo es una simple consecuencia de dar clase a los aprendices. En general, esos tipos lo uti-

1. Véase *Wilt*. *(N. de la T.)*

lizan en sus frases como una especie de guión. Si me escucharas con más atención lo oirías un promedio de veinte veces al día. Como te estaba diciendo, sea cual sea su problema, Henry no es obseso de los cocodrilos. De todos modos, me pasaré por allí esta noche a ver qué sucede.

Pero cuando llegó a Willington Road aquella noche, no había señales de Wilt. Varios coches estaban aparcados en el camino de entrada, entre ellos un Aston-Martin que parecía fuera de lugar al lado del Ford metano de los Nye y del abollado Mini de Mavis Mottram. Braintree se abrió camino por entre la carrera de obstáculos que formaban en el hall la ropa y los juguetes desperdigados de las cuatrillizas, y encontró a Eva en el invernadero presidiendo lo que parecía ser un comité sobre los problemas del Tercer Mundo.

–El asunto que parece haber sido subestimado es que la medicina maranga tiene un importante papel que desempeñar como alternativa a los tratamientos occidentales basados en drogas obtenidas químicamente –estaba diciendo Roberta Smott mientras Braintree permanecía indeciso tras la protección de las judías emparradas–. Creo que no deberíamos olvidar que ayudando a los maranganes también nos ayudamos a nosotros mismos a largo plazo.

Braintree retrocedió de puntillas en el momento en que John Nye se lanzaba a un apasionado alegato en favor de la preservación de los métodos agrícolas maranganes y particularmente del uso de los excrementos humanos como fertilizante.

–Ello tiene todas las ventajas naturales de...

Braintree se deslizó hacia la puerta de la cocina, pasó junto al Receptáculo de la Fertilidad o cubo del estiércol y atravesó el huerto biodinámico hasta la glorieta, donde encontró a Wilt emboscado tras una cascada de hierbas secas. Estaba reclinado en una tumbona y llevaba puesto algo que se parecía sospechosamente a una mosquitera de muselina.

–En realidad es un vestido de embarazada de Eva –dijo cuando Braintree le preguntó–. En su momento ha hecho las veces de tienda de indios, de sábana interior para el saco de dormir gigante y de dosel para el retrete del camping. Lo he rescatado de la montaña de ropa con la que Eva quiere atosigar a su poblado ecuatorial.

—Me preguntaba cuál sería el objeto de la reunión. ¿Es una especie de colaboración con la UNICEF?

—Estás pasado de moda. Eva es de la Unicef alternativa. Socorro Personal para los Pueblos Primitivos. Abreviadamente, SOPAPP. Tú adoptas una tribu de África o Nueva Guinea, y luego la inundas de abrigos que serían hasta demasiado calurosos aquí un día de viento en febrero; escribes cartas al curandero local preguntándole su opinión sobre las hierbas como remedio para los sabañones o, mejor todavía, para los casos de congelación, y normalmente hermanas Willington Road y la Brigada Ipford de la Liga Chovinista Antimachista con una comunidad caníbal que practica la circuncisión femenina mediante un trozo de pedernal oxidado.

—No sabía yo que se podían circuncidar hembras, y de todos modos el pedernal está pasado de moda —dijo Braintree.

—También los clítoris en Maranga están pasados de moda —dijo Wilt—. He tratado de decírselo a Eva pero ya sabes cómo es. El buen salvaje es el último grito, y por todas partes se extiende el culto a la naturaleza. Si los Nye pudieran, importarían cobras para eliminar las ratas del centro de Londres.

—Cuando pasé por allí estaba hablando de las heces humanas como sustituto de los fertilizantes. Ese hombre es un fanático anal.

—Religioso —dijo Wilt—. Te juro que cantan Más cerca de Ti, mi Mierda, antes de tomar la comunión de hierbas en el montón de estiércol, todos los domingos por la mañana.

—Pasando a un terreno íntimo —dijo Braintree—, ¿qué es exactamente lo que te pasa?

—Preferiría no hablar de ello —dijo Wilt.

—De acuerdo, ¿pero a qué viene el..., esto..., el hábito premamá?

—A que no tiene ninguno de los inconvenientes de los pantalones —dijo Wilt—. Hay abismos de sufrimiento que tú todavía no has sondeado, y utilizo esta palabra con conocimiento de causa.

—¿Cuál, sufrimiento?

–No, sondear –dijo Wilt–. Si no hubiera sido por toda la cerveza que bebimos la otra noche no estaría ahora en este horrible estado.

–Ya veo que no estás bebiendo como siempre tu cerveza casera.

–Ya no bebo nada en grandes cantidades. Es más, me estoy racionando a un dedal cada cuatro horas con la esperanza de sudarlo en lugar de orinar hojas de afeitar.

Braintree sonrió.

–Entonces hay algo de cierto en el rumor –dijo.

–No estoy al corriente del rumor –dijo Wilt–, pero la descripción es de lo más exacta. Son precisamente hojas de afeitar.

–Bueno, te gustará saber que los chismosos piensan dar una medalla al cocodrilo que te mordió. Ésa es la versión que está circulando.

–Déjalo –dijo Wilt–. Nada más alejado de la realidad.

–Jesús, no habrás cogido la sífilis o algo así de repugnante, ¿verdad?

–Desgraciadamente, no. Tengo entendido que el tratamiento moderno de la sífilis es relativamente indoloro. Mi estado no lo es. Y he recibido toda la cantidad de tratamiento que soy capaz de soportar. Hay mucha gente en esta ciudad a la que asesinaría con gran placer.

–¡Vaya! –dijo Braintree–, realmente suena horrible.

–Lo es –dijo Wilt–, y todo ello alcanzó el nadir de lo espantoso esta mañana a las cuatro, cuando ese pequeño monstruo de Emmeline trepó a la cama y se apoyó en mi fosa séptica. Ya es malo ser una manguera humana, pero despertar de madrugada para encontrarse orinando hacía dentro es una experiencia que arroja una nueva y terrible luz sobre la condición humana. ¿Has tenido alguna vez, literalmente, una polución nocturna pero a la inversa?

–Desde luego que no –dijo Braintree, estremeciéndose.

–Pues yo sí –dijo Wilt–, y puedo decirte que eso destruye los escasos sentimientos paternales de cualquier padre. Si no hubiera sido por las convulsiones que me lo impedían, habría cometido un cuatricidio en el acto. En lugar de eso, he añadido varios tomos al infame vocabulario de Emmeline y Miss Müller debe de tener la impresión de que la vida sexual inglesa es en extremo sadomasoquista. Dios sabe lo que debió de pensar del escándalo que armamos anoche.

—¿Y qué tal está estos días nuestra Inspiración? ¿Es aún la Musa? —preguntó Braintree.

—Mi inspiración está evasiva. Totalmente evasiva. Ya supondrás que en mi estado actual intento no hacerme notar demasiado.

—No me sorprende, si andas por ahí con trajes de embarazada. Eso bastaría para alucinar a cualquiera.

—Bueno, yo también estoy intrigado —dijo Wilt—. No acabo de comprender a esa mujer. ¿Sabes que tiene circulando por la casa a una serie de jóvenes opulentos?

—Eso explica lo del Aston-Martin —dijo Braintree—. Me preguntaba quién habría heredado una fortuna.

—Sí, pero eso no explica lo de la peluca.

—¿Qué peluca?

—El coche pertenece a cierto casanova mexicano. Lleva un bigote a lo Pancho Villa, Chanel número lo que sea y, lo peor de todo, una peluca. Le he observado de cerca con los gemelos. Se la quita cuando llega arriba.

Wilt alargó los gemelos a Braintree y le indicó el ático.

—No veo nada. Las persianas venecianas están bajadas —dijo Braintree tras un minuto de observación.

—Bueno, pues te aseguro que lleva una peluca y me gustaría saber por qué.

—Probablemente porque es calvo. Eso es lo más corriente.

—Precisamente por eso me intriga. Lotario Zapata no es calvo. Tiene una buena mata de pelo y, sin embargo, cuando llega arriba se quita la peluca.

—¿Qué tipo de peluca?

—Oh, una cosa negra y despeinada —dijo Wilt—. Debajo es rubio. Tienes que admitir que es raro.

–¿Por qué no se lo preguntas a tu Irmgard? Quizá tiene debilidad por los hombres rubios con peluca.

Pero Wilt sacudió la cabeza.

–En primer lugar porque ella sale de casa antes de que yo me levante y esté relativamente presentable, y en segundo lugar porque mi instinto de conservación me dice que cualquier cosa que conduzca a un estímulo sexual podría tener para mí las consecuencias más horrendas e irreversibles. No, prefiero especular a distancia.

–Muy prudente –dijo Braintree–, no quiero ni pensar lo que Eva haría si supiera que estás apasionadamente enamorado de la chica *au pair.*

–Si las cosas que ha llegado a hacer por razones menos importantes nos sirven de referencia... –dijo Wilt, y ahí lo dejó.

–¿Algún mensaje para la Escuela? –preguntó Braintree.

–Sí –dijo Wilt–. Diles tan sólo que volveré a estar en circulación... Dios santo, qué palabra... cuando pueda sentirme a salvo de riesgos técnicos.

–Dudo que entiendan lo que quieres decir.

–No espero que lo hagan. He salido de esta ordalía con la firme convicción de que lo último que se creerían es la verdad. Es mucho más seguro mentir en este mundo vil. Diles simplemente que tengo un virus. Nadie sabe lo que es un virus pero abarca una multitud de enfermedades.

Braintree se volvió a casa dejando a Wilt sumido en negros pensamientos acerca de la verdad. En un mundo ateo, crédulo, violento y aleatorio, ésa era la única piedra de toque que había poseído, y su única arma. Pero como todas sus armas tenía doble filo y, según sus recientes experiencias, servía tanto para herirle a él como para iluminar a los demás. Era algo que más valía guardar para uno mismo, una verdad personal, probablemente sin ningún sentido a la larga, pero que al menos le proporcionaba una autonomía moral más efectiva que los intentos prácticos de Eva en el jardín con el mismo objetivo. Una vez que hubo condenado el interés de Eva por el mundo y el SOPAPP, Wilt reflexionó sobre estos hallazgos y se acusó a sí mismo de quietismo y pasividad frente a un mundo pobre y subalimentado. Puede que las iniciativas de Eva no fuesen más que compensaciones para una conciencia liberal, pero por ello ayudaban a ser conscientes y servían de ejemplo a las cuatrillizas, cosa que su propia apatía rehusaba. En alguna parte debía de haber un término medio entre la caridad que comienza por uno mismo y el mejorar la ración de millones de hambrientos. Wilt no tenía ni puñetera idea de dónde se encontraba ese justo medio. Desde luego, no se podía encontrar en cretinos doctrinarios como Bilger. Hasta John y Bertha Nye trataban de hacer un mundo mejor y no de destruir el malo. ¿Y qué era lo que hacía él, Henry Wilt? Nada. O más bien, convertirse en voyeur, quejica y adicto a la cerveza sin haber hecho nada que valiera la pena mencionar. Como para demostrar que por lo menos tenía el valor de su aspecto, Wilt salió de la glorieta y volvió a la casa de forma que resultara bien visible desde el invernadero, con el único resultado de descubrir que la reunión había terminado y que Eva estaba acostando a las cuatrillizas.

Cuando ella bajó las escaleras, se encontró a Wilt sentado a la mesa de la cocina pelando judías.

–Aún ocurren milagros –dijo ella–. Después de todos estos años te encuentro en la cocina ayudando. ¿No estarás enfermo o algo?

–No lo estaba –dijo Wilt–, pero ahora que lo mencionas...

–No te vayas. Hay algo que quiero hablar contigo.

–¿Qué? –dijo Wilt, deteniéndose en el umbral de la puerta.

–Arriba –dijo Eva, levantando los ojos al techo significativamente.

–¿Arriba?

–Ya sabes lo que quiero decir –dijo Eva aún más circunspecta.

–No –dijo Wilt–; al menos, no creo que lo sepa, y a juzgar por tu tono de voz no quiero saberlo. Si crees por un momento que soy mecánicamente capaz de...

–No me refiero a nosotros. Me refiero a ellos.

–¿A ellos?

–A Miss Müller y sus amigos.

—Ah, a ellos —dijo Wilt, y se sentó de nuevo—. ¿Qué pasa con ellos?

—Tienes que haberlo oído —dijo Eva.

—¿Oír qué? —dijo Witl.

—Oh, ya sabes el qué. No te hagas el difícil.

—Señor —dijo Wilt—, ya estamos de nuevo con el lenguaje de la ratita que barría la escalerita. Si te refieres a si mi subconsciente ha captado que copulan de vez en cuando, ¿por qué no decirlo con claridad?

—Es en las niñas en quien estoy pensando —dijo Eva—. No estoy segura de que sea bueno para ellas vivir en un ambiente donde eso que acabas de nombrar ocurre tan a menudo.

—Si no fuera así, ellas no estarían aquí. Y además tus primitivas amistades por correspondencia son muy dadas al tiqui-tiqui, para usar una expresión que despiste adecuadamente a Josephine. Ella normalmente va derecho al grano y dice...

—Henry —dijo Eva con tono de advertencia.

—Bueno, pues lo hace. Frecuentemente. Ayer mismo le oí decirle a Penelope que le dieran...

—No quiero oírlo —dijo Eva.

—Yo tampoco quería, si vamos a eso —dijo Wilt—, pero es un hecho que la generación más joven madura mucho más rápidamente que nosotros en palabras y en obras. Cuando yo tenía diez años, todavía pensaba que joder era algo que papá hacía con un martillo cuando se daba en el pulgar en lugar de en el clavo. Ahora, a los cuatro años ya es normal hablar de...

—Eso no viene al caso —dijo Eva—. El lenguaje de tu padre dejaba mucho que desear.

—Al menos en el caso de mi padre no era más que su lenguaje. En el del tuyo era toda la persona. La de veces que me he preguntado cómo tu madre tuvo ánimos suficientes para...

—Henry Wilt, no metas a mi familia en esto. Quiero saber lo que piensas que debemos hacer respecto a Miss Müller.

—¿Por qué me lo preguntas a mí? Tú fuiste quien la invitó a venirse a vivir. No me lo consultaste. Y es bien cierto que yo no quería a esa maldita mujer aquí. Ahora que ha resultado ser una especie de fanática sexual internacional, según tú, y que puede contagiar a las niñas una ninfomanía precoz, quieres arrastrarme a...

—Lo único que quiero es tu opinión —dijo Eva.

—Entonces, escucha —dijo Wilt—. Dile que se vaya al diablo.

—Pero ahí está el inconveniente. Ha dado un mes de alquiler por adelantado. Todavía no lo he ingresado en el banco, pero aun así...

—Bueno, pues devuélveselo, por amor de Dios. Si no quieres ver a esa gente, échala a la calle.

—Es que, la verdad, no parece muy hospitalario —dijo Eva—. Quiero decir que es extranjera y está lejos de su casa.

—No lo suficiente de la mía —dijo Wilt—, y todos sus novios parecen ser hijos de Creso. Puede largarse con ellos o al Claridge. Mi consejo es que le devuelvas su dinero y la eches.

Y Wilt se dirigió al salón y se sentó a ver la televisión hasta que la cena estuvo preparada.

En la cocina, Eva tomó una decisión. Mavis Mottram se había equivocado de nuevo. Henry no estaba en absoluto interesado por la Müller y Eva podía entregar el dinero al SOPAPP. Así que no había necesidad de pedirle a la inquilina que se fuera. Quizá simplemente sugiriéndole que se oían los ruidos a través del techo... En cualquier caso, era agradable saber que Henry no había hecho nada sucio. Lo cual sólo venía a demostrar que no debía hacer caso de lo que decía Mavis. Henry era un buen esposo a pesar de sus extrañas maneras. Fue una Eva feliz la que aquella noche llamó a Henry a cenar.

10

Fue un Wilt sorprendentemente feliz el que salió el miércoles siguiente de la consulta del doctor Scally. Tras algunas bromas iniciales sobre las heridas de Wilt, la eliminación de los vendajes y la sonda fue comparativamente indolora.

–En mi opinión no había ninguna necesidad de esto –dijo el doctor–, pero esos muchachos del hospital hacen las cosas a conciencia cuando quieren.

Una observación que casi persuadió a Wilt de presentar una queja oficial ante el Defensor del Pueblo para la Salud. El doctor Scally no estaba de acuerdo.

–Piense en el escándalo, querido amigo, y además, estrictamente hablando, estaban en su derecho. Si usted llega allí diciendo que se ha envenenado...

Era un argumento convincente, y, con la promesa del doctor de que pronto estaría como una rosa si no abusaba del asunto con su señora, Wilt salió a la calle sintiéndose, si no en el cénit de la felicidad, al menos a mitad de camino. El sol brillaba sobre las hojas otoñales, los niños recogían castañas bajo los árboles del parque, y el doctor Scally le había dado un certificado médico que le mantendría apartado de la Escuela durante otra semana. Wilt deambuló por la ciudad, pasó una hora rebuscando en la librería de viejo y estaba a punto de volver a casa cuando se acordó de que tenía que depositar en el banco el adelanto de Miss Müller. Wilt volvió sobre sus pasos y se sintió aún mejor. Su breve enamoramiento por ella se había evaporado. Irmgard era simplemente otra estúpida estudiante extranjera con más dinero que sentido común, con afición a los coches caros y a los jóvenes de todas las nacionalidades.

Así que subió las escaleras del banco con ligereza y fue hacia el mostrador, donde rellenó un impreso de imposición y se lo entregó al cajero.

–Mi esposa tiene una cuenta especial –explicó–, es una cuenta de ingresos a nombre de Wilt, señora de H. Wilt. He olvidado el número pero es para una tribu africana que creo que se llama...

Pero era evidente que el cajero no escuchaba. Estaba ocupado contando los billetes y mientras Wilt le observaba se interrumpió varias veces. Finalmente con un breve «Perdone, señor» abrió el portillo que había al fondo de su cubículo y desapareció por él. Varios clientes detrás de Wilt se cambiaron al otro cajero, dejándole con la vaga sensación de incomodidad que siempre tenía cuando quería cobrar un cheque y el cajero, antes de sellarlo por detrás, ojeaba una lista de clientes que presumiblemente tenían saldo en descubierto. Pero esta vez él estaba ingresando dinero, no sacándolo, y los billetes siempre te los admitían.

Pues esta vez no. Wilt estaba comenzando a sentirse indignado porque le hicieran esperar, cuando un conserje del banco se le acercó.

–Si no le importa, haga el favor de pasar a la oficina del director, señor –dijo con una cortesía ligeramente amenazadora. Wilt le siguió por el hall y entró en la oficina del director.

–¿Mr. Wilt? –dijo el director. Wilt asintió–. Siéntese.

Wilt se sentó y miró al cajero que estaba de pie detrás de la mesa del director. Los billetes y el impreso de depósito estaban sobre la carpeta frente a él.

–Me gustaría que me dijeran a qué viene todo esto –dijo Wilt con creciente alarma. Tras él, el conserje del banco había tomado posiciones junto a la puerta.

—Creo que me reservaré todo comentario hasta que llegue la policía –dijo el director.

—¿Qué quiere decir con eso de que «llegue la policía»?

El director no contestó. Miró a Wilt con una expresión que reunía pesadumbre y sospecha.

—Mire usted –dijo Wilt–, yo no sé lo que está pasando pero exijo...

La protesta de Wilt murió en sus labios mientras el director miraba los billetes que estaban sobre la mesa.

—Dios mío, ¿no estará usted sugiriendo que son falsos?

—No son falsos, Mr. Wilt, pero, como le dije antes, cuando llegue la policía tendrá usted oportunidad de explicarse. Estoy seguro de que hay una explicación razonable. Nadie sospecha de usted, desde luego...

—¿Sospechar de qué? –dijo Wilt.

Pero de nuevo el director no contestó. Aparte del ruido del tráfico en el exterior, el silencio reinaba, y el día que pocos minutos antes le había parecido lleno de alegría y esperanza se volvió de pronto gris y horrendo. Wilt rebuscaba frenéticamente en su cabeza una explicación, pero no se le ocurría ninguna; estaba a punto de protestar para decir que no tenían derecho a retenerlo allí, cuando llamaron a la puerta. El conserje abrió con precaución. El inspector Flint, el sargento Yates y dos siniestros hombres de paisano entraron en la oficina.

—Por fin –dijo el director–. Esto es realmente muy extraño. Mr. Wilt, aquí presente, es un cliente antiguo y respetable...

Su defensa se detuvo ahí. Flint estaba mirando a Wilt.

—Ya suponía yo que no podía haber dos Wilt en la misma ciudad –dijo en tono triunfal–. Ahora...

Pero no le dejó terminar el más viejo de los dos hombres de paisano.

—Si no le importa, inspector, nosotros nos haremos cargo –dijo con brusca autoridad y unas maneras casi agradables que eran casi más alarmantes aún que la anterior frialdad del director del banco.

Se dirigió a la mesa, tomó algunos de los billetes y los examinó. Wilt le contempló con creciente preocupación.

—¿Le importaría decirnos cómo llegaron a su poder estos billetes, señor? —dijo el hombre—. A propósito, mi nombre es Misterson.

—Tenemos un inquilino; es un mes del alquiler por adelantado —dijo Wilt—. Vine aquí para ingresar este dinero en la cuenta SO-PAPP de mi mujer...

—¿SOPAP, dice? ¿Cuenta SOPAP? —dijo el afable Mr. Misterson.

—Quiere decir Socorro Personal para Pueblos Primitivos —dijo Wilt—. Mi esposa es la tesorera de la sección local. Ha adoptado una tribu en África y...

—Comprendo, Mr. Wilt —dijo Misterson, lanzando una fría mirada al inspector Flint, que acababa de murmurar «típico». Se sentó y acercó su silla a la de Wilt—. Estaba usted diciendo que este dinero es del inquilino y que estaba destinado a la cuenta de ingresos de su esposa. ¿Qué clase de inquilino es?

—Una mujer —dijo Wilt, adoptando la brevedad de un interrogatorio.

—¿Y su nombre, señor?

—Irmgard Müller.

Los dos hombres de paisano intercambiaron una mirada. Wilt lo notó y añadió rápidamente:

—Es alemana.

—Sí, señor. ¿Y sería usted capaz de identificarla?

—¿Identificarla? —dijo Wilt—. Sería difícil no hacerlo. Ha estado viviendo en el ático durante todo el mes pasado.

—En ese caso le rogaría que viniese a la comisaría con nosotros y le agradecería mucho que echara una mirada a unas cuantas fotografías —dijo Mr. Misterson, echando para atrás su silla.

—Oiga, espere un momento. Quiero saber de qué se trata —dijo Wilt—. Ya he estado en esa comisaría, y francamente no quiero volver allí otra vez.

Permaneció resueltamente en su silla.

Mr. Misterson echó mano al bolsillo, sacó una licencia plastificada, y la abrió.

–Si quiere usted echarle un vistazo a esto.

Wilt así lo hizo y casi se marea. Allí decía que el comisario Misterson, de la brigada antiterrorista, tenía plenos poderes para... Wilt se levantó y se dirigió hacia la puerta con paso inseguro. Tras él el superintendente estaba dando órdenes al inspector Flint, al sargento Yates y al director del banco. Ninguno debía abandonar la oficina, no debía haber ninguna llamada al exterior, máximas medidas de seguridad, y el trabajo como de costumbre. Incluso el conserje debería quedarse allí.

–Y ahora, Mr. Wilt, si hace el favor de salir con normalidad y seguirme. No queremos llamar la atención.

Wilt le siguió. Atravesaron el banco hasta la puerta, y allí estaba confuso, sin saber qué hacer, cuando apareció un automóvil. El superintendente abrió la puerta y Wilt subió. Cinco minutos más tarde estaba sentado a una mesa, examinando las fotografías de mujeres jóvenes que le tendían. Eran las doce y veinte cuando por fin reconoció la de Irmgard Müller.

–¿Está usted completamente seguro? –preguntó el superintendente.

–Por supuesto que lo estoy–dijo Wilt, irritado–. Mire, yo no sé quién es o qué ha hecho esa maldita mujer, pero me gustaría que fueran y la arrestaran o hicieran algo. Quiero irme a casa a comer.

–Por supuesto, señor. ¿Y su esposa está en casa?

Wilt consultó su reloj.

–No veo qué tiene eso que ver. Ahora debe de estar volviendo de la guardería con las niñas y...

El superintendente suspiró. Fue un suspiro largo y ominoso.

–En ese caso, me temo que no hay que pensar en detenerla por el momento –dijo–. Supongo que Miss... eh... Müller está en la casa.

–No lo sé –dijo Wilt–. Estaba allí cuando salí esta mañana y como hoy es miércoles no debe de tener clase, así que probablemente estará allí. ¿Por qué no van y lo averiguan?

—Porque resulta, señor, que su inquilina es una de las terroristas más peligrosas del mundo. Creo que esto lo explicará todo.

—Oh, Dios mío —dijo Wilt, sintiéndose de pronto muy débil.

El superintendente Misterson se inclinó sobre el escritorio.

—Tiene al menos ocho muertes sobre sus espaldas y se sospecha que es el cerebro... Siento utilizar términos tan melodramáticos, pero son los únicos adecuados para este caso. Como le digo, ha organizado varios atentados con bombas, y ahora sabemos que está implicada en el atraco al transporte blindado en Gantrey el martes pasado. Un hombre murió en el ataque. Puede que haya usted leído algo sobre el caso.

Wilt lo había leído. En la sala de espera del Centro de Accidentados. Entonces le había parecido uno de esos actos remotos y desagradables de violencia gratuita que hacían de los periódicos de la mañana una lectura tan deprimente. Y sin embargo, porque lo había leído, el asesinato de un guardia de seguridad se había revestido de una realidad de la que carecía en las presentes circunstancias. Cerebros grises, terroristas, muertes; palabras que dice de manera casual en una oficina un hombre afable con corbata de cachemira y traje de tweed. El superintendente Misterson parecía un abogado de provincias, y era la última persona de la que hubiera esperado que utilizase tales palabras; era esa incongruencia lo que resultaba tan alarmante. Wilt se le quedó mirando y sacudió la cabeza.

—Me temo que es cierto —dijo el superintendente.

—Pero el dinero...

—Marcado, señor. Marcado y numerado. Era el cebo de la ratonera.

Wilt sacudió la cabeza de nuevo. La verdad resultaba insoportable.

—¿Qué van a hacer ustedes? Mi mujer y mis hijas estarán en casa ahora y si ella está allí... Y también estarán en casa todos esos extranjeros.

—¿Le importaría decirme cuántos... ejem... extranjeros más hay allí, señor?

111

—No lo sé —dijo Wilt—. Varía de un día para otro. Hay cantidad de ellos entrando y saliendo. Una vergüenza.

—Bueno —dijo el comisario con energía—, ¿cuál es su rutina acostumbrada? ¿Va usted a comer a casa normalmente?

—No, suelo comer en la Escuela, pero ahora mismo estoy de baja; sí, supongo que iré.

—Así que su mujer se sorprenderá si no vuelve a casa.

—Lo dudo —dijo Wilt—, a veces entro en un pub y como un bocadillo.

—¿Y no telefonea usted antes?

—No siempre.

—Lo que trato de esclarecer, señor, es si su esposa se alarmará si no vuelve usted a casa ahora o si no la avisa.

—No —dijo Wilt—. Ella sólo se alarmará cuando sepa que hemos estado alojando a... ¿Cuál es el verdadero nombre de esa maldita mujer?

—Gudrun Schautz. Y ahora, voy a hacer que nos traigan algo de comer de la cantina, y haremos los preparativos.

—¿Qué preparativos? —preguntó Wilt, pero el superintendente ya había salido de la habitación y el otro hombre de paisano no parecía dispuesto a charlar. Wilt observó el ligero bulto bajo su brazo derecho y trató de reprimir una creciente sensación de demencia.

En la cocina de Willington Road, Eva estaba ocupada dando de comer a las cuatrillizas.

—No vamos a esperar a papi —dijo—. Probablemente volverá un poco tarde.

—¿Traerá su gaita? —preguntó Josephine.

—¿Gaita, querida? Papá no tiene una gaita.

—Pues llevaba una —dijo Penelope.

—Sí, pero no es como las que vosotras tocáis.

—Yo vi a unos hombres con faldas que tocaban la gaita en un desfile.

–Eran escoceses, cariño.

–Yo vi a papi tocando la gaita en la glorieta –dijo Penelope–, también llevaba un traje de mami.

–Bueno, pero no la tocaba de la misma manera, Penny –arguyó Eva mientras se preguntaba cómo se la habría tocado Wilt.

–En cualquier caso, las gaitas hacen un ruido horrible –sostuvo Emmeline.

–Y papi hizo un ruido horrible cuando te fuiste a la cama...

–Sí, querida, porque tenía una pesadilla.

–Él lo llamó polución nocturna, mami. Yo lo oí.

–Bueno, eso también es una pesadilla –dijo Eva–. Ahora contadme qué habéis hecho hoy en el colegio.

Pero las cuatrillizas no iban a dejarse desviar del apasionante tema de las recientes desgracias de su padre.

–Su mami le dijo a Roger que papi tenía que tener algo mal en la vejiga si llevaba un tubo, ¿qué es una vejiga, mami?

–Yo lo sé –gritó Emmeline–. Es la barriguda de un cerdo, y con eso se hacen las gaitas; Sally me lo dijo.

–Papi no es un cerdo...

–Basta ya –dijo Eva con firmeza–. No vamos a hablar más de papi. Ahora comeos la hueva de bacalao...

–Roger dice que las huevas son bebés peces –dijo Penelope–. A mí no me gustan.

–Pues no lo son. Los peces no tienen bebés. Ponen huevos.

–¿Las salchichas ponen huevos, mami?

–Claro que no, cariño. Las salchichas no están vivas.

–Roger dice que la salchicha de su papi pone huevos y que su mami lleva un...

–Que no me interesa oír lo que dice Roger –dijo Eva, atormentada entre la curiosidad que sentía por los Rawston y el disgusto que le causaban los enciclopédicos conocimientos de su prole–. No está bien hablar de esas cosas.

–¿Por qué no, mami?

–Porque no –dijo Eva incapaz de pensar en un argumento progresista adecuado para silenciarlas. Atrapada entre su propio sentido inculcado de la buena educación y su opinión de que la curiosidad innata de los niños nunca debería ser defraudada, Eva se debatió durante toda la comida deseando que Henry estuviera allí para poner punto final a las preguntas con un taciturno gruñido. Pero no había llegado todavía a las dos, cuando Mavis telefoneó para recordarle que había prometido recogerla camino del simposio sobre la Pintura Alternativa en Tailandia.

–Lo siento, pero Henry aún no ha llegado –dijo Eva–. Iba al médico esta mañana, y yo le esperaba a comer. No puedo dejar solas a las niñas.

–Patrick tiene mi coche hoy –dijo Mavis–, el suyo está en el taller y yo contaba contigo.

–Ah, bueno, voy a pedirle a Mrs. de Frackas que me las cuide durante media hora –dijo Eva–. Ella siempre se ofrece para hacerlo, y Henry ya no puede tardar.

Se dirigió a la casa de al lado; en aquel momento la anciana Mrs. de Frackas estaba sentada en el pabellón rodeada por las cuatrillizas; les estaba leyendo la historia de Rikki Tikki Tavi. La viuda del general de división de Frackas tenía ochenta y dos años y los recuerdos de su juventud en la India eran mucho mejores que los de temas más recientes. Eva, más tranquila, se fue en coche a buscar a Mavis.

Para cuando hubo terminado de comer, Wilt había identificado a dos terroristas más de entre los tipos de las fotos como visitantes frecuentes de la casa, y la comisaría de policía había visto la llegada de varios grandes camiones que transportaban gran número de hombres sorprendentemente ágiles vestidos con variopintos trajes de calle. La cantina se había convertido en el cuartel general, y la autoridad ostentada por el superintendente Misterson se había confiado a un mayor de los servicios especiales cuyo nombre no se había revelado.

–El superintendente explicará las etapas iniciales de la operación –dijo el mayor, condescendiente–, pero antes de que lo haga quiero subrayar que estamos tratando con algunos de los más peligrosos asesinos de Europa. No deben escapar bajo ningún concepto. Al mismo tiempo deseamos naturalmente evitar cualquier derramamiento de sangre si es posible. Sin embargo, debo decir que en estas circunstancias estoy autorizado a disparar primero y hacer las preguntas después, si el blanco está en condiciones de contestar. El Ministerio me ha concedido esa autoridad.

Sonrió con aire siniestro y se sentó.

–Una vez que la casa haya sido rodeada –dijo el superintendente–, Mr. Wilt entrará, y esperamos que pueda hacer salir a su familia. No quiero que nada impida este primer y esencial requisito. El segundo factor a tener en cuenta es que sólo tendremos una única oportunidad de arrestar al menos a tres dirigentes terroristas, o quizá más, y también esperamos que Mr. Wilt nos pueda hacer saber cuántos miembros del grupo están en la casa en el momento de su salida. Yo continuaré con mi parte y el mayor hará el resto.

Salió de la cantina y subió a la oficina donde Wilt estaba acabando sus natillas con la ayuda de un poco de café. Al salir se encontró con el médico parapsicólogo de los servicios especiales que había estado estudiando a Wilt sin que éste lo advirtiera.

–Del tipo nervioso –dijo lúgubremente–, no puede haber peor material: El tipo de cretino que fallaría un salto desde un globo dirigible amarrado.

–Afortunadamente no tiene que saltar desde un globo dirigible amarrado –dijo el superintendente–. Lo único que tiene que hacer es entrar en la casa y encontrar una excusa para hacer salir a su familia.

–De todos modos, creo que habría que ponerle una inyección o algo para endurecerlo. No queremos que se ponga a temblar delante de la puerta; estropearía todo el juego.

Se fue a buscar su maletín mientras el superintendente iba a ver a Wilt.

–Muy bien –dijo con alarmante animación–. Todo lo que tiene que hacer...

–Es entrar en una casa llena de asesinos y pedirle a mi esposa que salga. Ya sé –dijo Wilt.

–En realidad no es muy difícil.

Wilt le miró incrédulo.

–¿No es difícil? –dijo Wilt con una voz casi de soprano–. Usted no conoce a mi maldita mujer.

–No he tenido todavía ese placer –admitió el superintendente.

–Precisamente –dijo Wilt–. Bueno, cuando llegue usted a conocerla comprenderá que si yo entro y le pido que salga de casa encontrará miles de razones para quedarse.

–Es una mujer difícil, ¿eh?

–Oh, no. No hay nada difícil en mi mujer, nada de nada. Sólo que es condenadamente torpe, eso es todo.

–Ya veo. Y si usted le sugiere que no salga, ¿cree usted que lo hará?

–Si quiere saber mi opinión –dijo Wilt–, si hago lo que usted dice ella pensará que me he vuelto majareta. ¿Qué pensaría usted si estuviera tranquilamente sentado en casa y su esposa llegara y le sugiriese de buenas a primeras que no saliera a la calle, cuando ni siquiera se le había ocurrido hacerlo? Pensaría usted que estaba pasando algo muy raro, ¿no?

–Supongo que sí –dijo el superintendente–, confieso que no lo había visto desde ese ángulo.

–Pues ya puede ir empezando –dijo Wilt–. Yo no voy...

Le interrumpió la aparición del mayor y de otros dos oficiales, vestidos con vaqueros y camisetas estampadas, con la frase VIVA EL IRA, que llevaban bolsas bastante grandes.

–Si me permiten interrumpirles –dijo el mayor–, nos gustaría que Mr. Wilt dibujara un plano detallado de la casa, en sección vertical y horizontal.

–¿Para qué? –dijo Wilt, incapaz de quitar los ojos de las camisetas.

–En el caso de que tengamos que asaltar la casa, señor –dijo el mayor–, necesitamos conocer bien los ángulos de tiro. No nos gustaría entrar y encontrarnos con el retrete en lugar de la cocina o qué sé yo.

–Escuchad muchachos –dijo Wilt–; si intentáis bajar por Willington Road con esas camisetas y los bolsos, no vais a llegar a mi casa. Los vecinos os lincharán. El sobrino de Miss Fogin murió en una explosión en Belfast, y el profesor tiene fobia a los gays. Su esposa se casó con uno.

–Mejor será que cambiéis esas camisetas por las de MANTENGA BLANCO CLAPHAM, chicos –dijo el mayor.

–Mejor que no –dijo Wilt–. Mr. y Mrs. Bokani, del número 11, les saltarán encima con la ley sobre el racismo. ¿No tienen algo más neutral?

–¿Mickey Mouse, señor? –sugirió uno de los oficiales.

–Bueno –dijo el mayor de mal humor–, unos Mickey Mouse y el resto de pato Donald.

–Dios mío –dijo Wilt–, no sé cuántos hombres tiene usted, pero si va a inundar el vecindario de patos Donald armados hasta los dientes con lo que sea que lleven en esos enormes bolsos, tendrá usted sobre su conciencia cantidad de casos de esquizofrenia infantil.

–No se preocupe por eso –dijo el mayor–, déjenos el ángulo táctico a nosotros. Hemos tenido antes experiencias con este tipo de operaciones, y todo lo que queremos de usted es un plano detallado del terreno doméstico.

Cogió un lápiz pero intervino el superintendente.

–Escuchen, si no enviamos pronto a Mr. Wilt a su casa, alguien comenzará a preguntarse dónde está –protestó.

Como para reforzar su argumento, sonó el teléfono.

–Es para usted –dijo el mayor–. Algún estúpido llamado Flint que dice que está encerrado en el banco.

–Creí haberle dicho que no hiciera ninguna llamada –contestó por teléfono el superintendente muy enfadado–. ¿Aliviarse? Claro que pueden... ¿Una cita a la tres con Mr. Daniles? ¿Quién es ése?...

Ah, mierda... ¿Dónde?... Bien, vacíe la papelera, por amor de Dios... Yo no tengo que decirle dónde, hubiera pensado que era bastante obvio... ¿Qué quiere decir que va a parecer extraño?... ¿Tienen que cruzar todo el banco?... Ya sé lo del olor. Hágase con un aerosol o algo... Bueno, si pone objeciones reténgalo a la fuerza. Y Flint, vea si alguien tiene un cubo y utilícenlo de ahora en adelante.

Colgó violentamente el teléfono y se volvió al mayor:

—Las cosas se están calentando en el banco y si no nos movemos en seguida...

—¿Alguien va a sospechar? —sugirió Wilt—. ¿Quieren que les dibuje mi casa o no?

—Sí —dijo el mayor—, y rápido.

—No hay necesidad de adoptar ese tono —dijo Wilt—. Puede que esté usted impaciente por librar una batalla en mi propiedad, pero yo necesito saber quién va a pagar los platos rotos. Mi esposa es una mujer muy especial y si usted empieza a matar gente sobre la alfombra del salón...

—Mr. Wilt —dijo el mayor resuelto a ser paciente—, haremos todo lo que podamos para evitar cualquier tipo de violencia en su propiedad. Precisamente por esa razón necesitamos un plano del terri... de la casa.

—Creo que si dejamos que Mr. Wilt dibuje el plano... —dijo el superintendente, señalando la puerta. El mayor le siguió afuera y cuchichearon en el pasillo.

—Escuche —dijo el superintendente—, ya tengo un informe de su psiquiatra de servicio donde dice que ese cabrón es un manojo de nervios, y si comienza usted a ponerle nervioso...

—Superintendente —dijo el mayor—, puede que le interese saber que me han concedido un margen de diez víctimas en esta operación y si él es una de ellas yo no lo voy a sentir. Tengo la aprobación del Ministerio de Defensa.

—Y si no conseguimos que él entre, y que salga con su mujer y sus hijas, ya habrá usted agotado seis de su cupo de diez —dijo secamente el superintendente.

—Todo lo que puedo decirle es que un hombre que antepone la alfombra de su salón a su país y al mundo occidental...

Habría dicho mucho más si no hubiera sido por la llegada del parapsicólogo con una taza de café.

—Le hemos puesto un poco de refuerzo para los nervios —dijo alegremente—. Eso le ayudará a pasar el trago.

—Espero que sea así —dijo el superintendente—. También yo tomaría un poco.

—No tiene de qué preocuparse: funcionará —dijo el mayor—. Lo utilicé en Irlanda del Norte cuando tuve que desactivar una enorme bomba. Aquella mierda explotó antes de que pudiera meterle mano pero, de todos modos, yo me sentía como Dios.

El médico había entrado en la oficina y ahora reaparecía con la taza vacía.

—Entró como un cordero, sale como un león —dijo—. No habrá problemas.

11

Diez minutos mas tarde Wilt hacía honor a la predicción. Abandonó la comisaría por su propia voluntad y entró bastante alegre en el coche del superintendente.

–Sólo tiene que dejarme al final de la calle y yo ya iré solo hasta casa –dijo–; no se molesten en dejarme en la puerta.

El superintedente le miró con aire inquieto.

–No tenía esa intención. El objetivo de este ejercicio es que usted entre en la casa sin levantar sospechas, y convenza a su esposa para que salga, diciéndole que ha conocido a un herborista en un pub y que les ha invitado a ambos a ver su colección de plantas. ¿Lo ha comprendido bien?

–De buten –dijo Wilt.

–¿De buten?

–Y lo que es más –continuó Wilt–, si eso no hace salir a la bruja, cogeré a las niñas y la dejaré que se cueza en su propia salsa.

–Conductor, pare el coche –dijo el superintendente al instante.

–¿Por qué? –dijo Wilt–. No esperará que camine tres kilómetros. Si he dicho que me dejaran no quería decir aquí mismo.

–Mr. Wilt –dijo el superintendente–, quisiera hacerle comprender la seriedad de la situación. Gudrun Schautz está indudablemente armada y no dudará en disparar. Esa mujer es una asesina profesional.

–¿Y qué? Esa maldita mujer llega a mi casa después de haber matado gente por todas partes y espera que yo le proporcione techo y lecho. Y una mierda. Conductor, continúe.

–¡Dios! –dijo el superintendente–. Fíate del ejército, que ellos lo arreglan todo.

–¿Quiere usted que volvamos, señor? –preguntó el conductor.

–Por supuesto que no –dijo Wilt–, cuanto antes consigamos que mi familia salga y el ejército entre, mejor. No tiene por qué mirarme así. Todo saldrá a sus órdenes, corto y fuera.

–No me sorprendería lo más mínimo –dijo el superintendente, deprimido–. De acuerdo, adelante. Ahora, Mr. Wilt, por amor de Dios, aténgase a la historia sobre el herborista. El nombre del tipo es...

–Falkirk –dijo Wilt automáticamente–. Vive en el número 45 de Barrabas Road. Acaba de volver de Sudamérica con una colección de plantas entre las cuales se encuentran arbustos tropicales nunca antes cultivados en este país...

–Al menos se sabe el papel –murmuró el superintendente cuando torcían por Farringdon Avenue y se detenían junto a la acera. Wilt salió del coche dando un portazo con innecesaria violencia y se dirigió a Willington Road. Allí se quedó el superintendente observándole con pena y maldiciendo al parapsicólogo.

–Deben de haberle dado un brebaje especial para kamikazes –le dijo al conductor.

–Todavía estamos a tiempo de detenerle, señor –dijo el conductor. Pero no lo estaban. Wilt había traspasado la verja de su casa desapareciendo de la vista. Tan pronto como se fue, una cabeza asomó por encima del seto que había junto al coche.

–No queremos descubrirle el juego, amigo –dijo un oficial que llevaba un uniforme de inspector del gas–. En cuanto usted se vaya llamaré al cuartel general para decirles que el individuo acaba de entrar en la zona de peligro...

–Ni pensarlo –gritó el superintendente, mientras el oficial jugaba con los botones de su walkie-talkie–, no debe haber ni una sola emisión de radio hasta que la familia esté fuera y a salvo.

—Mis órdenes están bien...

—Revocadas a partir de este mismo momento —dijo el superintendente—. Hay vidas inocentes en juego y no tengo la intención de comprometerlas.

—Oh, bueno —dijo el oficial—, de todos modos tenemos el área aislada. Ni siquiera un conejo podría salir de ahí ahora.

—No es solamente cuestión de que salga nadie. Queremos tener el máximo de ellos dentro antes de movernos.

—Comprendido, quieren cazar a toda la camada, ¿eh? Pues no hay como lanzar a toda la jauría.

El oficial desapareció tras el seto y el superintendente siguió su camino.

—Leones, corderos, y encima conejos y jaurías —le dijo al conductor—. Ojalá no hubiera llamado nadie a los servicios especiales; parece que tengan animales en la chaveta.

—Eso es porque los recluían entre los cazadores y tiradores, supongo yo, señor —dijo el conductor—. No me gustaría estar en el pellejo de ese tipo, Wilt.

En el jardín del número 9 de Willington Road, Wilt no compartía esos recelos. Eufórico por los efectos del estimulante del parapsicólogo, no estaba de humor para bromas. Terroristas de mierda entrando en su casa sin más ni más. Vale, pues él les iba a poner de patitas en la calle. Se dirigió resueltamente hacia la casa y abrió la puerta delantera antes de darse cuenta de que el coche no estaba aparcado fuera. Eva debía de haber salido con las cuatrillizas. En ese caso no era necesario que él entrara. «Y qué más da —se dijo Wilt—, ésta es mi casa y tengo derecho a hacer en ella lo que me salga de las narices.» Entró en el hall y cerró la puerta. La casa estaba silenciosa y el salón vacío. Wilt fue hasta la cocina y se preguntó qué iba a hacer a continuación. En circunstancias normales se habría marchado, pero las circunstancias no eran normales. Para la forma de pensar del intoxicado Wilt, las circunstancias exigían medidas draconianas. El maldito ejército quería una batalla en su terreno doméstico, ¿no? Bueno, pues él iba a impedírselo y se acabó. ¡Terreno doméstico, hay que ver! Si esa gente querían matarse unos a otros, ya podían hacerlo en otro sitio. Todo eso estaba muy bien, pero ¿cómo persuadirles? Bueno, la manera más sencilla era subir al ático y tirar por el balcón al jardín delantero las maletas y demás bultos de la hija de puta de Schautz/Müller. De esa manera, cuando ella volviera captaría el mensaje y se largaría al terreno doméstico de algún otro.

Con esta sencilla solución en la cabeza, Wilt subió al piso de arriba y subió la escalera hasta la puerta del ático para encontrarse con que estaba cerrada. Bajó de nuevo hasta la cocina, encontró la llave de reserva y volvió a subir. Durante un momento dudó ante la puerta antes de llamar con los nudillos. No hubo respuesta. Wilt abrió con la llave y entró.

El piso ático se componía de tres habitaciones; un gran estudio cuyo balcón daba al jardín, una cocinita y, junto a ella, un cuarto de baño. Wilt cerró la puerta tras él y miró a su alrededor. El estudio que ocupaba su antigua musa estaba sorprendentemente bien ordenado. Gudrun Schautz podía ser una despiadada terrorista, pero también era una mujer de su casa. La ropa estaba colgada en un armario empotrado y los platos y vasos de la cocina estaban todos fregados y puestos en los estantes. Pero dónde debía de haber puesto las maletas. Wilt miró por todas partes y abrió otro armario antes de acordarse de que Eva había cambiado la cisterna del agua fría a un lugar más elevado, bajo el tejado, cuando se instaló el cuarto de baño. En alguna parte tenía que haber una puerta que llevara allí.

La encontró junto a la cocina, y entró a rastras. Descubrió que tendría que andar encorvado bajo la vigas, sobre una estrecha plataforma, para llegar al desván. Tanteó en la oscuridad y localizó el interruptor. Las maletas estaban en fila al lado de la cisterna. Wilt se abrió paso y empuñó el asa de la primera bolsa. Era increíblemente pesada. Y también se le notaban muchos bultos. Wilt tiró de ella y cayó del estante sobre la plataforma con un ruido sordo y metálico. Wilt no tenía intención de arrastrar aquella bolsa por todo el tejado, así que trajinó con las cerraduras y, por fin, la abrió. Todas sus dudas sobre la profesión de Miss Schautz/Müller desaparecieron. Lo que estaba mirando era una especie de subfusil ametrallador, un montón de revólveres, cajas de munición, una máquina de escribir y lo que parecían ser granadas. Y mientras miraba oyó el ruido de un coche en el exterior. Se había detenido en la avenida, e incluso para su oído no ejercitado sonaba como un Aston-Martin. Maldiciéndose por no haber hecho caso de su cobardía innata, Wilt luchó por retroceder hasta la puerta, pero la bolsa le cerraba el paso. Se golpeó la cabeza contra la viga y estaba a punto de andar a gatas por encima de la bolsa, pero se le ocurrió que la ametralladora podría estar cargada y dispararse si hacía presión en el lugar que no debía. Más valía sacarla de la bolsa. Pero también esto era más fácil de decir que de hacer. El cañón se quedó enganchado en una esquina de la bolsa, y para cuando logró desenredarlo ya se oían pasos en las escaleras de madera, debajo de él. Era demasiado tarde para hacer nada excepto apagar la luz. Tumbándose encima de la bolsa y sujetando la metralleta por un extremo con el brazo extendido, Wilt consiguió accionar el interruptor con la punta del cañón antes de acurrucarse en la oscuridad.

Fuera, en el jardín, las cuatrillizas habían pasado una tarde maravillosa con la anciana Mrs. de Frackas. Ella les había leído la historia de Rikki Tikki Tavi, la mangosta y las dos cobras, y les había hecho entrar en su casa para enseñarles la cobra disecada (tenía una en una urna de cristal, que mostraba los colmillos de la manera más realista que se pueda imaginar) y les había hablado de su propia infancia en la India antes de sentarse en el invernadero para tomar el té. Por una vez las cuatrillizas se habían portado bien. Habían adquirido a través de Eva una idea precisa del nivel social de Mrs. de Frackas y, en cualquier caso, la voz de la anciana dama tenía un tono notablemente firme; o, como dijo Wilt una vez, si a los ochenta y dos ya no era capaz de romper una copa de jerez a cincuenta pasos todavía podía hacer gemir a un perro guardián a cuarenta pasos. Verdad es que el lechero había renunciado hacía tiempo a cobrar mensualmente su suministro.

Mrs. de Frackas pertenecía a una generación que pagaba cuando le parecía bien; la anciana enviaba un cheque dos veces al año y aún entonces la cantidad estaba equivocada. La distribuidora lechera no se lo discutía. La viuda del difunto general de división de Frackas, Orden de Servicios Distinguidos, etc., era un personaje con el que la gente tenía deferencias y uno de los orgullos de Eva era que ella y la anciana señora congeniaban estupendamente. Nadie más en Willington Road lo había conseguido, y ello era porque Mrs. de Frackas adoraba a los niños y consideraba a Eva, a pesar de su obvia falta de educación, como una excelente madre, y sólo por eso sonreía a los Wilt. Para ser exactos, rara vez le sonreía a Wilt, al que consideraba evidentemente como un accidente en el proceso familiar y que además, a juzgar por lo que ella sabía de sus actividades en la glorieta, bebía. Como el general había muerto de cirrosis o, como ella solía decir brutalmente, con el hígado claveteado, la solitaria comunión de Wilt con la botella sólo aumentaba su consideración hacia Eva y su preocupación por las niñas. Como era bastante sorda, pensaba además que eran unas niñas deliciosas, opinión que nadie más en el barrio compartía.

Y así, aquella tarde de sol, Mrs. de Frackas sentó a las cuatrillizas en su invernadero y les sirvió el té, felizmente inconsciente del drama que se preparaba en la casa de al lado. Luego les permitió jugar con la piel de tigre del salón, e incluso derribar una palmera en maceta antes de decidir que era hora de volver a casa. La pequeña procesión salió por la puerta delantera y entró en el número 9 justo en el momento en que Wilt comenzaba su registro en el ático. Entre los arbustos del lado opuesto de la carretera, el oficial al que el departamento había prohibido utilizar la radio les veía entrar en la casa y rezaba desesperadamente para que volviesen a salir en seguida, cuando apareció el Aston-Martin. Gudrun Schautz y dos jóvenes salieron de él, abrieron el portaequipajes y sacaron del mismo varias maletas, mientras el oficial vacilaba; pero antes de que pudiera decidirse a agarrarlos en campo abierto, ya habían entrado rápidamente por la puerta principal. Sólo entonces decidió romper el silencio radiofónico.

–Objetivo hembra y dos machos han entrado en la zona –le dijo al mayor, que estaba haciendo la ronda de inspección de los hombres apostados al fondo del jardín de Wilt–. Hasta ahora no hay salida de ocupantes civiles. Solicito instrucciones.

En respuesta, el mayor se deslizó por los jardines de los números 4 y 2 y, acompañado de dos policías de paisano provistos de un teodolito y un listón graduado, se instaló rápidamente sobre la acera y comenzó a tomar medidas de Willington Road al tiempo que mantenía la comunicación con el oficial del seto.

–¿Qué quiere decir con que no ha podido detenerlas? –preguntó el mayor, al saber que las cuatrillizas y una anciana habían salido de la casa de al lado y entrado en la de los Wilt. Pero antes de que el oficial pudiera pensar en cómo responder, el profesor Ball intervino interrumpiéndoles.

–¿Qué significa todo esto? –preguntó, mirando con el mismo disgusto a los dos secretas de pelo largo y al teodolito.

–Sólo estamos haciendo un estudio para ensanchar la calle –dijo el mayor, improvisando apresuradamente.

–¿Ensanchar la calle? ¿Cómo que ensanchar la calle? –dijo el profesor transfiriendo su disgusto al bolso que llevaba el mayor al hombro.

–El proyecto de ensanchamiento de la calle hasta la desviación –dijo el mayor.

El profesor Ball subió el tono de voz.

–¿Desviación? ¿Dice usted que hay una propuesta para hacer pasar una carretera por aquí hasta la desviación?

–Yo sólo estoy haciendo mi trabajo, señor –dijo el mayor, ansiando deshacerse del viejo loco.

–¿Y qué trabajo es ése? –preguntó el profesor, sacando un cuaderno de notas de su bolsillo.

–Departamento de Topografía, Obras Públicas del Distrito.

–¿De verdad? ¿Y su nombre? –preguntó el profesor con un brillo perverso en los ojos. Humedeció la punta de su bolígrafo con la lengua mientras el mayor dudaba.

–Palliser, señor –dijo el mayor–. Por favor, señor, si no le importa, tenemos que continuar.

–No se moleste por mí, Mr. Palliser.

El profesor dio la vuelta y entró rápidamente en su casa. Al cabo de un rato volvía con un pesado bastón.

–Puede que le interese saber, Mr. Palliser –dijo midiendo el bastón–, que da la casualidad de que yo soy miembro del Comité de Urbanismo y Planificación del Ayuntamiento. Fíjese en la palabra ayuntamiento, Mr. Palliser. Y no tenemos un departamento de Obras Públicas del Distrito, sino del Ayuntamiento.

–Ha sido un simple lapsus, señor –dijo el mayor, tratando de echarle el ojo a la casa de los Wilt sin dejar de controlar la amenaza del bastón.

–Y supongo que fue otro lapsus el que usted dijera que el Ayuntamiento de Ipford se proponía hacer una ampliación de esta carretera hasta la desviación...

–Es solamente una vaga idea, señor –dijo el mayor.

El profesor Ball rió entre dientes.

–Debe de ser vaga, desde luego, puesto que todavía no tenemos una desviación aquí, y en tanto que presidente del Comité de Urbanismo y Planificación yo sería el primero en enterarme de cualquier proyecto de alteración de las carreteras existentes. Y además, resulta que conozco perfectamente el funcionamiento de los teodolitos y usted está mirando por el extremo equivocado. O sea, que ahora usted se queda tranquilamente donde está hasta que llegue la policía. Mi criada ya ha telefoneado...

–Si pudiera decirle unas palabras en privado –dijo el mayor, rebuscando frenéticamente en su bolsa para localizar sus credenciales. Pero el profesor Ball reconocía a un impostor a primera vista y, como había predicho Wilt, su forma de reaccionar ante los hombres que llevaban bolsos eran violenta. Bajo el impacto del bastón, las credenciales del mayor se cayeron del bolso y se esparcieron por el suelo. Allí había un walkie-talkie, dos revólveres y una granada de gases lacrimógenos.

–Mierda –dijo el mayor, agachándose para recuperar sus armas, pero el bastón del profesor Ball entró de nuevo en acción. Esta vez alcanzó al mayor en la nuca y lo lanzó sobre la acera cuan largo era. Tras él el policía de paisano encargado del teodolito actuó con rapidez. Lanzándose sobre el profesor, le bloqueó el brazo izquierdo detrás de la espalda y con un golpe de karate hizo caer el bastón de su mano derecha.

–Y ahora síganos sin hacer ruido, señor –dijo, pero eso era lo último que el profesor tenía intención de hacer. La defensa contra hombres que pretendían ser topógrafos llevando revólveres y granadas consistía en hacer tanto ruido como le fuera posible, y Willington Road salió de su sopor suburbano a los gritos de ¡Socorro! ¡Asesinos! ¡Llamen a la policía!

–¡Por amor de Dios, haced callar a ese hijo de puta! –gritó el mayor todavía intentando recuperar sus revólveres, pero era demasiado tarde. Al otro lado de la calle, por la claraboya del ático, apareció una cara y después otra y antes de que pudieran evacuar sin ruido al profesor, ambas habían desaparecido.

Acurrucado en la oscuridad, junto al depósito del agua, Wilt sólo se daba cuenta vagamente de que algo extraño estaba pasando en la calle. Gudrun Schautz había decidido darse un baño y el depósito borboteaba y silbaba, pero podía oír con bastante claridad las impresiones de los compañeros de ella.

–¡La policía! –gritó uno de ellos–. Gudrun, la policía está aquí.

Otra voz gritó desde la habitación del balcón:

–Hay más en el jardín, con rifles.

–Abajo, rápido, les desafiaremos en su terreno.

Resonaron los pasos bajando por la escalera de madera mientras Gudrun Schautz, desde el cuarto de baño, gritaba instrucciones en alemán y luego se acordaba y las lanzaba en inglés.

—Las niñas —gritó—, coged a las niñas.

Eso era demasiado para Wilt. Olvidándose de la bolsa y de la ametralladora que tenía entre manos se lanzó contra la puerta, cayó a través de ella a la cocina, y en un instante roció el techo de balas al apoyar el dedo accidentalmente en el gatillo. El efecto fue bastante notable. Gudrun Schautz chillaba en el cuarto de baño, abajo los terroristas comenzaron a disparar al jardín trasero y al pequeño grupo del otro lado de la calle en el que se hallaba incluido el profesor Ball; tanto desde la calle como desde el jardín trasero, las fuerzas de seguridad devolvieron el fuego cuadriplicado, rompiendo ventanas, haciendo agujeros suplementarios en las hojas del filodendro de Eva y poniendo como una criba las paredes del salón donde Mrs. de Frackas y las cuatrillizas disfrutaban con una película del Oeste en la televisión, hasta que la manta mexicana que colgaba de la pared que había tras ellas se cayó sobre sus cabezas.

—Bueno, niñas —dijo ella con calma—, no hay por qué alarmarse. Vamos a tumbarnos en el suelo hasta que esto se acabe.

Pero las cuatrillizas no estaban alarmadas en absoluto. Habituadas a toda clase de tiroteos por televisión, se encontraban a sus anchas en medio de un tiroteo de verdad.

Pero no se podía decir lo mismo de Wilt. Cuando la escayola del perforado techo se desplomó sobre él, se puso rápidamente de pie y ya camino de la escalera le detuvo el fuego de armas más ligeras dirigido al descansillo a través de las ventanas de atrás y desde la entrada. Todavía aferrado a la metralleta, retrocedió tropezando hasta la cocina y entonces se dio cuenta de que la infernal Fraulein Schautz estaba detrás de él en el cuarto de baño. Había dejado de gritar, y en cualquier momento podía salir de allí armada. Encerrar a esa perra fue su primer pensamiento, pero como la llave estaba por dentro... Wilt miró a su alrededor en busca de una alternativa y la encontró en la forma de una silla de cocina que encajó bajo la manilla de la puerta. Para hacerlo aún más seguro, arrancó el cordón de una lámpara de mesa del estudio y lo ató por un lado a la manilla de la puerta, y por el otro al pie de un radiador eléctrico.

Habiendo asegurado así su retaguardia, hizo otra salida a la escalera, pero abajo la batalla todavía estaba en su apogeo. Estaba a punto de arriesgarse a bajar cuando una cabeza apareció en el descansillo; una cabeza y unos hombros que llevaban el mismo tipo de arma que él acababa de utilizar. Wilt no lo dudó un instante. Cerró de un portazo la puerta del ático, corrió el cerrojo y luego arrastró una cama desde la pared y la empujó contra la puerta. Finalmente recogió su propia arma y esperó. Si alguien trataba de atravesar la puerta, apretaría el gatillo. Pero en ese momento, tan repentinamente como había empezado, la batalla cesó.

El silencio reinaba en Willington Road, un silencio breve, delicioso, saludable. Wilt, de pie en el ático escuchaba, sin aliento, sin saber qué hacer a continuación. Gudrun Schautz decidió por él, tratando de abrir la puerta del baño. Él entró en la cocina y apuntó a la puerta con el arma.

–Un sólo movimiento más ahí dentro y disparo –dijo, y hasta para el mismo Wilt la voz sonó con un tono amenazador, extraño y antinatural, casi irreconocible. A Gudrun Schautz le pareció el tono propio de un hombre que empuña realmente un arma. La manilla de la puerta dejó de moverse. Por otra parte, había alguien en lo alto de la escalera tratando de entrar en el apartamento. Con una facilidad que a él mismo le asombró, Wilt se volvió y apretó el gatillo y una vez más el piso resonó con el tiroteo. Ninguna de las balas dio en la puerta. Se desparramaron por las paredes del estudio mientras el subfusil saltaba en las manos de Wilt. El puñetero artefacto parecía tener voluntad propia. Fue un Wilt horrorizado el que al final quitó el dedo del gatillo y dejó el arma cautelosamente sobre la mesa de la cocina. Al otro lado, alguien bajaba las escaleras con notable rapidez, pero no se oía ningún otro sonido.

Wilt se sentó, preguntándose qué demonios sucedería a continuación.

12

Exactamente la misma pregunta preocupaba en esos momentos al superintendente Misterson.

—¿Qué demonios está pasando? —preguntó al desgreñado mayor, que llegaba con el profesor Ball y los dos pseudotopógrafos a la esquina de Willington Road con Farringdon Avenue—. Le dije que no se debía hacer nada hasta que las niñas estuvieran a salvo fuera de la casa.

—A mí no me mire —dijo el mayor—, este viejo loco tuvo que meter sus malditas narices en el asunto.

Se pasó la mano por la nuca y miró con asco al profesor.

—¿Se puede saber quién es usted? —preguntó el profesor Ball al superintendente.

—Un oficial de policía.

—Entonces haga el favor de cumplir con su deber y arrestar a estos bandidos. Aparecieron en la calle con un maldito teodolito y bolsas llenas de armas, y me dijeron que eran del Departamento de Obras Públicas, y lo que hacen es liarse a tiros...

—Brigada antiterrorista, señor —dijo el superintendente, y le enseñó su placa. El profesor la miró con aire glacial.

—Una historia muy verosímil. Primero soy asaltado por...

—Oh, llévense a este cretino de aquí —gritó el mayor—, si no se hubiese inmiscuido hubiéramos podido...

—¿Yo, inmiscuirme? Estaba ejerciendo mi derecho de ciudadano deteniendo a este par de impostores cuando comenzaron a disparar contra una casa perfectamente normal al otro lado de la calle y...

Dos policías uniformados llegaron para escoltar al profesor, que todavía protestaba indignado, hasta un coche de la policía.

—Ya ha oído usted a ese maldito estúpido —dijo el mayor en respuesta a la reiterada exigencia del superintendente de que alguien se molestase en decirle qué demonios había salido mal—. Estábamos esperando que salieran las niñas y entonces aparece él en escena y lo estropea todo. Eso es lo que ha sucedido. Después esos maricones se pusieron a disparar desde la casa y, por el sonido, deben de estar utilizando armas de gran potencia.

—Bien, así que dice usted que las niñas están todavía dentro de la casa, Mr. Wilt está todavía allí, y también unos cuantos terroristas. ¿Exacto?

—Sí —dijo el mayor.

—¿Y todo eso a pesar de garantizarme usted que no haría nada que pusiera en peligro las vidas de civiles inocentes?

—Pero si yo no he hecho nada, maldita sea. Yo estaba justamente tirado en la acera cuando empezó el jaleo. Y si espera que mis hombres se queden tan tranquilos y permitan que esos tipos les disparen con armas automáticas, está pidiéndole usted demasiado a la naturaleza humana.

—Supongo que sí —concedió el superintendente—. Está bien, tendremos que proceder a un asedio rutinario. ¿Tienen alguna idea de cuántos terroristas hay dentro?

—Demasiados para mi gusto —dijo el mayor, mirando a sus hombres en busca de confirmación.

—Uno de ellos disparaba por el tejado, señor —dijo uno de los secretas—. Un disparo atravesó las tejas justo al comienzo.

—Y yo no diría que estén cortos de municiones, por la manera que tienen de desperdiciarlas.

—Bien, lo primero que hay que hacer es evacuar la calle —dijo el superintendente–. No quiero que haya más gente metida en esto de la que podamos manejar.

—Parece que ya hay alguien más metido en esto –dijo el mayor cuando el ruido ahogado del segundo experimento de Wilt con la metralleta resonó en el número 9–. ¿Qué demonios pretenden disparando dentro de la casa?

—Probablemente han empezado con los rehenes –dijo lúgubremente el superintendente.

—Eso no es muy probable, hombre, a no ser que uno de ellos haya tratado de escapar. Oh, por cierto, no sé si se lo mencioné, pero hay una anciana dentro también. Entró con las cuatro niñas.

—Entró con las cuatro... –comenzó a decir el superintendente, lívido, antes de que el chófer le interrumpiera con un mensaje del inspector Flint, que había llamado desde el banco para saber si podía marcharse ya porque era la hora de cerrar y el personal del banco...

El superintendente descargó toda su furia sobre Flint vía el chófer, y el mayor aprovechó para escapar. En esos momentos, pequeños grupos de refugiados procedentes de Willington Road iban saliendo del área por caminos tortuosos mientras más hombres armados entraban en ella para ocupar su lugar. Un carro blindado pasó con estruendo con el mayor encaramado en la torreta.

—El cuartel general y el centro de comunicaciones están en el número 7 –gritó–, mis chicos de transmisiones le han improvisado una línea directa con ellos.

Continuó su camino antes de que el superintendente pudiera pensar en una respuesta adecuada.

—Malditos militares, siempre metiéndose donde no les llaman –gruñó, y dio orden de que trajeran sistemas parabólicos de escucha e instalasen magnetofones y analizadores de voz en el centro de comunicaciones. Entretanto, policías uniformados acordonaron Farringdon Avenue en cada cruce, y en la comisaría se instaló una sala de prensa.

–Tenemos que darle al público su ración de carne fresca –les dijo a sus hombres–, pero no quiero ningún cámara de televisión dentro de la zona. Los maricones que hay dentro de la casa estarán observando y, francamente, si estuviera en mi mano prohibiría toda noticia por radio o televisión. Esos cerdos adoran la publicidad.

Y dicho esto se encaminó hacia el número 7 de Willington Road para comenzar el diálogo con los terroristas.

Eva volvía en coche de casa de Mavis Mottram, de mal humor. El simposio sobre la Pintura Alternativa en Tailandia se había cancelado porque el artista y conferenciante había sido detenido y estaba a la espera del procedimiento de extradición por tráfico de drogas, y, en cambio, Eva había tenido que asistir a un coloquio de dos horas sobre Partos Alternativos, tema sobre el cual, por haber dado a luz sus cuatro niñas con exceso de peso en el curso de cuarenta minutos, se consideraba más capacitada que el conferenciante. Para aumentar su irritación, varios ardientes partidarios del aborto habían aprovechado la ocasión para proclamar su punto de vista, y Eva estaba violentamente en contra del aborto.

–Es antinatural –le decía a Mavis más tarde en la Coffee House con aquella simplicidad que sus amigas encontraban tan irritante–. Si la gente no quiere tener niños, que no los engendre.

–Sí, querida –decía Mavis–, pero no es tan fácil como todo eso.

–Sí lo es. Pueden hacer adoptar a sus hijos por los padres que no pueden tenerlos. Hay miles de parejas así.

–Sí, pero en el caso de las adolescentes...

–Las adolescentes no deberían tener relaciones sexuales. Yo no las tuve.

Mavis la miró pensativa.

–No, pero tú eres la excepción, Eva. La generación actual es mucho más exigente de lo que nosotros éramos. Son más maduros físicamente.

–Quizá lo sean, pero Henry dice que mentalmente están atrasados.

–Naturalmente, él tiene que saberlo –dijo Mavis, pero Eva era impermeable a ese tipo de sarcasmos.

–Si no lo fueran tomarían precauciones.

–Pero tú eres quien está siempre diciendo que la píldora es antinatural.

–Y lo es. Solamente quería decir que no deberían permitir a los chicos llegar tan lejos. Después de todo, una vez que se casen podrán hacer todo lo que quieran.

–Ésta es la primera vez que te oigo decir eso, querida. Siempre estás quejándote de que Henry está demasiado cansado para interesarse por eso.

Al final, Eva había tenido que replicar refiriéndose a Patrick Mottram y Mavis había aprovechado la oportunidad para catalogar sus últimas infidelidades.

–Cualquiera diría que el mundo entero gira alrededor de Patrick –murmuraba Eva para sí mientras se alejaba de la casa de los Mottram–. Y no me importa lo que otros piensen; sigo creyendo que el aborto está mal.

Giró en Farringdon Avenue y fue inmediatamente detenida por un policía. Habían colocado una barrera a través de la carretera y varios coches de policía estaban estacionados cerca de la acera.

–Lo siento, señora, pero tendrá usted que darse la vuelta. No se permite pasar a nadie –le dijo un policía uniformado.

–Pero yo vivo aquí –dijo Eva–, sólo voy hasta Willington Road.

–Ahí es donde está el jaleo.

–¿Qué jaleo? –preguntó Eva, con su instinto súbitamente alerta–. ¿Por qué han puesto esa alambrada en medio de la calle?

Un sargento se dirigió hacia ellos mientras Eva abría la portezuela y salía del coche.

–Vamos, dé usted la vuelta y vuélvase por donde ha venido –dijo.

–Dice que vive en Willington Road –le dijo el agente. En ese momento dos hombres de las fuerzas de seguridad con armas automáticas dieron la vuelta a la esquina y entraron en el jardín de Mrs. Granberry pisoteando sus preciosos parterres de begonias. Si hacía falta algo que confirmara los peores temores de Eva, eso era suficiente.

—Esos hombres van armados —dijo—. ¡Oh, Dios mío, mis niñas! ¿Dónde están mis niñas?

—Todas las personas que viven en Willington Road están en el Memorial Hall. ¿En qué número vive usted?

—En el número 9. Dejé a las cuatrillizas con Mrs. de Frackas y...

—Si hace el favor de venir por aquí, Mrs. Wilt —dijo el sargento cortésmente haciendo ademán de tomarla del brazo.

—¿Cómo sabe usted mi nombre? —preguntó Eva, mirando al sargento con creciente horror—. Me ha llamado Mrs. Wilt.

—Cálmese usted, por favor. Todo saldrá bien.

—¡No!

Y Eva se zafó del agente y comenzó a correr calle abajo hasta ser detenida por cuatro policías y llevada de nuevo a un coche por la fuerza.

—Que venga el médico y una agente femenina —dijo el sargento—. Ahora siéntese atrás, Mrs. Wilt.

Eva fue forzada a entrar en el coche de policía.

—¿Qué les ha pasado a las niñas? Que alguien me diga qué ha sucedido.

—El superintendente se lo explicará. Están a salvo, así que no se preocupe.

—Si están a salvo, ¿por qué no puedo verlas? ¿Dónde está Henry? Quiero ver a mi Henry.

Pero en lugar de a Wilt vio al superintendente que llegaba con dos mujeres policía y un doctor.

—Bueno, Mrs. Wilt —dijo el superintendente—, me temo que tengo malas noticias para usted. No obstante, podría ser peor. Sus niñas están vivas y se encuentran bien, pero están en manos de varios hombres armados y estamos tratando de sacarlas de la casa sanas y salvas.

136

Eva le lanzó una mirada salvaje.

–¿Hombres armados? ¿Qué hombres armados?

–Unos extranjeros.

–¿Quiere decir que las retienen como *rehenes?*

–No podemos estar seguros aún. Su marido está con ellos.

El doctor intervino.

–Voy a darle a usted un sedante, Mrs. Wilt –comenzó, pero Eva se encogió en el asiento de atrás.

–No, no, ni hablar. No pienso tomar nada. No puede usted obligarme.

–Si se calmara usted...

Pero Eva era inexorable, y demasiado fuerte para que le pudieran poner fácilmente una inyección en espacio tan reducido. Después de que le hiciera caer la jeringuilla de las manos por dos veces, el doctor renunció.

–De acuerdo, Mrs. Wilt, no tiene usted por qué tomar nada –dijo el superintendente–, si permanece sentada tranquilamente la llevaremos de vuelta a comisaría y la mantendremos perfectamente informada de todo lo que pase.

Y a pesar de las protestas de Eva de que ella quería quedarse donde estaba o incluso ir a la casa, se la llevaron escoltada por las dos mujeres policía.

–La próxima vez que quiera que le calme a esa maldita mujer, traeré un rifle tranquilizante del zoo –dijo el doctor, frotándose la muñeca–, y si tiene usted sentido común, manténgala en una celda. Si se escapa es capaz de echarlo todo a rodar.

–Como si no lo estuviera ya –dijo el superintendente, y se volvió al centro de comunicaciones. Estaba situado en el salón de Mrs. de Frackas y allí, entre recuerdos de la vida en la India imperial, antimacasares, plantas en macetas y bajo el feroz retrato del difunto general de división, la brigada antiterrorista y los servicios de seguridad habían colaborado en la incongruente instalación de una centralita, un amplificador telefónico, grabadoras y el analizador de voces.

–Todo dispuesto para funcionar, señor –dijo el detective encargado de los aparatos–, estamos conectados con la línea de la casa de al lado.

–¿Están preparados los dispositivos de escucha?

–No hemos podido hacerlo todavía –dijo el mayor–, no hay ventanas en este lado y no podemos movernos por el césped. Haremos una tentativa de noche, siempre que esos tipos no vean en la oscuridad.

–Venga, bueno, pásamelos –dijo el superintendente–. Cuanto antes empecemos el diálogo antes se podrá ir todo el mundo a casa. Si no me equivoco, comenzarán con una avalancha de insultos. Así que ya pueden prepararse todos a ser tratados de cerdos fascistas.

Pero, como se vio después, estaba en un error. Fue Mrs. de Frackas la que respondió al teléfono.

–Aquí Ipford 23... Me temo que no tengo mis gafas pero creo que es... Oiga, joven...

Hubo una breve pausa durante la cual Mrs. de Frackas fue evidentemente relevada en el teléfono.

–Mi nombre es Misterson, superintendente Misterson –dijo por fin el superintendente.

–Cerdo mentiroso, fascista de mierda –gritó una voz, cumpliéndose al fin su predicción–. Cree que vamos a rendirnos, cara de culo, pero se equivoca. Antes moriremos, ¿entiende? ¿Me ha oído, cerdo?

El superintendente suspiró y dijo que sí.

–Bien. Métase esto en la cabeza, cerdo fascista. Ni hablar de rendirnos. Si nos quiere, venga a matarnos, y ya sabe lo que eso significa.

–No creo que nadie quiera...

–Lo que usted quiere, cerdo, no lo conseguirá. O hace lo que nosotros decimos, o habrá heridos.

—Eso es lo que estoy esperando escuchar; qué es lo que ustedes quieren —dijo el superintendente, pero los terroristas estaban evidentemente en conciliábulo y al cabo de un minuto colgaron violentamente el teléfono.

—Bien, por lo menos sabemos que la anciana no ha resultado herida y, por lo que parece, las niñas están bien.

El superintendente se dirigió a una máquina de café y se sirvió una taza.

—Debe de ser un poco crispante que le llamen a uno cerdo todo el tiempo —dijo el mayor para manifestar su simpatía—, se podría pensar que iban a salir con algo un poco más original.

—No se haga ilusiones. Están en un viaje del ego marxista-milenarista, estilo kamikaze, y el poco cerebro que tenían lo perdieron hace años. La voz parecía la de Chinanda, el mexicano.

—La entonación y el acento eran correctos —dijo el sargento encargado de la grabadora.

—¿Cuál es su historial? —preguntó el mayor.

—El normal. Padres ricos, buena educación, fracasó en la universidad y decidió salvar al mundo cargándose gente. Hasta la fecha, cinco personas. Especializado en coches bomba y bastante toscos además. No es un tipo muy sofisticado, nuestro Miguel. Será mejor que lleve esa cinta a los analistas. Quiero saber su veredicto sobre su respuesta al estrés. Ahora preparémonos para una larga tarea.

—¿Espera usted que vuelva a llamar con peticiones?

—No. La próxima vez tendremos a la encantadora Fräulein Schautz; ella es la única que piensa con la cabeza.

Era una descripción involuntariamente exacta. Atrapada en el cuarto de baño, Gudrun Schautz se había pasado gran parte de la tarde preguntándose lo que había pasado y por qué nadie la había matado o había venido a detenerla. También había estado considerando varias formas de huir, pero se lo impedía el hecho de carecer de su ropa (que había dejado en el estudio) y la amenaza de Wilt de que si hacía algún movimiento dispararía. No es que supiera que era Wilt quien la amenazaba. Lo que ella había oído de la vida privada de Wilt a través del suelo del dormitorio no le hacía suponer que fuera capaz de ningún género de heroísmo. No era más que un inglés blando, cobarde y degenerado, dominado por su estúpida mujer.

Fräulein Schautz hablaba inglés correctamente pero su comprensión de lo inglés era irremediablemente deficiente. De haber tenido la oportunidad, Wilt habría aprobado en gran medida esta evaluación de su carácter, pero estaba demasiado preocupado para perder el tiempo con la introspección. Trataba de adivinar lo que había pasado en el piso de abajo durante el tiroteo. No tenía modo de saber si las cuatrillizas estaban todavía en la casa, y sólo la presencia de hombres armados al fondo del jardín y al otro lado de la calle, frente a la casa, daba a entender que los terroristas estaban todavía en la planta baja. Desde el balcón podía divisar la glorieta donde había pasado tantas tardes perdidas lamentando sus talentos desperdiciados y languideciendo por una mujer que resultó ser, en realidad, menos una musa que un verdugo particular. Ahora, la glorieta estaba ocupada por hombres armados mientras que el prado contiguo estaba acordonado con alambre de púas. La vista desde la claraboya de la cocina era aún menos halagüeña. Un carro blindado estaba estacionado frente a la puerta principal con la ametralladora de su torreta dirigida hacia la casa, y había más hombres armados en el jardín del profesor Ball.

Wilt descendió de donde había trepado. Se preguntaba con cierta histeria qué demonios podía hacer a continuación, cuando sonó el teléfono. Entró en la habitación principal y descolgó el supletorio a tiempo de oír las breves frases finales de Mrs. de Frackas. Wilt escuchó la oleada de insultos que cayó sobre el superintendente, que éste aguantó estoicamente, y por un instante le compadeció. Era igual que Bilger y sus monólogos, sólo que esta vez los hombres que estaban abajo iban armados. Probablemente también tenían a las cuatrillizas. Wilt no podía asegurarlo pero la presencia de Mrs. de Frackas así se lo sugería. Wilt escuchó para ver si se mencionaba su nombre y vio con alivio que no era así. Cuando terminó aquella desigual conversación, Wilt colocó en su sitio de nuevo el receptor con mucho cuidado y con una ligera sensación de optimismo. Era muy ligera, una simple reacción ante la tensión y a una repentina sensación de poder. No era el poder del arma sino más bien el poder del conocimiento, de lo que sabía él y aparentemente nadie más; que el ático estaba ocupado por un hombre cuya capacidad de matar se limitaba a las moscas y cuya habilidad con las armas de fuego era menos asesina que suicida. Lo único que Wilt sabía sobre metralletas y revólveres era que las balas salían por el cañón cuando se apretaba el gatillo. Pero así como él no sabía nada del manejo de las armas de fuego, los terroristas evidentemente no tenían ni idea de lo que estaba pasando en el ático. Para ellos, el lugar estaba lleno de policías armados, y los disparos que él había hecho tan accidentalmente pudieran haber matado a la maldita Fräulein Schautz. En ese caso, no harían ningún intento de rescatarla. De todos modos, parecía que valía la pena mantener por encima de todo la ilusión de que el ático estaba en poder de hombres desesperados que podían matar sin un momento de duda. Tal como se congratulaba por ello, se le ocurrió la idea opuesta. ¿Qué pasaría si ellos *habían* descubierto que él estaba allí arriba?

Wilt se dejó caer en una silla y consideró esta espeluznante posibilidad. Si las cuatrillizas estaban abajo... Dios mío... y bastaba con que ese cretino de superintendente se pusiera al teléfono y preguntase si Mr. Wilt estaba bien. La mera mención de su nombre era suficiente. En el momento en que los cerdos de abajo se dieran cuenta de que él estaba arriba, matarían a las niñas. E incluso si no era así, amenazarían con hacerlo si no bajaba, lo que venía a ser lo mismo. La única respuesta de Wilt a ese ultimátum podía ser amenazar con matar a la puta de la Schautz si tocaban a las niñas. Y ésa no sería una amenaza real. Él era incapaz de matar a nadie e incluso aunque lo fuera, eso no salvaría a las niñas. Unos locos que se creían estar colaborando al aumento de la felicidad mundial gracias a los secuestros, las torturas y los asesinatos de políticos y hombres de negocios y que, cuando estaban acorralados, se escudaban tras mujeres y niños, no atenderían a razones. Todo lo que querían era el máximo de publicidad para su causa, y el asesinato de las cuatrillizas les garantizaría esa publicidad. Y además, estaba la teoría del terrorismo. Wilt se la había oído exponer a Bilger en la sala de profesores y le había puesto enfermo. Ahora sentía pánico. Tenía que haber alguna solución.

Bien, en primer lugar, podía apoderarse del resto de las armas que había en la bolsa y tratar de aprender a manejarlas. Se levantó, fue por la cocina hasta la puerta del armario y bajó la bolsa. Dentro había dos revólveres, una automática, cuatro cargadores de repuesto para la ametralladora, varias cajas de municiones y tres granadas de mano. Wilt puso toda la colección sobre la mesa, decidió que no le gustaba el aspecto de las granadas de mano y las volvió a meter en la bolsa. Entonces fue cuando se fijó en un trozo de papel que asomaba por el bolsillo lateral. Lo sacó y vio que tenía en sus manos lo que pretendía ser un COMUNICADO DEL GRUPO N.º 4 DEL EJÉRCITO POPULAR. Al menos ése era el título, pero el espacio que había debajo estaba en blanco. Evidentemente, nadie se había molestado en dar detalles del asunto. Probablemente no tenían nada que comunicar.

De todos modos era interesante, muy interesante. Si esta pandilla era el grupo 4, ello hacía suponer que en alguna otra parte estaban los grupos 1, 2 y 3, y que posiblemente existían los grupos 5, 6 y 7. O quizá más. Por otro lado, podía ser que no. Wilt conocía bien las tácticas de autobombo. Proclamar que formaban parte de organizaciones mucho mayores era algo típico de las minorías diminutas. Eso elevaba su moral y les ayudaba a confundir a las autoridades. Luego la existencia de todos esos grupos era posible, de todos modos. ¿Cuántos? ¿Diez, veinte? Y con este tipo de estructura celular, un grupo no conocía a los miembros de otro grupo. Eso era lo único que importaba en las células. Si alguien era capturado e interrogado, no había manera de que traicionara a nadie. Y al darse cuenta de esto, Wilt perdió interés por el arsenal que tenía sobre la mesa. Había armas más efectivas que las pistolas.

Wilt cogió una pluma y se puso a escribir. A continuación, cerró la puerta de la cocina y descolgó el teléfono...

13

El superintendente Misterson estaba gozando de un momento de tranquilidad y confortable relajación en el asiento de caoba del retrete de Mrs. de Frackas, cuando sonó el teléfono en el salón y el sargento llegó para decir que los terroristas estaban otra vez al habla.

–Bueno, eso es buena señal –dijo el superintendente, saliendo a toda prisa–. No suelen empezar a dialogar con tanta rapidez. Con un poco de suerte a lo mejor les hacemos entrar en razón.

Pero sus ilusiones sobre este particular se volatilizaron en seguida. El graznido que salía del amplificador era extremadamente extraño. Incluso el rostro del mayor, por lo general una mascarilla impávida de inanidad calculada, registró cierta estupefacción. La voz de Wilt, convertida por el miedo en un extraño falsete, y gutural debido a la necesidad de que sonase a extranjera –preferiblemente alemana–, gimió y chilló alternativamente una serie de peticiones extraordinarias.

–Ézte es el comunicado númego un del nuefo Ejército Alternatifo del Poblo. Pedimos la inmediate libegación de todos los kamagaden detenidos ilegalmente en prgisiones inglesas zin juizio. ¿Usted komprendeg?

–No –dijo el superintendente–, no comprendo nada de nada.

–Fascistik schweinfleisch –gritó Wilt–. Sekond, nosotros pedimos...

144

—Oiga, un momento —dijo el superintendente—, no tenemos a ninguno de sus... ejem... camaradas en prisión. No podemos responder a sus...

—Mentigoso, cegdo, peggo —aulló Wilt—. Günther Jong, Erika Grass, Friedrich Böll, Heinrich Musil por citag sólo unos pocos. Todos en prgisiones brgitánicas. Usted libegag en prgóximas cinco hogas.

Sekond: pedimos la inmediata detención de todos los falsos infogmes sobre nuestrga lucha aquí pog la libegtad, en la televisión, gadio y peguiódicos, financiados por capitalistic-militarische-liberalistic-pseudo-democratische-multinazionalistiche und finanzialistische conspiracionalistische, ja. Dritte; pedimos guetigada inmediata de alles militaristic truppen aus der garden unter linden und die strasse Villington Road. Vierte; pedimos salfokondukt para los diguigentes del Ejército Alternatifo del Pueblo und el desenmascagamiento de la traición de clase de los desviacionistas y refogmistas, asesinos CIA-Zionistic-nihilistic que se llaman a zí mismos falsamente Grupen 4 del Ejército del Pueblo y están amenazando las vidas de mujegues y niños en un intento propagandístico de desviag conciencia proletaguia de la verdadega lucha de libegación mundial. Fin del comunicado.

Habían colgado.

—¿Qué cojones era eso? —preguntó el mayor.

—Y yo qué coño sé —dijo el superintendente con una mirada vidriosa—. Está definitivamente chiflado. Si mis oídos y el espantoso acento de ese cabrón no me engañan, se piensa que el grupo de Chinanda y la Schautz son agentes de la CIA que trabajan para Israel. ¿No es eso lo que parecía estar diciendo?

—Eso es lo que ha dicho, señor —dijo el sargento—. El Grupo número 4 del Ejército del Pueblo es la brigada de Schautz, y este tipo se cagaba en ellos. Debe de ser que ha habido una escisión y tenemos un Ejército Alternativo del Pueblo.

—Lo que sí tenemos es a un loco de atar —dijo el superintendente—. ¿Está usted seguro de que ese discursito venía de la casa?

—No puede haber venido de ningún otro sitio, señor. Sólo hay una línea y estamos conectados con ella.

–A alguien se le han cruzado los cables, si quiere saber mi opinión –dijo el mayor–, a menos que la pandilla de la Schautz nos prepare algo nuevo.

–Desde luego, es una novedad que un grupo terrorista exija que no haya cobertura de radio y televisión. De eso estoy seguro –murmuró el superintendente–, lo que no sé es dónde demonios ha conseguido esa lista de prisioneros que se supone debemos liberar. Por lo que yo sé no tenemos a nadie que se llame Günther Jong.

–Quizá valga la pena comprobarlo, amigo mío. Algunos de estos asuntos se llevan en secreto.

–Si eso es alto secreto no creo yo que el Ministerio del Interior vaya a darlo a conocer ahora. En cualquier caso, oigamos ese galimatías otra vez.

Pero por una vez el sofisticado equipo electrónico les falló.

–No entiendo qué le ha pasado al magnetofón, señor –dijo el sargento–, juraría que lo había puesto en marcha.

–Probablemente saltó un fusible cuando ese maníaco se puso a hablar –dijo el mayor–. Por poco me pasa lo mismo a mí.

–Bien, encárguese de que ese maldito artefacto funcione la próxima vez –dijo secamente el superintendente–. Quiero una grabación de las voces de este nuevo grupo.

Se sirvió otro café y se sentó a esperar.

Si la confusión reinaba entre las fuerzas de seguridad y la brigada antiterrorista tras la extraordinaria intervención de Wilt, en la casa aquello era el caos. En la planta baja, Chinanda y Baggish se habían atrincherado en la cocina y el hall mientras que Mrs. de Frackas y las niñas habían sido enviadas a la bodega. El teléfono de la cocina estaba en el suelo, fuera de la línea de fuego, y había sido Baggish quien lo había descolgado y escuchado la primera parte. Alarmado por lo que veía en el rostro de Baggish, Chinanda le había arrebatado el auricular y había oído cómo le trataban de asesino nihilista israelí que trabajaba para la CIA en un intento propagandístico de desorientar a la conciencia proletaria.

—¡Es una mentira! —le gritó a Baggish, que todavía estaba tratando de hacer encajar una petición del Ejército Alternativo del Pueblo para que liberaran a los camaradas retenidos en las prisiones británicas con su idea previa de que el ático estaba ocupado por los de la brigada antiterrorista.

—¿Qué quieres decir, mentira?

—Lo que dicen, que somos sionistas de la CIA.

—¿Mentira? —gritó Baggish, buscando desesperadamente una palabra más extrema que describiera tan enorme distorsión de la verdad—. Es... ¿Quién ha dicho eso?

—Alguien que dice que pertenece al Ejército Alternativo del Pueblo.

—Pero el Ejército Alternativo del Pueblo pidió la liberación de los prisioneros detenidos ilegalmente por los imperialistas británicos.

—¿Ah, sí?

—Yo lo oí. Primero dijo eso, y luego atacaron las informaciones falsas de la televisión y luego pidieron la retirada de todas las tropas.

—¿Entonces por qué nos llamaron asesinos Cia-sionistas? —preguntó Chinanda—, ¿y dónde están ésos?

Ambos miraron al techo con desconfianza.

—¿Tú crees que están ahí arriba?

Pero, como el superintendente, Chinanda no sabía qué pensar.

—Gudrun, seguro que sí. Cuando bajamos se oían gritos.

—Entonces quizá Gudrun está muerta —dijo Baggish—. Es un truco para engañarnos.

—Puede ser —dijo Chinanda—, la inteligencia británica es hábil. Saben cómo utilizar la guerra psicológica.

—¿Entonces, qué hacemos ahora?

—Haremos nuestras propias peticiones. Les demostraremos que no nos han engañado.

—Si permiten que les interrumpa un momento —dijo Mrs. de

Frackas, emergiendo de la bodega–, es la hora de darles la cena a las cuatrillizas.

Los dos terroristas se la quedaron mirando, lívidos. Ya era suficientemente grave tener la casa rodeada por tropas y por la policía, pero si encima había que añadir a esos problemas el tener que lidiar con peticiones incomprensibles de alguien que representaba al Ejército Alternativo del Pueblo y al mismo tiempo enfrentarse a la imperturbable confianza en sí misma de Mrs. de Frackas, se sentían en la necesidad de afirmar su autoridad.

–Escuche, vieja –dijo Chinanda, agitando una automática bajo sus narices para darle más énfasis–, aquí damos las órdenes nosotros y usted hará lo que le digamos. Si no, la matamos.

Pero no era tan fácil disuadir a Mrs. de Frackas. Durante su larga vida había sido intimidada por institutrices, tiroteada por afganos, dos de sus casas bombardeadas en dos guerras mundiales, y había tenido que enfrentarse a un esposo de temperamento bilioso durante varias décadas a la hora del desayuno, de forma que había desarrollado una capacidad de adaptación verdaderamente notable y, lo más útil, una sordera diplomática.

–Estoy segura de que lo harían –dijo alegremente–. Voy a ver dónde guarda los huevos Mrs. Wilt. Estoy convencida de que a los niños no les dan suficientes huevos, ¿ustedes no? Con lo buenos que son para el sistema digestivo.

Y haciendo caso omiso de la automática se puso a rebuscar en los armarios de la cocina. Chinanda y Baggish se pusieron a hablar en voz baja.

–Yo mato a esa vieja bruja ahora mismo –dijo Baggish–, así aprenderá que no estamos fanfarroneando.

–De ese modo no saldremos de aquí. Si la retenemos a ella y a los niños tenemos una oportunidad y de paso continuamos haciéndonos propaganda.

–Sin la televisión no habrá propaganda de ninguna clase –dijo Baggish–, ésa era una de las peticiones del Ejército Alternativo del Pueblo. Ni televisión, ni radio, ni periódicos.

—Pues nosotros pediremos lo contrario, toda la publicidad –dijo Chinanda, descolgando el teléfono. Arriba, Wilt, que había estado tumbado en el suelo con el teléfono en la oreja, le respondió.

—Éste es el Ejército Alternativo del Pueblo. Comunicado dos. Exigimos...

—Vosotros a callar. Somos nosotros los que exigimos –gritó Chinanda–. La guerra psicológica de los británicos ya sabemos de qué va.

—Cegdos sionistas. Conocemos a los asesinos de la CIA –replicó Wilt–, estamos luchando pog la libegación de todos los pueblos.

—Nosotros estamos luchando por la liberación de Palestina...

—Nosotros también. Todos los pueblos luchamos nosotros por.

—Si lograran ponerse de acuerdo sobre quién está luchando y por qué causa–intervino el superintendente–, podríamos hablar más razonablemente.

—Fascista policía cegdo –aulló Wilt–. No estamos hablando con usted. Sabemos con quién tratando estamos.

—Me gustaría poder decir lo mismo –respondió el superintendente, logrando con ello que Chinanda le dijera que el Grupo del Ejército del Pueblo era...

—Lumpen schwein revisionistic-desviacionistas –intervino Wilt–. El Ejército Alternativo del Pueblo rechaza la getención fascista de rehenes und...

No pudo continuar debido al estrépito que desde el cuarto de baño tendía a contradecir esa teoría, lo cual dio a Chinanda la oportunidad de establecer sus propias exigencias. Entre ellas se incluían cinco millones de libras, un jumbo y poder utilizar un carro blindado que les llevara al aeropuerto. Wilt, después de cerrar la puerta de la cocina para acallar los movimientos de Gudrun Schautz, llegó a tiempo para subir las apuestas.

—Seis millones de libras y dos carros blindados...

—Por mí pueden redondear en diez millones –dijo el superintendente–, eso no cambiará nada. No pienso aceptar.

—Siete millones o matamos a los rehenes. Tienen hasta las ocho de la mañana para aceptar o los rehenes morirán –gritó Chinanda, y colgó el teléfono antes de que Wilt pudiera intervenir. Wilt colgó su propio auricular con un suspiro y trató de pensar qué podía hacer ahora. En su mente no había duda alguna de que los terroristas de abajo cumplirían sus amenazas a menos que la policía cediese. Y era igual de seguro que la policía no tenía intención de proporcionarles un carro blindado o un avión. Simplemente ganarían tiempo con la esperanza de desmoralizar a los terroristas. Si no tenían éxito y las niñas morían junto con sus secuestradores, a las autoridades les importaría muy poco. La línea de conducta oficial dictaba que las exigencias de los terroristas nunca debían ser aceptadas. Tiempo atrás, Wilt había estado de acuerdo con ello. Pero ahora la política particular le dictaba lo que fuera, con tal de salvar a su familia. Por si había duda sobre la necesidad de improvisar algún plan, parecía que Fräulein Schautz estaba arrancando el linóleo del cuarto de baño. De entrada, Wilt pensó en la posibilidad de amenazarla con disparar a través de la puerta si no se estaba quieta, pero decidió no hacerlo. No serviría una mierda. Él era incapaz de matar a nadie excepto por accidente. Tenía que haber alguna otra solución.

En el centro de comunicaciones también estaban escasos de ideas. Mientras moría el eco de las últimas y conflictivas exigencias, el superintendente sacudió la cabeza fatigado.

–Dije que era una olla de grillos y por Dios que lo es. ¿Alguien me haría el favor de decirme qué demonios está ocurriendo ahora ahí dentro?

–Es inútil que me mire a mí, amigo –dijo el mayor–, yo estoy aquí simplemente para mantener el cerco mientras sus amiguetes antiterroristas establecen contacto con esos canallas. Ésas son las instrucciones.

–Puede que ésas sean las instrucciones, pero como parece que estamos tratando con dos grupos rivales de salvadores del mundo, eso es prácticamente imposible. ¿No hay alguna manera de conseguir una línea separada con cada grupo?

—No veo cómo, señor —dijo el sargento—, el Ejército Alternativo del Pueblo parece estar utilizando la extensión telefónica del piso de arriba; la única solución sería entrar en la casa.

El mayor estudió el embrollado mapa de Wilt.

—Puedo hacer venir un helicóptero y depositar a algunos de mis chicos sobre el tejado para hacer salir a esos hijos de puta —dijo.

El superintendente Misterson le miró con desconfianza.

—Por «hacer salir» supongo que no entiende usted invitarles a ello.

—¿Invitarles? Ah, ya le comprendo. No; creo que tendrá que haber algo de jaleo. ¡A usted le gusta hacer juegos de palabras, eh!

—Que haya lío es lo que tenemos que evitar. Bien, si a alguien se le ocurre un sistema mediante el cual yo pueda hablar con uno de los dos grupos sin interferencias del otro, le estaré muy agradecido.

Pero, en lugar de eso, hubo un zumbido en el intercomunicador. El sargento escuchó primero y luego habló.

—Los psicólogos y la brigada anacombi al aparato, señor. Preguntan si pueden entrar en acción.

—Supongo que sí —dijo el superintendente.

—¿Brigada anacombi? —dijo el mayor.

—Análisis del Combate Ideológico y Consejeros Psicológicos. El Ministerio del Interior insiste en que los utilicemos; a veces salen con alguna sugerencia útil.

—Jesús —dijo el mayor—. No sé adónde coño iremos a parar. Primero llaman al ejército fuerza pacificadora, y ahora Scotland Yard necesita psicoanalistas que les hagan el trabajo. Excelente.

—El Ejército Alternativo del Pueblo está otra vez al aparato —dijo el sargento. Una vez más, salió del amplificador telefónico una oleada de insultos, pero esta vez Wilt había cambiado de táctica. Su alemán gutural le había estado destrozando las cuerdas vocales. Su nuevo acento era una jerga irlandesa menos fatigosa pero igualmente poco convincente.

—Dulce Jesús, la culpa será únicamente de ustedes si tenemos que matar a la pobre inocente criatura Irmgard Müller antes de las ocho de la mañana si las nenas no han sido devueltas a su mamá. Ojo.

—¿Qué? —dijo el superintendente, estupefacto ante esta nueva amenaza.

—No quisiera repetirme a beneficio de cerdos reaccionarios como usted, pero si está usted sordo lo diré de nuevo.

—No hace falta —dijo firmemente el superintendente—, hemos captado el mensaje a la primera.

—Bien, es de esperar que esos zombis sionistas también lo hayan oído.

Un confuso murmullo en español pareció indicar que Chinanda se había enterado.

—Bien, entonces eso es todo. No quisiera que la cuenta del teléfono subiera mucho, ¿verdad que no?

Y Wilt colgó el teléfono de golpe. Le tocaba al superintendente traducirle este ultimátum a Chinanda lo mejor que pudiera; un difícil proceso y que casi había hecho imposible la insistencia de aquel terrorista en decir que el Ejército Alternativo del Pueblo era una banda de cerdos policías fascistas bajo las órdenes del superintendente.

—Ustedes los británicos utilizan la guerra psicológica. Son expertos —gritó—, no nos van a engañar tan fácilmente.

—Pero yo le aseguro, Miguel...

—No trate de embaucarme llamándome Miguel para que yo piense que es amigo mío. Ya conocemos sus tácticas. Primero amenazan y luego nos hacen hablar...

—Bueno, en realidad yo no le estoy...

—A callar, cerdo. Ahora soy yo el que habla.

—Eso mismo iba a decir yo —protestó el superintendente—, pero quiero que sepa que no hay policías...

—Y una mierda. Han intentado atraparnos y ahora amenazan con matar a Gudrun. Bien, pues no responderemos a sus amenazas. Si matan a Gudrun nosotros mataremos a los rehenes.

—No tengo medios de parar a quien esté reteniendo a Fräulein Schautz...

152

—Está tratando de seguir con ese farol, pero no le servirá de nada. Sabemos lo listos que son ustedes, británicos imperialistas.

Y también Chinanda colgó violentamente.

—He de reconocer que su opinión del Imperio británico es bastante mejor que la mía —dijo el mayor—, quiero decir que yo no veo imperio por ninguna parte, a no ser que contemos Gibraltar.

Pero el superintendente no estaba de humor para hablar de la extensión del Imperio.

—Hay algo de demencial en este asedio —murmuró—. Primero necesitamos que haya una conexión telefónica aislada con los lunáticos del piso de arriba. Ésa es la prioridad número uno. Si disparan... ¿Cómo demonios llamó a la Schautz, sargento?

—Creo que la expresión fue «la pobre inocente criatura Irmgard Müller», señor. ¿Quiere usted que vuelva a poner la cinta?

—No —dijo el superintendente—, esperaremos a los analistas. Entretanto, solicite un helicóptero para tender una línea telefónica sobre el balcón del apartamento de arriba. Al menos, así tendremos una idea de quién hay allí arriba.

—¿Teléfono de campaña con cámara de televisión incorporada, señor? —preguntó el sargento.

El superintendente asintió.

—La segunda prioridad es colocar los dispositivos de escucha.

—No podremos hacerlo hasta que oscurezca —dijo el mayor—. No quiero que maten a mis muchachos a menos que ellos tengan ocasión de responder al fuego.

—Bien, pues ahora sólo hay que esperar —dijo el superintendente—. Siempre sucede lo mismo con estos asedios de mierda. Es cuestión de sentarse y esperar. Aunque debo decir que ésta es la primera vez que tengo que tratar a la vez con dos grupos terroristas.

—Le hace a uno sentir compasión por esas pobres niñas —dijo el mayor—. No quiero ni pensar en lo que deben de estar pasando.

14

Pero por una vez había malgastado su solidaridad. Las cuatrillizas se lo estaban pasando de maravilla. Después de la emoción inicial, con ventanas pulverizadas por las balas y terroristas disparando desde la cocina y el hall, las habían empujado de cualquier manera a la bodega, junto con Mrs. de Frackas. Como la anciana señora se resistía a dejarse impresionar y parecía considerar los sucesos de arriba como algo perfectamente normal, las cuatrillizas habían tomado la misma actitud. Además de que la bodega era normalmente territorio prohibido, Wilt se negaba a que bajaran allí con el pretexto de que los retretes orgánicos eran insanos y peligrosamente explosivos, y Eva se lo tenía prohibido porque guardaba ahí sus conservas de frutas, y el congelador estaba lleno de helado casero. Las cuatrillizas se habían abalanzado sobre los helados y habían terminado con una caja grande antes de que los ojos de Mrs. de Frackas se hubieran acostumbrado a la penumbra. Para entonces, las cuatrillizas ya habían encontrado otras cosas interesantes en que ocupar su atención. Un gran depósito de carbón y una pila de leña les dieron la oportunidad de ensuciarse de arriba abajo. La reserva de manzanas de cultivo biológico les proporcionó el segundo plato después del helado, y sin duda se habrían bebido la cerveza casera de Wilt hasta caerse, de no ser porque Mrs. de Frackas tropezó con una botella rota.

—No debéis ir a esa parte de la bodega —dijo, observando con

severidad la evidente impericia de los experimentos de Wilt, que
había provocado la explosión de varias botellas–, es peligroso.

–¿Pues por qué se la bebe papá? –preguntó Penelope.

–Cuando seáis un poco mayores aprenderéis que los hombres
hacen muchas cosas que no son ni prudentes ni sensatas –dijo Mrs.
de Frackas.

–¿Como llevar una bolsa en el extremo de la pirula? –preguntó
Josephine.

–Bueno, eso no sabría decírtelo, cariño –dijo Mrs. de Frackas,
hecha un lío, entre su propia curiosidad y el deseo de no inmiscuirse
demasiado en la vida privada de los Wilt.

–Mamá dice que el doctor le obligó a llevarla –continuó Josephine, añadiendo una enfermedad muy íntima a la lista de defectos que de Wilt tenía la anciana.

–Y yo la pisé y papi se puso a gritar –dijo Emmeline con orgullo–. Gritó más fuerte que nunca.

–Estoy segura, querida –dijo Mrs. de Frackas, tratando de imaginar la reacción de su difunto y bilioso esposo si un niño llega a
ser tan imprudente como para pisarle el pene–. Pero hablemos de
algo agradable.

La distinción no hacía mella en las cuatrillizas.

–Cuando papi volvió de ver al doctor, mami dijo que su pirula se
iba a poner bien y que ya no diría «Joder» cuando fuera a hacer pipí.

–¿Decir qué, cariño? –preguntó Mrs. de Frackas, ajustándose el
sonotone con la esperanza de que fuera éste y no Samantha el cau-
sante del error. Las cuatrillizas la desilusionaron al unísono.

–Joder, joder, joder –gritaron. Mrs. de Frackas desconectó el
sonotone.

–Vaya, realmente –dijo ella–, creo que no deberíais decir esa
palabra.

–Mami también dice que no debemos pero el papi de Michael
le dijo...

–No quiero ni oírlo –dijo rápidamente Mrs. de Frackas–. Cuando yo era joven los niños no hablaban de esas cosas.

–¿Cómo nacían los niños entonces? –preguntó Penelope.

–Pues como siempre, querida, sólo que nos enseñaban a no decir esas cosas.

–¿Qué cosas? –preguntó Penelope.

Mrs. de Frackas la miró incrédula. Comenzaba a descubrir que las cuatrillizas de los Wilt no eran unas niñas tan encantadoras como ella había creído. Al contrario, eran francamente enervantes.

–Cosas, sin más –dijo por fin.

–¿Como pollas y coños? –preguntó Emmeline.

Mrs. de Frackas la miró con disgusto.

–Supongo que podría decirse así –contestó con rigidez–, aunque francamente preferiría que no lo dijerais.

–¿Si no se dice así, usted cómo lo dice? –preguntó la infatigable Penelope.

Mrs. de Frackas se estrujó la mente en busca de una alternativa, pero en vano.

–No lo sé –dijo, sorprendida por su propia ignorancia–, supongo que la cosa nunca surgió.

–La de papi sí –dijo Josephine–. Yo la vi una vez.

Mrs. de Frackas prestó su disgustada atención a la niña y trató de acallar su propia curiosidad.

–¿La viste? –dijo sin querer.

–Él estaba en el baño con mami y yo miraba por el agujero de la cerradura, y papi...

–Ya va siendo hora de que tú te bañes también –dijo Mrs. de Frackas, poniéndose de pie antes de que Josephine pudiese revelar ningún otro detalle de la vida sexual de los Wilt.

–Todavía no hemos cenado –dijo Samantha.

–Voy a ocuparme de eso –dijo Mrs. de Frackas, y subió por la escalera de la bodega para ir a buscar huevos. Volvió con una bandeja pero las mellizas ya no tenían hambre. Habían acabado con un tarro de cebollitas en vinagre e iban por la mitad de su segundo paquete de higos secos.

–Aún tenéis que comer huevos revueltos –dijo resueltamente la anciana–. No me he molestado en hacerlos para que se echen a perder, sabéis.

–No los ha hecho usted –dijo Penelope–, los hizo la mamá gallina.

–Y los papás gallina se llaman pollas –pió Josephine, pero Mrs. de Frackas, que acababa de enfrentarse con dos bandidos armados, no estaba de humor para que la desafiaran cuatro niñas impúdicas.

–No vamos a hablar más de ese tema, gracias –dijo–, ya he tenido bastante.

Pronto quedó claro que las cuatrillizas también habían tenido bastante. Mientras les hacía subir las escaleras de la bodega, Emmeline se quejó de que le dolía la tripita.

–Pronto se te pasará, cariño –dijo Mrs. de Frackas–, y no sirve de nada hipar de ese modo.

–No es hipo –replicó Emmeline, y vomitó inmediatamente sobre el suelo de la cocina. Mrs. de Frackas miró a su alrededor buscando en la semioscuridad el interruptor de la luz. Justo cuando acababa de dar con él y de encender la luz, Chinanda se le echó encima y la apagó.

–¿Qué pretende hacer? ¿Qué nos maten a todos? –gritó.

–A todos no –dijo Mrs. de Frackas–. Si no mira usted por dónde va...

El estruendo que siguió al patinazo del terrorista en el suelo de la cocina, sobre una mezcla de cebolletas en vinagre a medio digerir e higos secos, demostró que Chinanda efectivamente no había mirado.

–A mí no tiene por qué echarme la culpa –dijo Mrs. de Frackas–, y no debería usted usar ese lenguaje delante de las niñas. Es un mal ejemplo.

–Buen ejemplo les voy a dar yo –gritó Chinanda–, les voy a sacar las tripas.

–Creo que ya hay alguien que lo ha hecho –replicó la anciana cuando las otras tres niñas, compartiendo evidentemente con Emmeline la incapacidad de poder con una dieta tan ecléctica, siguieron su ejemplo. La cocina estaba ahora llena de niñas pequeñas cubiertas de vómitos y llorando a gritos, un olor muy poco apetitoso, dos terroristas enloquecidos y una Mrs. de Frackas más imperial que nunca. Para aumentar la confusión, Baggish había abandonado su puesto en el hall y había entrado en tromba amenazando con disparar al primero que se moviera.

–No tengo intención de moverme –dijo Mrs. de Frackas–, y como la única persona que lo hace es esa que se arrastra en aquel rincón, le sugiero que ponga fin a sus sufrimientos.

En el rincón del fregadero, Chinanda trataba de desembarazarse de la batidora Kenwood de Eva, que había ido a dar en el suelo junto con él.

Mrs. de Frackas encendió la luz de nuevo. Esta vez nadie se opuso; Chinanda porque estaba momentáneamente sonado y Baggish porque estaba demasiado horrorizado ante el estado de la cocina.

–Y ahora –dijo la anciana–, si han acabado ustedes, me llevaré a las niñas arriba para darles un baño antes de meterlas en la cama.

–¿En la cama? –gritó Chinanda, poniéndose en pie a duras penas–. Nadie va a subir arriba. Dormirán todas en la bodega. Bajen ahora mismo.

–Si de verdad supone usted que voy a permitir que estas pobres niñas bajen de nuevo a la bodega en el estado en que se encuentran y sin haberlas lavado a fondo, se equivoca usted de medio a medio.

Chinanda tiró del cordón de la persiana veneciana, tapando así toda vista desde el jardín.

–Entonces lávelas aquí –dijo señalando el fregadero.

–¿Y dónde van a estar ustedes?

–Donde podamos ver lo que hace.

Mrs. de Frackas replicó sarcástica.

–Conozco a los tipos como ustedes, y si creen que voy a exponer sus cuerpecitos puros a sus miradas lascivas...

–¿Qué demonios está diciendo? –preguntó Baggish.

Mrs. de Frackas dirigió su desprecio hacia él.

—Y a las suyas tampoco, ya me ha oído. No he cruzado el Canal de Suez y Port Said en vano, sabe usted.

Baggish se la quedó mirando.

—¿Port Said? ¿El Canal de Suez? Yo no he estado en Egipto en mi vida.

—Bueno, pues yo sí. Y yo sé lo que me digo.

—¿Pero de qué está usted hablando? Dice que sabe lo que se dice. Pues yo no sé lo que usted sabe.

—Postales —dijo Mrs. de Frackas—, no creo que necesite decirle nada más.

—Todavía no ha dicho usted nada. Primero el Canal de Suez, luego Port Said y ahora tarjetas postales. ¿Podría decirme alguien qué mierda tiene que ver eso con lavar niñas?

—Bien, si quiere usted enterarse del todo, me refiero a postales verdes. Le podría hablar también de asnos, pero no voy a hacerlo. Ahora, váyanse los dos de la habitación...

Pero las consecuencias de los prejuicios imperiales de Mrs. de Frackas habían por fin penetrado en la mente de Baggish.

—¿Está hablando de pornografía? ¿En qué siglo se imagina usted que está viviendo? Si quiere pornografía dese una vuelta por Londres. El Soho está lleno...

—Ni necesito pornografía ni tengo la menor intención de seguir hablando de este tema.

—Entonces, baje a la bodega antes de que la mate —chilló, rabioso, Baggish. Pero Mrs. de Frackas era demasiado vieja para dejarse convencer por meras amenazas, y hubo que recurrir a la fuerza bruta para hacerla traspasar la puerta de la bodega con las cuatrillizas. Mientras bajaban las escaleras se pudo oír a Emmeline preguntar por qué no le gustaban los asnos a aquel hombre malo.

—Te digo que los ingleses están locos —dijo Baggish—, ¿por qué tuvimos que elegir esta casa de locos?

—La casa nos eligió a nosotros —dijo Chinanda, deprimido, y apagó la luz.

Pero si Mrs. de Frackas había decidido ignorar el hecho de que su vida estaba en peligro, arriba, en el ático, Wilt era agudamente consciente de que sus anteriores maniobras se habían vuelto contra él. Inventarse el Ejército Alternativo del Pueblo había servido para confundir las cosas durante un rato, pero la amenaza de ejecutar o, más exactamente, de asesinar a Gudrun Schautz había sido un terrible error, porque ponía un plazo a su farol. Rememorando sus últimos cuarenta años, el historial de violencia de Wilt se limitaba a la ocasional y usualmente fallida lucha contra moscas y mosquitos. No; lanzar ese ultimátum había sido casi tan estúpido como no salir de la casa cuando aún estaba a tiempo. Ahora era evidente que ya no lo estaba, y los ruidos que llegaban del baño sugerían que Gudrun Schautz había arrancado el linóleo y que se ocupaba de las tablas del suelo. Si se escapaba y se unía a los de abajo, aportaría un fervor intelectual al fanatismo evidentemente estúpido de los otros. Por otro lado, no se le ocurría ninguna manera de detenerla aparte de amenazarla con disparar a través de la puerta del cuarto de baño, y si eso no funcionaba... Tenía que haber una alternativa. ¿Y si él mismo abriera la puerta y la persuadiera de que era peligroso ir abajo? De esa manera podría mantener a las dos bandas separadas y si no podían comunicarse entre sí, Fräulein Schautz difícilmente podría influir en sus hermanos de sangre del piso de abajo. Bien, eso era bastante fácil de hacer.

Wilt se fue hacia el teléfono y arrancó el cordón de la pared. Hasta ahí todo bien, pero todavía quedaba el pequeño problema de las armas. La idea de compartir el piso con una mujer que había asesinado a sangre fría a ocho personas no era atractiva desde ningún punto de vista, pero en tanto que ese piso contenía suficientes armas de fuego para eliminar a varios cientos de personas se convertía en una idea claramente suicida. Tendría que deshacerse de las armas además. ¿Pero cómo? No podía tirar esos malditos trastos por la ventana. Una lluvia de revólveres, granadas y ametralladoras sobre los terroristas haría probablemente que éstos subieran para ver qué demonios estaba pasando. En cualquier caso las granadas podían dispararse solas y ya había suficientes malentendidos en el ambiente como para añadir explosiones de granadas. Lo mejor sería esconderlas. Con cautela, Wilt volvió a meter toda la artillería en la bolsa de viaje y pasando por la cocina se dirigió al desván. Gudrun Schautz estaba ahora muy ocupada con las tablas del suelo y, a cubierto de ese ruido, Wilt trepó arrastrándose hasta la cisterna del agua. Luego sumergió la bolsa en el agua y volvió a colocar la tapa. Entonces, después de asegurarse de que no se había dejado ningún arma, se preparó mentalmente para la maniobra siguiente. Desde luego, era casi igual de seguro que abrir la jaula de un tigre del zoo e invitarle a salir, pero había que hacerlo, y en una situación tan demencial sólo un acto de locura total podía salvar a las niñas. Wilt atravesó la cocina en dirección a la puerta del baño.

–Irmgard –susurró. Miss Schautz continuó con su trabajo de demolición en el suelo del baño. Wilt tomó otra vez aliento y susurró un poco más alto. Dentro, cesaron las obras y se hizo el silencio.

–Irmgard –dijo Wilt–, ¿es usted?

Hubo un movimiento y luego una voz tranquila habló:

–¿Quién está ahí?

–Soy yo –dijo Wilt, ateniéndose a la evidencia y deseando con todas sus fuerzas lo contrario–, Henry Wilt.

–¿Henry Wilt?

–Sí. Ya se han ido.

–¿Quién se ha ido?

–No lo sé. Quienquiera que fuese. Ya puede salir.

–¿Salir? –preguntó Gudrun Schautz en un tono de voz que sugería una total estupefacción, tal como Wilt quería.

–Voy a abrir la puerta.

Wilt comenzó a quitar el cordón de la lámpara enredado en

el tirador de la puerta. Era difícil, en aquella creciente oscuridad, pero unos minutos después ya había desatado el cable y quitado la silla.

—Ya está —dijo—. Puede salir.

Pero Gudrun Schautz no hizo ningún movimiento.

—¿Cómo sé que es usted? —preguntó.

—No sé —dijo Wilt, encantado de tener ocasión de retrasar las cosas—, soy yo, eso es todo.

—¿Quién está con usted?

—Nadie. Ellos se han ido abajo.

—Y dale con «ellos». ¿Quiénes son esos «ellos»?

—No tengo ni idea. Hombres armados. Toda la casa está llena de hombres armados.

—¿Entonces por qué está usted aquí? —preguntó Miss Schautz.

—Porque no puedo estar en otro sitio —dijo Wilt con toda sinceridad—, no pensará que me gusta estar aquí. Han estado disparándose unos a otros. Podían haberme matado. No sé qué demonios está pasando.

Hubo un silencio en el cuarto de baño. Gudrun Schautz tenía dificultades para hacerse una composición de lugar de lo que estaba pasando. En la oscuridad de la cocina, Wilt sonreía para sí. Si continuaba así, conseguiría que la zorra se volviera majareta.

—¿Y no hay nadie con usted? —preguntó.

—Por supuesto que no.

—¿Entonces cómo se enteró de que yo estaba en el baño?

—Oí cómo se bañaba —dijo Wilt—, y entonces toda esa gente comenzó a gritar y a pegar tiros...

—¿Dónde estaba usted?

—Oiga —dijo Wilt decidiendo cambiar de táctica—: no veo por qué continúa haciéndome tantas preguntas. Quiero decir que me he molestado en venir aquí a abrir la puerta y usted no quiere salir, y sigue insistiendo en saber quiénes son y dónde estaba yo y todo es como si yo lo supiera. El caso es que yo estaba echando una cabezada en el dormitorio y...

—¿Una cabezada? ¿Qué es una cabezada?

—¿Una cabezada? Pues una cabezada. Bueno, es una especie de sueñecito después de la comida. Dormir, sabe usted. En cualquier caso, cuando empezó el jaleo, el tiroteo y demás, yo la oí gritar «las niñas» y pensé en lo amable que era de su parte...

—¿Amable de mi parte? ¿Pensó que eso era amable por mi parte? —preguntó la Schautz con voz estrangulada e incrédula.

—Me refiero a ocuparse de las niñas en primer lugar, antes de pensar en su propia seguridad. La mayoría de la gente no habría pensado en salvar a las niñas, ¿sabe usted?

Un ruido ininteligible procedente del cuarto de baño indicó que Gudrun Schautz no había pensado en esa posible interpretación de sus órdenes y que tenía que hacer algunos reajustes en su actitud en vista del grado de inteligencia de Wilt.

—No, es verdad —dijo por fin.

—Bueno, naturalmente, después de eso no podía dejarla a usted encerrada aquí, ¿verdad? —continuó Wilt, dándose cuenta de que hablar como un absoluto idiota tenía sus ventajas—. *Noblesse oblige,* y todo eso.

—¿*Noblesse oblige?*

—Una buena acción merece su recompensa y todo eso —dijo Wilt—, o sea que tan pronto vi que no había moros en la costa salí de debajo de la cama y subí hasta aquí.

—¿Qué costa? —preguntó la Schautz con desconfianza.

—Cuando los tipos que estaban aquí decidieron bajar abajo —dijo Wilt—. Éste parecía el lugar más seguro. De todos modos, por qué no sale usted y viene a sentarse aquí; debe de ser muy incómodo estar ahí metida.

Miss Schautz consideró esta propuesta así como el hecho de que Wilt pareciera ser un idiota congénito, y aceptó el riesgo.

—No llevo encima nada de ropa —dijo, abriendo la puerta unos centímetros.

—¡Caray! —dijo Wilt—. Lo siento muchísimo. No se me había ocurrido. Iré y le traeré algo.

Entró en el dormitorio y revolvió en el armario, y al encontrar lo que en la oscuridad parecía un impermeable, se lo llevó.

–Aquí tiene un abrigo –dijo, tendiéndoselo a través de la puerta–, no he querido encender la luz del dormitorio por si esos tipos de abajo la veían y comenzaban a hacer fuego otra vez. No se preocupe, he cerrado la puerta con llave y he hecho una barricada; les costaría trabajo entrar.

En el cuarto de baño la Schautz se puso el impermeable, salió con precaución y se encontró con que Wilt estaba echando agua hirviendo de la hervidora eléctrica en una tetera.

–Pensé que le gustaría tomar una buena taza de té –dijo–. A mí me hace falta...

Detrás de él, Gudrun Schautz trataba de comprender lo que había sucedido. Desde el momento en que la habían encerrado en el cuarto de baño había estado segura de que el piso estaba ocupado por la policía. Ahora parecía que quienes hubieran estado allí se habían marchado, y este fofo y estúpido inglés estaba haciendo té como si tal cosa. Que Wilt hubiera admitido haber pasado la tarde escondido debajo de la cama había sido algo definitivamente ignominioso, y confirmaba la opinión –que ella se había hecho de sus discusiones nocturnas con Mrs. Wilt– de que él no constituía ningún tipo de amenaza. Por otra parte tenía que descubrir qué era lo que Wilt sabía en realidad.

–Esos hombres armados –dijo ella–, ¿qué tipo de hombres son?

–Bueno, en realidad no estaba en una buena posición para verles –dijo Wilt–, debajo de la cama y tal. Algunos llevaban botas y otros no, no sé si me entiende.

Gudrun no le entendía.

–¿Botas?

–No llevaban zapatos. ¿Toma usted azúcar?

–No.

–Tiene usted razón –dijo Wilt–, es muy malo para los dientes. Bueno, aquí tiene. Oh, lo siento. Espere, voy a buscar un trapo para secarla.

Y, en el estrecho espacio de la cocinita, Wilt buscó un trapo y se puso a secar el impermeable de Gudrun Schautz en el que había derramado deliberadamente el té.

—Déjelo ya —dijo ella cuando Wilt trasladó sus atenciones con la toalla de los pechos a regiones inferiores.

—Muy bien, le serviré otra taza.

Ella le siguió al dormitorio mientras Wilt meditaba qué otros accidentes domésticos podría provocar para distraer la atención de ella. Siempre estaba el sexo, claro, pero en esas circunstancias parecía poco probable que a aquella zorra le interesase entrar en materia, e incluso si le interesaba, la idea de hacer el amor con una asesina profesional le resultaba difícilmente estimulante. La impotencia alcohólica era mala, pero la debida al terror era infinitamente peor. Wilt se llevó otra taza de té al estudio y se la encontró mirando al jardín desde el balcón.

—Yo no me pondría ahí —dijo—, fuera hay más maníacos con camisetas del pato Donald.

—¿Camisetas del pato Donald?

—Y armas —dijo Wilt—. Si quiere saber mi opinión, todo este lugar se ha convertido en un manicomio.

—¿Y no tiene usted idea de lo que está pasando?

—Bueno, oí a alguien que gritaba algo sobre los israelíes, pero eso no parece muy probable, ¿verdad? Me refiero a que para qué iban a querer los israelíes caer en enjambre sobre Willington Road.

—Oh, Dios mío —dijo Gudrun Schautz—, ¿y qué hacemos?

—¿Hacer? —dijo Wilt—. Realmente no creo que haya mucho que hacer, excepto tomar té y pasar inadvertidos. Probablemente todo es un error. No se me ocurre qué otra cosa pueda ser, ¿y a usted?

A Gudrun Schautz sí se le ocurrían cosas, pero no parecía muy buena idea admitírselo a aquel imbécil hasta que ella estuviera en condiciones de obligarle mediante el terror a hacer lo que le mandase. Se dirigió a la cocina y comenzó a subir al desván. Wilt la siguió, tomando sorbitos de té.

—Naturalmente, traté de llamar a la policía —dijo, poniendo la cara más estúpida posible.

La Schautz se paró en seco.

—¿A la policía? ¿Telefoneó usted a la policía?

—De hecho no pude —dijo Wilt—. Algún cabrón había arrancado el cable de la pared. No me explico por qué. Quiero decir que con todo ese tiroteo...

Pero Gudrun Schautz ya no le escuchaba. Estaba subiendo a gatas por la plataforma en busca de las bolsas, Wilt podía oírla rebuscar entre las maletas. Con tal que esa zorra no mirase en el tanque del agua. Para distraer su atención, Wilt asomó la cabeza por la puerta y apagó la luz.

—Mejor que no se vea ninguna luz —explicó mientras ella tanteaba y tropezaba en la oscuridad maldiciendo—. Que nadie sepa que estamos aquí arriba. Es mejor que nos escondamos aquí acostados hasta que se vayan.

Un torrente de alemán incomprensible pero evidentemente malintencionado acogió esta sugerencia, y después de una infructuosa búsqueda de la bolsa unos minutos más, Gudrun Schautz bajó a la cocina respirando con dificultad.

Wilt decidió golpear de nuevo.

—No tiene de qué preocuparse tanto, querida. Después de todo, esto es Inglaterra y nada malo le puede pasar aquí.

Le puso un brazo reconfortante sobre los hombros.

—Y en cualquier caso me tiene a mí para cuidarla. No hay de qué preocuparse.

—Oh, Dios mío —dijo ella, y de pronto comenzó a agitarse con una risa silenciosa. Pensar que sólo tenía a este débil y estúpido cobarde para que cuidara de ella era demasiado para una asesina. ¡Nada de que preocuparse! La frase tomó de repente un significado nuevo y contrario y, como en una revelación, ella vio esa verdad, una verdad contra la que había estado luchando toda su vida. De lo único que tenía que preocuparse era de nada. Gudrun Schautz pensó en el olvido, una nada infinita que la aterrorizó. Absolutamente desesperada por escapar de esa visión, se aferró a Wilt y su impermeable se abrió.

—Esto... —comenzó Wilt, dándose cuenta de esta nueva amenaza, pero Grudrun Schautz apretó su boca contra la de él, su lengua se animó y su mano guió los dedos de él sobre un seno. Una criatura que no había traído al mundo más que muerte convertía todo su pánico en el instinto más antiguo de todos.

15

Gudrun Schautz no era la única persona de Ipford que se enfrentaba al olvido. El director del banco de Wilt había pasado una tarde extremadamente penosa con el inspector Flint, quien insistía una y otra vez en la importancia nacional de no telefonear a su esposa para anular su compromiso para la cena, y se negaba a permitirle toda comunicación con su personal y con varios clientes que tenían cita con él. El director había encontrado insultantes esas calumnias sobre su discreción, y consideró a Flint decididamente letal para su reputación de probo hombre de finanzas.

–¿Qué demonios se imagina usted que está pensando el personal con tres malditos policías encerrados en mi despacho todo el día? –preguntó, dejando a un lado el lenguaje diplomático de la banca en favor de una forma más explícita de comunicación. Le había sacado expecialmente de sus casillas el tener que elegir entre orinar en un cubo traído por el vigilante o sufrir el ultraje de ser acompañado por un policía cada vez que tenía que ir al servicio.

–Si uno no puede mear en su propio banco sin tener un guardia de mierda resoplándole en el cogote, lo único que puedo decir es que hemos llegado a una bonita situación.

–Tiene usted mucha razón, señor –dijo Flint–, pero yo sólo cumplo órdenes, y si la brigada antiterrorista dice que una cosa es de interés nacional, lo es.

—No veo dónde está el interés nacional en impedirme evacuar a solas —dijo el director—. Haré que presenten una queja al Ministerio del Interior.

—Se lo ruego —dijo Flint, que tenía sus propias razones para sentirse de mal humor. La intromisión de la brigada antiterrorista en su terreno le había socavado su autoridad. El hecho de que Wilt fuera el responsable sólo le irritaba aún más, y justamente estaba especulando sobre la capacidad de Wilt para perturbarle la existencia cuando sonó el teléfono.

—Si no le importa yo lo cogeré —dijo, y levantó el receptor.

—Mr. Fildroyd de la Central de Inversiones al aparato, señor —dijo la telefonista.

Flint miró al director.

—Un tal Fildroyd. ¿Conoce a alguien que se llame así?

—¿Fildroyd? Claro que sí.

—¿Se puede confiar en él?

—Por amor de Dios, hombre. ¿Confiar en Fildroyd? Es quien se encarga de toda la política de inversiones del banco.

—¿Ah, la bolsa? —preguntó Flint, que una vez había especulado con unas acciones de bauxita australiana y era improbable que olvidara esa experiencia—, en ese caso yo no confiaría en él en absoluto.

Volvió a manifestar esta opinión en términos ligeramente menos ofensivos a la joven de la centralita. Un rumor distante sugería que Mr. Fildroyd estaba también al teléfono.

—Mr. Fildroyd quiere saber quién está hablando —dijo la joven.

—Bueno, pues dígale usted a Mr. Fildroyd que es el inspector Flint, del condado de Fenland, y que si sabe lo que le conviene mantendrá la boca cerrada.

Colgó el teléfono y se volvió al director, que ahora tenía un aspecto claramente desaseado.

—¿Qué le pasa a usted? —preguntó Flint.

—¿Pasarme? Nada, nada de nada. Sólo que ahora por culpa suya toda la Sección Central de Inversiones va a suponer que soy sospechoso de algún crimen grave.

–Echarme a Henry Wilt encima es un crimen grave –dijo amargamente Flint–, y si quiere saber mi opinión, todo este asunto es un trabajito de Wilt para proporcionarse otro poco de publicidad.

–Tal como yo lo entiendo el señor Wilt fue la víctima inocente de...

–Sí, sí; víctima inocente. El día que ese cabrón sea inocente yo dejaré de ser policía y me ordenaré sacerdote, aunque sea por el culo.

–Bonito modo de expresarse, desde luego –dijo el director del banco.

Pero Flint estaba demasiado absorto en una línea privada de especulación para notar el sarcasmo. Se estaba acordando de aquellos días y noches espantosos durante los cuales él y Wilt habían estado enzarzados en una discusión acerca de la desaparición de Mrs. Wilt.[1] Todavía ahora, Flint se despertaba unas horas antes del amanecer, bañado en sudor, con el recuerdo de la extraordinaria conducta de Wilt, y jurando que un día cazaría a ese pequeño cretino en un crimen de verdad. Y hoy había creído tener la oportunidad ideal, o la habría tenido de no ser por la brigada antiterrorista. Bueno, al menos eran ellos los que tenían que resolver la situación, pero si Flint hubiera podido hacerlo a su manera habría descartado todo ese disparate sobre alemanas *au pair*, y hubiera retenido a Wilt en prisión preventiva bajo la acusación de poseer dinero robado; le daba igual de dónde dijera que lo había sacado.

Pero a las cinco, cuando salió del banco y volvió a la comisaría, fue para descubrir que la declaración de Wilt parecía corresponderse con los hechos, por poco creíble que resultara.

–¿Un cerco? –preguntó al sargento de guardia–. ¿Un cerco en Willington Road? ¿En casa de Wilt?

–La prueba del asunto está ahí, señor –dijo el sargento señalando una oficina. Flint se dirigió a la ventana y miró hacia el interior.

---

1. Véase *Wilt*. (*N. de la T.*)

Como un monolito erigido a la maternidad, Eva Wilt estaba allí sentada inmóvil, mirando al vacío, con la mente evidentemente ausente, es decir junto a las niñas en la casa de Willington Road. Flint se retiró, y por enésima vez se preguntó qué había en esa mujer y en su aparentemente insignificante esposo que les había unido a los dos y, por una extraña fusión de incompatibilidades, les había convertido en catalizadores de desastres. Era un enigma recurrente, este matrimonio entre una mujer a la que Wilt había descrito una vez como una fuerza centrífuga y un hombre cuya imaginación alimentaba fantasías bestiales con asesinatos y violaciones y aquellos sueños extraños que habían salido a relucir en el transcurso del interrogatorio. Como el propio matrimonio de Flint era tan convencionalmente feliz como podía desear, a sus ojos el de Wilt era menos un matrimonio que una siniestra organización simbiótica de origen casi vegetal, como el muérdago que crece sobre un roble. Había realmente una cierta calidad vegetal en Mrs. Wilt, sentada allí en silencio en la oficina. El inspector Flint sacudió la cabeza tristemente.

–La pobre mujer está conmocionada –dijo, y se apresuró a salir para descubrir por sí mismo lo que estaba pasando en Willington Road.

Pero como de costumbre su diagnóstico era equivocado. Eva no estaba conmocionada. Hacía mucho que se había dado cuenta de que no valía la pena decir a las mujeres policía que estaban con ella que quería ir a casa, y ahora su mente estaba ocupada, con una calma más bien amenazadora, en cosas prácticas. Ahí fuera, en la creciente oscuridad, sus niñas estaban a merced de unos asesinos, y Henry probablemente muerto. Nada la detendría; iría donde las cuatrillizas y las salvaría. No veía qué podía haber más allá de ese objetivo, pero una violencia cada vez mayor la empujaba hacia él.

–Quizá le gustaría que viniera alguna amiga y le hiciera compañía –sugirió una de las mujeres policía–. O podemos ir con usted a casa de algún amigo.

Pero Eva sacudió la cabeza. No necesitaba comprensión. Tenía sus propias reservas de fuerza para enfrentarse a aquella desgracia. Finalmente llegó una asistenta social de uno de los centros de albergue provisional.

–Tenemos una confortable habitación para usted –dijo con una alegría forzada que tiempo atrás había servido para irritar a muchas esposas maltratadas–, y no tiene que preocuparse de camisones, cepillos de dientes y cosas así. Tenemos todo lo necesario.

«Seguro que no», pensó Eva, pero dio las gracias a las policías y siguió a la asistenta social a su coche sentándose dócilmente a su lado mientras ella conducía. La mujer fue todo el tiempo charlando, haciendo preguntas sobre las cuatrillizas y los años que tenían, y diciendo lo difícil que debía de ser criar cuatro niñas al mismo tiempo, como si la suposición repetida de que nada extraordinario había sucedido recrease de alguna manera el mundo feliz y monótono que Eva había visto desintegrarse esa tarde a su alrededor. Eva apenas la escuchaba. Las palabras banales estaban tan grotescamente en contradicción con los instintos que se agitaban en su interior que solamente añadían irritación a su terrible determinación. Ninguna mujer estúpida que no había tenido hijos podía saber lo que significaba tenerlos amenazados, y a ella no la calmarían haciéndole aceptar pasivamente la situación.

En la esquina de Dill Road con Persimmon Street vio el anuncio de un vendedor de periódicos. TERRORISTAS SITIADOS. ÚLTIMAS NOTICIAS.

–Quiero un periódico –dijo Eva abruptamente, y la mujer aparcó junto a la acera.

–No le dirá nada que no sepa usted ya –dijo.

–Ya lo sé. Sólo quiero ver lo que dicen –dijo Eva, y abrió la puerta del coche. Pero la mujer la detuvo.

–Usted quédese aquí y yo iré por uno. ¿Quiere también una revista?

–Sólo el periódico.

Y con el triste pensamiento de que incluso en tragedias tan terribles la gente encontraba satisfacción en ver su nombre en letras de molde, la asistenta social cruzó la acera hasta el kiosco y entró. Tres minutos más tarde salía y abría la puerta del coche sin darse cuenta de que el asiento de al lado estaba vacío. Eva Wilt había desaparecido en la oscuridad.

Para cuando el inspector Flint hubo atravesado las barreras de Farrigdon Avenue y, ayudado por un sargento de las fuerzas de seguridad, hubo trepado no sin dificultad varios jardines hasta llegar al centro de comunicaciones, ya comenzaba a poner en duda su teoría de que todo el asunto era otro bromazo de Wilt. Si así fuera, esta vez había ido demasiado lejos. El carro blindado en plena calle y los focos que habían sido instalados en torno al número 9 eran un claro indicio de lo en serio que se tomaban el cerco la brigada antiterrorista y los servicios especiales. En el invernadero detrás de la casa de Mrs. de Frackas se congregaban unos hombres con un equipo de extraña apariencia.

–Instrumentos de escucha parabólica. Abreviadamente IEP –explicó un técnico–. Una vez instalados podremos oír los pedos de una cucaracha en cualquier habitación de la casa.

–¿De verdad? No tenía ni idea de que las cucarachas se tiraran pedos –dijo Flint–, siempre se aprende algo.

–Nosotros aprenderemos lo que dicen esos hijos de puta y exactamente dónde están.

Flint cruzó por el invernadero hasta el salón y encontró al superintendente y al mayor escuchando al consejero de Ideología Terrorista Internacional que estaba comentando las cintas.

–Si quieren saber mi opinión –dijo el profesor Maerlis–, podría asegurar que el Ejército Alternativo del Pueblo representa una subfracción o grupo disidente del cuadro original conocido como Grupo del Ejército del Pueblo. Creo que hasta ahí está claro.

Flint tomó asiento en un rincón y observó satisfecho al superintendente y al mayor que parecían compartir su estupefacción.

–¿Dice usted que forman realmente parte del mismo grupo? –preguntó el superintendente.

–Específicamente, no –dijo el profesor–. Sólo puedo deducir, a partir de las contradicciones inherentes expresadas en sus comunicados, que hay una gran diferencia de opinión en cuanto a la táctica, mientras que al mismo tiempo ambos grupos comparten idénticos supuestos ideológicos subyacentes. Sin embargo, debido a la estructura molecular de las organizaciones terroristas, la identificación efectiva de un miembro de un grupo por otro miembro de otro grupo o subfacción del mismo sigue siendo extremadamente problemática.

–Toda esta mierda de situación es extremadamente problemática si a eso vamos –dijo el superintendente–. Hasta aquí hemos recibido dos comunicados de lo que parece ser un alemán parcialmente castrado, uno de un irlandés asmático, peticiones de un jumbo y siete millones a cargo de un mexicano, una contrademanda del teutón de siete millones; por no mencionar un torrente de insultos de un árabe y todo el mundo acusando a todo el mundo de ser un agente de la CIA trabajando para Israel y una competición para ver quién está luchando por la libertad de quién.

–Lo que me sulfura es cómo pueden empezar a hablar de la libertad cuando tienen secuestrados a niños inocentes y a una anciana bajo amenaza de muerte –dijo el mayor.

–Ahí tengo que discrepar –dijo el profesor–. En términos de la filosofía política neohegeliana posmarxista, la libertad del individuo sólo puede residir dentro de los parámetros de una sociedad colectivamente libre. Los Grupos del Ejército del Pueblo se ven a sí mismos como la vanguardia de la libertad e igualdad totales, y como tal no están obligados a observar las normas morales que restringen las acciones de los lacayos de la opresión imperialista, fascista y neocolonialista.

–Oiga, amigo –dijo el mayor airadamente, quitándose la peluca afro–, ¿de qué lado está usted exactamente?

–Yo solamente estoy estableciendo la teoría. Si quiere usted un análisis más preciso... –balbució el profesor nerviosamente, pero le

174

interrumpió el jefe de Combate Psicológico que había estado examinando las voces grabadas.

—Según nuestro análisis de los factores de estrés, estas grabaciones revelan que el grupo que retiene a Fräulein Schautz está emocionalmente más perturbado que los otros dos terroristas —anunció— y, francamente, creo que deberíamos esforzarnos en reducir su nivel de ansiedad.

—¿Está usted diciendo que la Schautz está en peligro de muerte? —preguntó el superintendente.

El psicólogo asintió.

—Realmente, es bastante desconcertante. Hemos dado con algo extraño en esa parte; una variación del modelo de conducta normal de las reacciones vocales y debo admitir que creo que es ella la que probablemente se juega más el cuello.

—Si es así no pienso preocuparme —dijo el mayor—, ella se lo ha buscado.

—Si eso sucede todos tendremos de qué preocuparnos —dijo el superintendente—. Mis instrucciones son llevar este asunto con calma y si comienzan a matar a los rehenes, se armará la de Dios es Cristo.

—Sí —dijo el profesor—, una situación dialéctica muy interesante. Tiene que comprender que la teoría del terrorismo como fuerza progresiva en la historia del mundo exige la exacerbación de la lucha de clases y la polarización de la opinión política. Ahora bien, en términos de simple efectividad, debemos decir que es el Ejército del Pueblo Grupo Cuatro el que lleva la ventaja y no el Ejército Alternativo del Pueblo.

—Dígalo de nuevo —dijo el mayor.

El profesor le complació.

—Dicho sencillamente, es políticamente preferible matar a esos niños que eliminar a Fräulein Schautz.

—Ésa puede que sea su opinión —dijo el mayor, jugando nerviosamente con la culata de su revólver—, pero si supiera usted lo que se hace no volvería a expresarse de ese modo.

–Yo sólo hablaba en términos de polarización política –dijo el profesor, nervioso–. Sólo una minoría muy pequeña se vería perturbada por la muerte de Fräulein Schautz, pero el efecto de liquidar a cuatro niños pequeños y concebidos coincidentemente, sería considerable.

–Gracias, profesor –cortó el superintendente apresuradamente. Y antes de que el mayor pudiera descifrar este siniestro pronunciamiento expulsó de la habitación al consejero de Ideologías Terroristas.

–Son puñeteros intelectuales como ése los que han arruinado este país –dijo el mayor–. Oyéndole hablar se diría que en toda maldita cuestión hay siempre dos partes.

–Que es exactamente lo contrario de lo que tenemos en las grabaciones –dijo el psicólogo–; nuestros análisis parecen indicar que sólo hay un portavoz del Ejército Alternativo del Pueblo.

–¿Uno? –dijo el superintendente, incrédulo–. No me sonaba a mí como un solo hombre. Más bien parecían una docena de ventrílocuos chalados.

–Precisamente. Por eso creemos que se debería intentar disminuir el nivel de ansiedad de ese grupo. Puede que estemos tratando con un caso de desdoblamiento de la personalidad. Voy a poner las cintas de nuevo y quizá entienda lo que le quiero decir.

–¿Es necesario? Es que...

Pero el sargento ya había puesto en marcha el aparato, y una vez más el salón atestado resonó con los gemidos y rugidos guturales de los comunicados de Wilt. En un rincón en penumbra el inspector Flint, que había estado dando cabezadas, se puso en pie de un salto.

–Lo sabía –gritó triunfalmente–, lo sabía. ¡Sabía que tenía que ser él; y tanto que lo es!

–Tenía que ser ¿qué? –preguntó el superintendente.

–El cabrón de Henry Wilt, que está detrás de todo esto. Y la prueba está en esas cintas.

–¿Está usted seguro, inspector?

–Más que eso, absolutamente convencido. Conocería la voz de ese gilipollas aunque imitase a un esquimal pariendo.

–No creo que tengamos que llegar tan lejos –dijo el consejero psicológico–. ¿Está usted diciéndonos que conoce al hombre que acabamos de oír?

–¿Conocerle? –dijo Flint–. Por supuesto que conozco a ese hijo de puta. Faltaría más, después de lo que me hizo. Y ahora se está quedando con ustedes.

–Déjeme decirle que no me lo acabo de creer –dijo el superintendente–, no podría uno desear encontrar a un pobre hombre más inofensivo.

–Yo sí –dijo Flint con sentimiento.

–Pero si tuvimos que drogarlo hasta los ojos para conseguir que entrase –dijo el mayor.

–¿Drogarlo? ¿Con qué? –dijo el psicólogo.

–No tengo ni idea. Algún brebaje que el médico suele preparar para los tipos que se arrugan. Parece que hace maravillas con los desactivadores de bombas.

–Bueno, pues parece que no ha funcionado tan bien en este caso –dijo el psicólogo tímidamente–, pero ciertamente explica las notables representaciones a que hemos asistido. Pudiéramos estar ante un caso de esquizofrenia químicamente inducida.

–Yo de usted no me preocuparía mucho por lo de «químicamente inducida» –dijo Flint–, Wilt está chalado al fin y al cabo. Apostaría cien contra uno a que ha organizado todo esto desde el comienzo.

–No estará sugiriendo en serio que Mr. Wilt se tomó deliberadamente todo este trabajo para poner a sus propias hijas en manos de un puñado de terroristas internacionales –dijo el superintendente–. Cuando hablé de este asunto con él me pareció verdaderamente asombrado y preocupado.

–Lo que Wilt parece y lo que Wilt es son dos cosas completamente distintas, puedo asegurárselo. Un hombre que es capaz de vestir a una muñeca inflable con ropa de su mujer y de dejarla caer al fondo de un pozo para cimientos bajo treinta toneladas de hormigón no es...

–Perdone, señor –interrumpió el sargento–, acaba de llegar un mensaje de la comisaría. Mrs. Wilt se ha largado.

Los cuatro hombres le miraron desesperados.

–¿Que ella qué? –dijo el superintendente.

–Que se ha fugado, señor. Parece que nadie sabe dónde está.

–Todo concuerda –dijo Flint–, todo concuerda, no hay duda.

–¿Concuerda? ¿Qué concuerda, por el amor de Dios? –preguntó el superintendente, que estaba empezando a sentirse bastante raro él también.

–El patrón, señor. La próxima cosa que sabremos es que fue vista por última vez en un yate bajando por el río, sólo que no estará allí.

El superintendente le miró, desorientado.

–¿Y usted llama a eso un patrón? Oh, Dios mío.

–Bueno, es el tipo de cosa que Wilt podría hacer, créame. Ese cerdo es capaz de imaginar, mejor que cualquier otro criminal que yo haya conocido, formas de transformar una situación perfectamente clara y razonable en una pesadilla delirante.

–Pero tiene que tener algún motivo para hacerlo.

Flint se echó a reír siniestramente.

–¿Motivo? ¿Henry Wilt? Ni lo sueñe. Usted puede pensar en miles de buenos motivos, diez mil si lo prefiere, pero al final del día él aparecerá con una explicación que usted nunca había imaginado. Wilt es lo más parecido a Ernie que he conocido jamás.

–¿Ernie? –dijo el superintendente–. ¿Quién demonios es Ernie?

–Ese maldito ordenador que utilizan para la lotería, señor. Ya sabe, el que saca los números al azar. Bueno, pues Wilt es un hombre aleatorio, si entiende lo que quiero decir.

–No creo que quiera entenderlo –dijo el superintendente–. Yo creía que me enfrentaba a un asedio sencillito, y en lugar de eso la cosa se está transformando en una casa de locos.

–Ya que hablamos de ese tema –dijo el psicólogo–, yo creo realmente que es muy importante reanudar las relaciones con la gente del piso de arriba. Quienquiera que esté allí y reteniendo a la Schautz ha de ser alguien muy perturbado. Ella puede estar en grave peligro.

—No hay puede que valga —dijo Flint—. Lo está.

—De acuerdo. Supongo que tendremos que arriesgarnos —dijo el superintendente—. Sargento, dé orden al helicóptero de que venga con un teléfono de campaña.

—¿Alguna orden respecto a Mrs. Wilt, señor?

—Mejor será que le pregunte al inspector. Parece ser un experto en la familia Wilt. ¿Qué tipo de mujer es Mrs. Wilt? Y no me diga que es una mujer aleatoria.

—No quisiera decir otra cosa —dijo Flint—, excepto que es una mujer realmente poderosa.

—¿Qué cree usted que planea hacer? Evidentemente no se fugó de la comisaría sin una idea en la cabeza.

—Bueno, conociendo a Wilt tanto como le conozco yo, señor, he de confesar que dudo que ella sea capaz de tener idea ninguna. Cualquier mujer normal se hubiera vuelto loca hace años de vivir con un hombre como ése.

—¿No estará usted sugiriendo que también ella es una psicópata?

—No, señor —dijo Flint—. Yo lo que digo es que ella no puede tener los nervios como los demás mortales.

—Eso es una gran ayuda. Así que tenemos un montón de terroristas armados hasta los dientes, una especie de chalado en la persona de Wilt y una mujer en fuga con un pellejo como el de un rinoceronte. Mézclelo todo y obtendrá una combinación magnífica. De acuerdo, sargento; dé la alerta sobre Mrs. Wilt y procure que la metan en la cárcel antes de que alguien resulte herido.

El superintendente se dirigió a la ventana y miró hacia la casa de Wilt. Bajo la luz de los proyectores, se erigía contra el negro cielo como un monumento conmemorativo de la estolidez y la devoción por la monotonía de la clase media inglesa. Incluso el mayor se sintió inclinado a opinar.

—Es como un espectáculo de *son et lumière* suburbano, ¿verdad? —murmuró.

—*Lumière* quizá —dijo el superintendente—, pero al menos nos hemos evitado el *son.*

Pero no por mucho tiempo. De algún lugar presumiblemente próximo llegaron unos terribles aullidos. Las cuatrillizas Wilt estaban empezando a berrear.

16

A un kilómetro de allí, Eva Wilt se dirigía hacia su casa con una determinación que era totalmente contraria a su apariencia. Las pocas personas que se fijaron en ella mientras pasaba apresurada por las callejuelas sólo vieron a un ama de casa normal y corriente darse prisa para preparar la cena de su esposo y acostar a los niños. Pero, bajo su aire doméstico, Eva Wilt había cambiado. Se habían acabado su alegre vaciedad y las opiniones ajenas, y sólo tenía una idea en mente. Iba a ir a casa y nadie la detendría. De lo que haría cuando llegase allí no tenía ni idea, y vagamente se daba cuenta de que la casa no era sencillamente un lugar. También participaba de lo que ella era, la esposa de Henry Wilt y madre de las cuatrillizas, una mujer trabajadora que descendía de un linaje de mujeres trabajadoras que habían fregado pisos, cocinado y mantenido unida a la familia a pesar de las enfermedades, las muertes y los caprichos de los hombres. No era un pensamiento claramente definido pero la empujaba hacia adelante casi por instinto. Pero con el instinto también llegaron las ideas.

En Farringdon Avenue la estarían esperando, así que tenía que cambiar de ruta. Cruzaría el río por el puente de hierro y daría la vuelta por Barnaby Road, y luego a través de los campos donde había llevado a las niñas a coger moras hacía sólo dos meses, y entraría en el jardín por detrás. ¿Y luego? Tendría que esperar y ver. Si había alguna manera de entrar en la casa y reunirse con las niñas, la aprovecharía. Si los terroristas la mataban, mejor era eso que perder a las cuatrillizas. Lo principal era estar allí para protegerlas. Tras esta lógica incierta había mucha rabia. Era vaga y difusa como sus pensamientos y se dirigía tanto contra la policía como contra los terroristas. En todo caso, la culpa era más de la policía. Para ella los terroristas eran criminales y asesinos, y la policía estaba allí para proteger a los ciudadanos de gente como ésa. Tal era su trabajo, pero no lo habían hecho bien. Por el contrario, habían permitido que sus hijas fueran tomadas como rehenes, y ahora estaban jugando a una especie de juego en el que las cuatrillizas eran meros peones. Era una visión simple, pero la mente de Eva veía las cosas de un modo simple y directo. Bien, pues si la policía no quería actuar, ella lo haría.

Sólo cuando llegó a la pasarela sobre el río se dio cuenta de la magnitud del problema al que se enfrentaba. A unos ochocientos metros de allí, en Willington Road, se elevaba la casa, rodeada de un aura de luz blanca. A su alrededor, las luces de la calle brillaban débilmente y las otras casas eran sombras negras. Por un momento se detuvo, agarrada a la barandilla sin saber qué hacer, pero no tenía sentido vacilar. Tenía que seguir adelante. Bajó los escalones de hierro y siguió por Barnaby Road hasta llegar al sendero que atravesaba los campos. Siguió el sendero hasta que alcanzó la zona embarrada junto al portillo siguiente. Un grupo de bueyes se agitaron en la oscuridad cerca de Eva, pero ella no le tenía miedo al ganado. Formaba parte del mundo natural al que se sentía pertenecer.

Pero al otro lado del portillo nada era natural. Bajo la siniestra luz brillante de los focos vio a hombres armados, y cuando hubo saltado el portillo se agachó descubriendo los hilos del alambre de espino. Venían en línea recta atravesando el campo desde Farringdon Avenue. Willington Road estaba completamente cercada. De nuevo, el instinto le aguzó el ingenio. A su izquierda había un foso, y si lo seguía... Pero habría alguien allí para detenerla. Necesitaba algo que distrajese su atención. Los bueyes servirían.

182

Eva abrió el portillo y luego, chapoteando en el barro, empujó a los animales al campo de al lado, cerrando de nuevo el portillo tras de ellos. Los condujo más lejos todavía. Los animales se dispersaron y avanzaban ahora lentamente con su habitual estilo inquisitivo. Eva se metió a gatas en el foso y empezó a vadearlo. Era un foso embarrado, medio lleno de agua y, mientras avanzaba, las hierbas se enredaban en sus rodillas y a veces un matorral le arañaba la cara. Dos veces puso la mano sobre matas de ortigas pero apenas se dio cuenta. Su mente estaba demasiado ocupada con otros problemas. Sobre todo, las luces. Iluminaban la casa con una intensidad que la hacía parecer irreal y casi era como mirar un negativo fotográfico donde todos los tonos están invertidos y las ventanas que deberían haber estado iluminadas eran cuadrados negros sobre un fondo más claro. Y durante todo ese rato, desde el otro lado del campo, llegaba el incesante ruido de un motor. Eva se asomó por el borde del foso y distinguió la sombra oscura de un generador. Sabía lo que era porque John Nye le había explicado una vez cómo se hacía la electricidad cuando intentó convencerla para que instalara un rotor Savonius que funcionara con la fuerza del viento. De modo que así era cómo iluminaban la casa. No es que el saberlo la ayudase. El generador estaba en el medio del terreno y, probablemente, no podría llegar a él. En cualquier caso, los bueyes estaban proporcionando una eficaz distracción. Se habían colocado en grupo alrededor de un hombre armado que estaba tratando de deshacerse de ellos. Eva volvió al foso y chapoteando llegó hasta el alambre de púas.

Como ella esperaba, el alambre se hundía en el agua, y sólo sumergiendo todo el brazo pudo encontrar el hilo inferior. Lo levantó y, agachándose hasta quedar casi totalmente sumergida, consiguió pasar por debajo. Cuando llegó al seto que bordeaba el jardín trasero, estaba calada hasta los huesos y sus manos y sus piernas cubiertas de barro, pero el frío no la afectaba. Nada le importaba excepto el temor a ser detenida antes de llegar a la casa. Y en el jardín debía de haber más hombres armados.

Eva se detuvo a esperar y observar con barro hasta las rodillas. Oía los ruidos de la noche. Desde luego, había alguien en el jardín de Mrs. Haslop. Así lo indicaba el olor a humo de cigarrillo, pero su atención se concentraba sobre todo en su propio jardín trasero y en las luces que mantenían su casa en un temible aislamiento. Un hombre que salía de detrás del pabellón de verano cruzó el portillo en dirección al campo. Eva le observó alejarse hacia el generador. De nuevo esperó con la astucia que manaba de algún instinto profundo. Otro hombre se dirigió hacia el pabellón, una cerilla brilló en la oscuridad al encender un cigarrillo y Eva, como un anfibio prehistórico, salió lentamente del foso y se arrastró sobre manos y rodillas a todo lo largo del seto. Sus ojos estuvieron todo el tiempo fijos en el extremo incandescente del cigarrillo. Cuando alcanzó el portillo ya podía ver el rostro del hombre cada vez que éste daba una calada profunda y que el portillo estaba abierto, balanceándose ligeramente con la brisa sin cerrarse del todo. Eva se arrastraba hacia él cuando su rodilla topó con algo cilíndrico y resbaladizo. Tanteó con una mano y encontró un cable con un grueso revestimiento de plástico. Iba desde la cerca hasta los tres focos colocados sobre el césped. Todo lo que tenía que hacer era cortarlo y las luces se apagarían. Y en el invernadero había tijeras de podar. Pero si las utilizaba podía electrocutarse. Mejor sería usar el hacha de mango largo que estaba junto a la pila de la leña en el extremo opuesto del pabellón. Con tal que se marchara el hombre del cigarrillo, podía hacerse con ella en un momento. ¿Pero qué hacer para que se fuera? Si tiraba una piedra al invernadero seguro que iría a investigar.

Eva buscó por el sendero y acababa de encontrar un trozo de piedra cuando la necesidad de crear una distracción desapareció. Un enorme ruido de motor se acercaba por detrás de ella; al volver la cabeza pudo distinguir la silueta de un helicóptero que descendía sobre el campo. Y el hombre se había ido. Había dado la vuelta alrededor del pabellón de forma que estaba de espaldas a Eva. Ella atravesó el portillo a gatas, se puso de pie y corrió hacia el montón de leña. Al otro lado del pabellón, el hombre no la oyó. El helicóptero estaba ahora más cerca y sus rotores apagaban el sonido de los movimientos de Eva. Ya había conseguido el hacha y estaba de vuelta junto al cable, y en cuanto el helicóptero le pasó por encima de su cabeza, descargó el hacha sobre el cable. Un instante después la casa había desaparecido y la noche se había vuelto intensamente oscura. Eva avanzó tropezando, pisoteó las plantas aromáticas y se vio en el césped antes de darse cuenta de que estaba en medio de una especie de tornado. Encima de ella, las palas del helicóptero cortaron el aire, la máquina viró hacia un lado, algo le rozó el pelo y un momento más tarde se oyó el ruido de vidrios rotos. El invernadero de Mrs. de Frackas estaba siendo demolido. Eva se paró en seco y se echó de bruces sobre la hierba. Del interior de la casa llegó el tableteo de las armas automáticas, y las balas acribillaron el pabellón de verano. Eva estaba en el meollo de una horrible batalla y, de pronto, todo había funcionado al revés.

En el invernadero de Mrs. de Frackas, el superintendente Misterson había seguido el movimiento del helicóptero hacia el balcón del ático con el teléfono de campaña colgando del aparato cuando el mundo se desvaneció repentinamente. Después del resplandor de los focos apenas veía nada, pero podía oír y sentir, y antes de que consiguiera retroceder a tientas hasta el salón tuvo la oportunidad de oír y sentir a la vez. Sintió claramente el teléfono de campaña en alguna parte de su cabeza y oyó vagamente el ruido de los cristales rotos. Un segundo después, estaba sobre el piso embaldosado y todo aquel maldito lugar parecía una magnífica cascada de cristales, de macetas de geranios, begonias *semperflorens* y estiércol. Fue este último el que le impidió expresar sus verdaderos sentimientos.

–Especie de loco... –empezó a decir, pero le hizo atragantar la tempestad de polvo. El superintendente giró sobre sí mismo tratando de evitar los escombros, pero todavía caían cosas de los estantes y la campánula preferida de Mrs. de Frackas, la Cathedral Bell, se descolgó de la pared y le enredó en sus zarcillos. Finalmente, cuando trataba de abrirse paso por aquella jungla doméstica, una gran camelia «Donation» que estaba en una pesada maceta vaciló sobre su pedestal y puso fin a sus sufrimientos. El jefe de la brigada antiterrorista yacía cómodamente inconsciente sobre las baldosas y ya no dijo esta boca es mía.

Pero en el centro de comunicaciones los comentarios fluían a toda máquina. El mayor aullaba órdenes al piloto del helicóptero mientras dos operadores con auriculares se tapaban los oídos y gritaban que algún demente estaba pisoteando el material de escucha parabólica. Sólo Flint permanecía frío y, comparativamente, sereno. Ya desde que se enteró de que Wilt estaba implicado en el caso sabía que algo espantoso tenía que suceder. En la mente de Flint, el nombre de Wilt evocaba el caos, una especie de fatalidad cósmica contra la cual no había protección alguna, excepto, posiblemente, rezar. Y que la catástrofe se hubiera por fin desencadenado le complacía secretamente. Probaba que su premonición era acertada y que el optimismo del superintendente era totalmente equivocado. Y así, mientras el mayor ordenaba al piloto del helicóptero que se fuera al infierno, Flint atravesó con precaución las ruinas del invernadero y desenredó de aquel follaje a su inconsciente superior.

—Mejor será llamar a una ambulancia —le dijo al mayor mientras arrastraba al herido al centro de comunicaciones—. Parece que el súper está fuera de combate.

El mayor estaba demasiado atareado como para preocuparse.

—Eso es asunto suyo, inspector —dijo—; yo tengo que ocuparme de que esos cerdos no se nos escapen.

—Da la impresión de que estuviesen aún en la casa —dijo Flint, mientras el tiroteo continuaba esporádicamente en el número 9, pero el mayor sacudió la cabeza.

—Lo dudo. Pueden haber dejado un comando suicida para cubrir su retirada, o haber instalado una ametralladora con un dispositivo de tiempo para que dispare a intervalos regulares. No se confíe ni un pelo de esos cerdos.

Flint pidió un médico por la radio y ordenó a dos policías que trasladasen al superintendente hasta Farringdon Avenue a través de los jardines vecinos, proceso que estorbaron los hombres de las fuerzas de seguridad que andaban buscando terroristas en fuga. Aún transcurrió media hora hasta que se posó el silencio sobre Willington Road y los dispositivos de escucha hubieron confirmado que todavía había presencia humana en la casa.

Por lo visto también algún vertebrado yacía sobre el césped de los Wilt. Flint, que volvía de la ambulancia, se encontró al mayor empuñando una pistola, a punto de hacer una salida.

–Según parece hemos cogido a uno de esos hijos de puta –dijo mientras se oían los enormes latidos de un corazón a través de un amplificador conectado al dispositivo de escucha–. Voy a salir a atraparlo. Probablemente lo hirieron durante el fuego cruzado.

Se precipitó en la oscuridad, y pocos momentos más tarde se oyó un grito, prueba de una violenta lucha entre un objeto extremadamente vigoroso y trozos de la cerca que separaba los dos jardines. Flint apagó el amplificador. Ahora que se habían callado los latidos, salían de la máquina otros sonidos aún más molestos. Pero lo peor fue lo que finalmente apareció atravesando a la fuerza el derruido invernadero: Eva Wilt, que nunca había sido la más atractiva de las mujeres a los ojos de Flint, cubierta ahora de barro, hierbas, empapada hasta los huesos, con el vestido desgarrado que dejaba al descubierto parcelas de su piel, presentaba un aspecto realmente prehistórico. Todavía peleaba cuando los seis hombres de los servicios especiales la hicieron entrar en la habitación. El mayor les seguía, con un ojo morado.

–Bien, al menos hemos capturado a uno de esos cerdos –dijo.

–Yo no soy uno de esos cerdos –gritó Eva–, soy Mrs. Wilt y no tiene usted derecho a tratarme así.

El inspector se retiró tras una silla.

–Pues sí que es Mrs. Wilt –dijo–. ¿Le importaría decirnos qué estaba tratando de hacer?

Eva lo miró con desprecio desde la alfombra.

–Tratando de reunirme con mis niñas. Tengo derecho a ello.

–Eso ya lo he oído antes –dijo Flint–, usted y sus derechos. Supongo que Henry la ha metido en esto, ¿no?

–Nada de eso. Ni siquiera sé lo que le ha sucedido. Probablemente está muerto.

Y se echó a llorar súbitamente.

–Bueno, podéis soltarla, muchachos –dijo el mayor, convencido por fin de que su cautiva no era uno de los terroristas–. Se ha expuesto a que la mataran, sabe usted.

Eva le ignoró y se puso de pie.

–Inspector Flint, usted también es padre. Tiene que saber lo que significa estar separado de sus seres queridos cuando ellos más lo necesitan.

–Sí, bueno... –dijo el inspector, incómodo. Las mujeres de Neanderthal llorosas hacían surgir en él sentimientos confusos y, en cualquier caso, sus seres queridos en particular eran dos adolescentes salvajes con un marcado gusto por el vandalismo. Agradeció que le interrumpiera uno de los técnicos encargado de los dispositivos de escucha.

–Estamos captando algo extraño, inspector –dijo–, ¿quiere usted oírlo?

Flint asintió. Cualquier cosa era preferible a tener que aguantar las demandas de simpatía de Eva Wilt. Pero se equivocaba. El técnico conectó el amplificador.

–Proviene del poste número 4 –explicó mientras salían del altavoz una serie de gruñidos, gemidos, gritos de éxtasis y el insistente chirrido de los muelles de una cama.

–¿Del poste número 4? Eso no es un poste, es...

–Parece un maníaco sexual jodiendo, con perdón de la señora –dijo el mayor. Pero Eva escuchaba con demasiada intensidad como para que le importara una palabrota de más.

–¿De dónde sale eso?

–Del ático, señor. Donde está ya sabe usted quién.

Pero el subterfugio no sirvió de nada con Eva.

—Hasta yo lo sé —gritó—. Es mi Henry. Reconocería ese gemido en cualquier parte.

Una docena de ojos se posaron en ella con repugnancia, pero Eva no se sintió intimidada. Después de todo lo que le había pasado en unos pocos minutos, esa nueva revelación destruyó los últimos vestigios de su discreción social.

—Está haciendo el amor con otra mujer. Espere que le ponga las manos encima —gritó furiosa; y se habría precipitado de nuevo en la oscuridad de la noche si no se lo hubieran impedido.

—Pónganle las esposas a esa fiera —gritó el inspector—. Llévensela de nuevo a la comisaría y tengan cuidado de que no se les escape otra vez. Máxima seguridad y nada de errores.

—Por cierto, tampoco parece que su esposo vaya a escaparse —dijo el mayor mientras se llevaban a Eva a la fuerza y la evidencia inequívoca de la aventura amorosa de Wilt continuaba vibrando por todo el centro de comunicaciones. Flint salió de detrás de la silla y se sentó.

—Al menos esa loca me ha confirmado que yo tenía razón. Ya les dije que ese hijo de puta estaba metido en el asunto hasta las orejas.

El mayor se estremeció.

—Se me ocurren maneras más gratas de expresarlo, pero me parece que tiene usted razón.

—Por supuesto que la tengo —dijo Flint con suficiencia—. Conozco los truquitos del amigo Wilt.

—Pues yo me alegro de no conocerlos —dijo el mayor—, me parece que deberíamos llamar al psicoanalista para que nos dé su opinión de esto.

—Todo está quedando grabado en la cinta, señor —dijo el hombre de la radio.

—En ese caso, apague ese ruidazo repugnante —dijo Flint—, ya tengo bastantes cosas entre manos sin tener que escuchar lo que Wilt está haciendo con las suyas.

—No puedo estar más de acuerdo —dijo el mayor, impresionado por la exactitud de la expresión—. Ése tipo debe de tener unos nervios de acero. A mí no se me levantaría en esas circunstancias.

—Le sorprendería saber lo que es capaz de levantar ese tipejo en cualquier situación —dijo Flint—, y casarse con ese maternal mastodonte suyo, ¿no es asombroso? Antes me metería yo en la cama con una almeja gigante que con Eva Wilt.

—Supongo que tiene usted razón —dijo el mayor tocándose con precaución su ojo morado—, desde luego pega como un animal. Tengo que irme. Voy a ver si pongo otra vez en marcha esos proyectores.

Salió tanteando en la oscuridad, y Flint se quedó sentado preguntándose qué hacer. Como el superintendente estaba fuera de combate, se suponía que le tocaba a él encargarse del caso. No era un ascenso que le hiciera gracia. Lo único que le consolaba un poco era la idea de que Henry Wilt estaba a punto de hacer su última aparición en escena.

De hecho, Wilt estaba concentrándose justamente en lo contrario. El estado de su masculinidad, apenas recientemente reparada, lo exigía. Además, el adulterio no era su fuerte y nunca había encontrado excitante el proceso de hacer el amor sin tener ganas. Y como cuando él tenía ganas normalmente Eva no las tenía, reservando sus momentos de pasión para cuando las cuatrillizas estaban profundamente dormidas y entonces él ya estaba medio desanimado, se había acostumbrado a una especie de sexualidad atrofiada en la que él hacía una cosa mientras pensaba en otra. Y no es que Eva se quedara satisfecha con esa sola cosa. Su interés, aunque mucho más simple que el suyo, era infinitamente ecléctico en las cuestiones de procedimiento y Wilt había aprendido a aceptar ser doblado, retorcido, aplastado y, en general, a contorsionarse según los métodos sugeridos por los manuales que Eva consultaba. Tenían títulos del tipo *Cómo mantener joven su matrimonio* o *Hacer el amor de ma-*

nera natural. Wilt había objetado que su matrimonio no era joven y que no había nada natural en arriesgarse a provocar una hernia estrangulada utilizando la postura para el coito que propugnaba el doctor Eugene van Yonk. Pero esos razonamientos nunca le sirvieron de gran cosa. Eva replicaba haciendo referencias desagradables a su adolescencia y acusaciones infundadas sobre lo que hacía en el baño cuando ella no estaba, y al final se veía obligado a demostrar su normalidad haciendo algo que consideraba absolutamente anormal. Pero si bien Eva era vigorosamente experimental en la cama, Gudrun Schautz era una feroz carnívora.

Desde el momento en que ella se había lanzado sobre él en la cocina en un frenesí de lubricidad, Wilt había sido mordido, arañado, lamido, masticado y chupado con una violencia y una falta de discriminación que resultaban francamente insultantes, por no decir peligrosas, y que le habían hecho preguntarse por qué se molestaba aquella zorra en matar gente a tiros cuando podía haberlo hecho de forma más fácil, más legal y decididamente más atroz. En cualquier caso, nadie en su sano juicio podría acusarle de ser un marido infiel. En todo caso, más bien lo contrario; sólo el más concienzudo y abnegado padre de familia se arriesgaría tanto como para meterse en la cama voluntariamente con una asesina buscada por la policía. Wilt encontraba este adjetivo singularmente inapropiado y sólo concentrando su imaginación en el día que conoció a Eva podía evocar un mínimo de deseo. Fue su fláccida respuesta la que provocó a Gudrun Schautz. La zorra no sólo era una asesina; logró combinar el terror político con la esperanza de que Wilt fuese un cerdo machista que se le tiraría encima sin pensárselo dos veces.

Las opiniones de Wilt sobre dicha materia eran distintas. Uno de los principios de su confusa filosofía era que cuando se estaba casado no se liaba uno con otras mujeres. Y dar botes arriba y abajo con una joven extremadamente conyugable entraba en la categoría de liarse con alguien. Por otra parte, se daba la interesante paradoja de que se sentía espiritualmente más cerca de Eva ahora que cuando hacía realmente el amor con ella y pensaba en otra cosa.

En el plano práctico, no había la más mínima posibilidad de que llegase al orgasmo. El catéter había arruinado ese tipo de manejos por el momento. Podía balancearse y brincar hasta que las ranas criasen pelo, pero no conseguiría que su pene experimentase de verdad una erección. Para evitar esa espantosa posibilidad, alternaba las imágenes de una Eva joven con las de sí mismo y la execrable Schautz sobre la mesa de autopsias en un coitus interruptus terminal. Considerando el escándalo que estaban montando, esa hipótesis parecía la más probable y era, por supuesto, el más efectivo antiafrodisíaco. Además tenía la ventaja adicional de confundir a la Schautz. Evidentemente estaba acostumbrada a amantes más ardientes, y el fervor errático de Wilt la desconcertaba.

–¿Te gustaría de alguna otra manera, Liebling? –preguntó ella mientras Wilt retrocedía por enésima vez.

–En el baño –dijo Wilt, que de pronto se había dado cuenta de que los terroristas de abajo podían decidir echarles una mano y que los baños eran más a prueba de balas que las camas. Gudrun Schautz se echó a reír:

–Qué divertido, ja. ¡En el baño!

En ese momento, los focos se apagaron y se dejó oír el rugido del helicóptero. El ruido pareció incitarla a un nuevo frenesí de lubricidad.

–Rápido, rápido –gemía–, que vienen.

–Pues yo, ni que me den por el culo –murmuró Wilt, pero la asesina estaba demasiado ocupada tratando de exorcizar el olvido para oírle y mientras se desintegraba el invernadero de Mrs. de Frackas y abajo sonaba un rápido tiroteo, se vio sumergido de nuevo en un maelstrom de lujuria que no tenía nada que ver con el verdadero sexo. La muerte atravesaba los gestos de la vida y Wilt, ignorante de que su papel en esta escena quedaba grabado para la posteridad, se esforzaba en desempeñar su papel lo mejor posible. Trató de pensar en Eva de nuevo.

17

Abajo en la cocina, Chinanda y Baggish estaban pasando un mal rato pensando en todo ello. Todas las complejidades de la vida de las que habían intentado escapar por el fanatismo idiota y asesino del terror parecían haberse asociado de pronto contra ellos. Disparaban frenéticamente a la oscuridad y, en un momento de euforia, creyeron haberle dado al helicóptero. En lugar de eso, el aparato había bombardeado aparentemente la casa de al lado. Cuando finalmente dejaron de disparar, se vieron asaltados por los aullidos de las cuatrillizas desde la bodega. Para empeorar las cosas, la cocina se había convertido en un peligro para la integridad física. Las baldosas que Eva había pulido tanto estaban cubiertas de vómitos, y después que Baggish hubiera aterrizado de espaldas por segunda vez, se retiraron al hall para meditar su siguiente movimiento. Entonces fue cuando oyeron los extraordinarios ruidos que provenían del ático.

—Están violando a Gudrun —dijo Baggish, y habría ido a rescatarla si no le hubiera detenido Chinanda.

—Es una trampa que nos están tendiendo esos cerdos policías. Quieren que subamos arriba y entonces asaltar la casa y liberar a los rehenes. Aquí nos quedamos.

—¿Con este ruido? ¿Cuánto tiempo crees que podremos aguantar todos estos alaridos? Necesitamos turnarnos para dormir y con ellas gritando es imposible.

—Pues las haremos callar —dijo Chinanda, y fue el primero en bajar a la bodega, donde Mrs. de Frackas estaba sentada en una silla de madera mientras las cuatrillizas reclamaban a su mamá.

—¡Callad, me habéis oído! Si queréis ver a vuestra mamá dejad de hacer ese ruido —gritó Baggish, pero las cuatrillizas no hicieron sino gritar más fuerte.

—Yo creía que enfrentarse con niños pequeños habría sido una parte esencial de su entrenamiento —dijo Mrs. de Frackas sin la menor simpatía. Baggish se volvió hacia ella. Todavía no había superado la sugerencia de que su auténtica especialidad era vender postales guarras en Port Said.

—Hágalas callar usted —le dijo, agitando la automática frente a su cara— o si no...

—Mire, muchacho, hay algunas cosas que tiene usted que aprender todavía —dijo la anciana señora—. Cuando se llega a mi edad, la muerte es tan inminente que uno no se molesta en preocuparse por ella. En cualquier caso, yo siempre he abogado por la eutanasia. Es mucho más razonable, ¿no le parece?, y no que le coloquen a uno el gota a gota o que le enchufen a uno de esos pulmones de acero o como se llamen. Quiero decir que quién va a querer mantener viva a una persona senil si ya no le sirve a nadie para nada.

—Yo no, desde luego —dijo fervientemente Baggish. Mrs. de Frackas le miró con interés.

—Además, como musulmán, me estaría usted haciendo un favor. Siempre he tenido entendido que la muerte en combate era una garantía de salvación según el Profeta, y aunque yo no puedo decir que esté realmente luchando, si uno muere a manos de un asesino viene a ser lo mismo.

—¡Nosotros no somos asesinos —gritó Baggish—, somos luchadores por la libertad y contra el imperialismo internacional!

—Eso viene a demostrar lo que yo decía —continuó Mrs. de Frackas, imperturbable—. Ustedes luchan y yo misma soy evidentemente un producto del Imperio. Si usted me mata, de acuerdo con su filosofía iré directamente al cielo.

—No estamos aquí para hablar de filosofía —dijo Chinanda—. Vieja estúpida, ¿qué sabe usted del sufrimiento de los trabajadores? Mrs. de Frackas dirigió su atención a la ropa de él.

—Bastante más que usted, por el corte de su chaqueta, joven. Puede que no lo parezca, pero yo pasé varios años trabajando en un hospital para niños en los arrabales de Calcuta, y creo que sé lo que significa la miseria. ¿Ha hecho usted en su vida una jornada de trabajo duro? Chinanda eludió la pregunta.

—¿Pero qué hizo usted respecto a esa miseria? —chilló, acercando su cara a la de ella—. Usted limpiaba su conciencia en el hospital y luego volvía a casa y vivía en el lujo.

—Hacía tres buenas comidas al día, si es a eso a lo que se refiere cuando habla de lujo. Desde luego, no hubiera podido permitirme ese tipo de coche caro que tiene usted —repuso la anciana—. Y ya que ha sacado el tema de la limpieza, creo que podría ayudar a que las niñas se tranquilizasen si me permitieran que las bañase.

Los terroristas miraron a las cuatrillizas y compartieron aquel criterio. La visión de las niñas no era muy agradable.

—De acuerdo, le traeremos agua aquí abajo, puede usted bañarlas —dijo Chinanda. Subió a la cocina a oscuras y encontró finalmente un cubo de plástico bajo el fregadero. Lo llenó de agua y lo llevó abajo junto con una pastilla de jabón. Mrs. de Frackas miró el cubo con aire escéptico.

—Dije lavarlas. No teñirlas.

—¿Teñirlas? ¿Qué quiere usted decir?

—Eche una mirada usted mismo —dijo Mrs. de Frackas. Así lo hicieron los dos terroristas, y quedaron horrorizados. El cubo estaba lleno de un agua azul oscuro.

—Ahora están tratando de envenenarnos —chilló Baggish, y se lanzó escaleras arriba a presentar esta nueva queja ante la brigada antiterrorista.

El inspector Flint atendió la llamada.

—¿Envenenarles? ¿Poniendo algo en la cisterna? Le aseguro que no sé nada de eso.

–Entonces, ¿cómo es que está azul?

–No tengo ni idea. ¿Está seguro de que el agua está azul?

–Joder, sé distinguir cuándo el agua es azul –gritó Baggish–. Abrimos el grifo y el agua sale azul. Piensa usted que somos idiotas o qué.

Flint vaciló, pero suprimió su verdadera opinión en interés de los rehenes.

–No importa lo que piense yo –dijo–, todo lo que puedo decirle es que no hemos hecho absolutamente nada con el agua y...

–Cerdo mentiroso –gritó Baggish–. Primero trata usted de engañarnos violando a Gudrun y ahora envenena el agua. No esperaremos más. O el agua está limpia en una hora y deja usted libre a Gudrun, o ejecutaremos a la vieja.

Colgó el teléfono violentamente, dejando a Flint más confuso que nunca.

–¿Violar a Gudrun? Este tipo está chalado. No tocaría a esa zorra ni con una pértiga, y cómo podría estar yo en dos sitios a la vez. Y ahora dice que el agua se está volviendo azul.

–Puede que estén drogados –dijo el sargento–, a veces les dan alucinaciones, sobre todo cuando están en tensión.

–¿Tensión? No me hable de tensión –dijo Flint, y la tomó con uno de los operadores del sistema de escucha parabólica–. ¿Y de qué demonios se está usted sonriendo ahora?

–Están tratando de hacerlo en el baño, señor, es idea de Wilt. Qué resistencia la de ese cabrón.

–Si está usted sugiriendo en serio que una pareja que copula en la bañera puede volver azul el resto del agua de la casa, olvídelo –replicó Flint.

Echó la cabeza hacia atrás contra el antimacasar y cerró los ojos. Su cabeza era un hervidero de ideas: Wilt estaba loco. Wilt era un terrorista. Wilt era un terrorista loco. Wilt era un poseso. Wilt era un jodido enigma. Sólo esto último era seguro; eso y que el deseo más ferviente del inspector era que Wilt se encontrara a miles de kilómetros de allí y que nunca hubiera oído hablar de aquel hijo de puta. Finalmente, se despertó.

–Muy bien; quiero que vuelva ese helicóptero, y esta vez nada de errores. La casa está iluminada y seguirá estándolo. Lo único que han de hacer es introducir ese teléfono a través del balcón, y teniendo en cuenta lo que han hecho aquí eso será un juego de niños. Dígale al piloto que puede arrancar el tejado si quiere, pero que quiero línea con ese ático y rápido. Es la única manera que tenemos de saber exactamente a qué está jugando Wilt.

–Así se hará –dijo el mayor, y comenzó a dar nuevas instrucciones.

–Ahora está hablando de política, señor –dijo el operador–. Hace que Marx parezca un reaccionario, ¿quiere oírlo?

–Supongo que será lo mejor –dijo Flint, deprimido. Conectaron los altavoces. A pesar del zumbido se podía oír a Wilt explicándose violentamente.

–Debemos aniquilar el sistema capitalista. No debe haber vacilaciones en el exterminio de los últimos vestigios de la clase dominante ni en inculcar una conciencia proletaria en las mentes de los trabajadores. Esto se conseguirá mejor exponiendo la naturaleza fascista de la pseudodemocracia, a través de la praxis del terror contra la policía y los ejecutivos lumpen de las finanzas internacionales. Sólo demostrando la antítesis fundamental entre...

–Dios mío, parece un libro de texto –dijo Flint con una precisión no intencionada–. Tenemos a un Mao de bolsillo en el ático. Bueno, llévese esas cintas y entréguelas a la brigada anacombi. Quizá ellos puedan decirnos qué es un ejecutivo lumpen.

–El helicóptero está en camino –dijo el mayor–. El teléfono está provisto de una microcámara de televisión. Si todo va bien pronto veremos lo que está pasando arriba.

–Como si me importara verlo –dijo Flint, y retrocedió al refugio del retrete de abajo.

Cinco minutos más tarde el helicóptero azotaba el aire sobre el huerto al final del jardín; se balanceó un momento sobre el número 9 y un teléfono de campaña caía por el balcón en el piso ático. Al retirarse, el piloto dejó tras él un cable como el hilo de una araña mecánica.

Flint salió del retrete y se encontró con que Chinanda estaba al teléfono.

—Quiere saber por qué no hemos purificado el agua, señor —dijo el operador.

El inspector Flint tomó asiento con un suspiro y cogió el auricular.

—Escuche, Miguel —comenzó, imitando el tono amistoso del superintendente—; puede que no lo crea...

Una oleada de insultos dejó bien a las claras que el terrorista, efectivamente, no lo creía.

—De acuerdo, acepto todo eso —dijo Flint cuando los epítetos se agotaron—, pero lo que le digo es que no hemos estado en el ático. No hemos puesto nada en el agua.

—¿Entonces, por qué les están proporcionando armas con el helicóptero?

—No eran armas. En realidad, es un teléfono para que podamos hablar con ellos... Sí, supongo que no le parece verosímil. Soy el primero en reconocerlo... No, no lo hemos hecho. Si lo ha hecho alguien es...

—El Ejército Alternativo del Pueblo —le apuntó el sargento.

—El Ejército Alternativo del Pueblo —repitió Flint—. Deben de haber puesto algo en el agua, Miguel... ¿Qué?... No quiere que le llame Miguel... Bueno, de hecho a mí no me interesa particularmente que me llamen cerdo... Sí, le oigo; ya le he oído la primera vez. Y si cuelga usted, hablaré con los hijos de puta de arriba.

Flint colgó el teléfono con violencia.

—Muy bien, ahora póngame con el ático. Y dese prisa, que el tiempo corre.

Así iba a seguir corriendo durante un cuarto de hora más. La repentina aparición del helicóptero, justo cuando la alternativa Wilt estaba pasando del sexo a la política, había echado por tierra la táctica de Wilt. Ya había ablandado a su víctima en el plano físico, y había comenzado a confundirla todavía más citando al egregio Bilger en su aspecto más marcusiano. No fue demasiado difícil; en cualquier caso, Wilt había especulado sobre la injusticia de la existencia humana durante largos años. Su trato con Escayolistas IV le había enseñado que pertenecía a una sociedad relativamente privilegiada. Los escayolistas ganaban más que él y los Impresores eran descaradamente ricos pero, a pesar de esas discrepancias, todavía era cierto que había nacido en un país opulento con un clima privilegiado y unas instituciones políticas sofisticadas que se habían desarrollado durante siglos. Por encima de todo, una sociedad industrial. La gran mayoría de los humanos vivían en una abyecta pobreza, afligidos por enfermedades curables pero sin que nadie les curase, sujetos a gobiernos despóticos, viviendo en el terror y en peligro de muerte por inanición. Wilt simpatizaba con cualquiera que intentase cambiar esta desigualdad. Puede que la Asistencia Personal a los Pueblos Primitivos de Eva fuese ineficaz, pero al menos tenía el mérito de ser personal y de moverse en la dirección adecuada. Aterrorizar a inocentes y asesinar a hombres, mujeres y niños era a la vez inútil y bárbaro. ¿Qué diferencia había entre los terroristas y sus víctimas? Sólo una diferencia de opinión. Chinanda y Gudrun Schautz provenían de familias ricas, y Baggish, cuyo padre había tenido una tienda en Beirut, difícilmente podía ser considerado pobre. Ninguno de estos autodenominados verdugos había llegado hasta el asesinato por la desesperación de la pobreza y, por lo que Wilt sabía, su fanatismo no tenía sus raíces en ninguna causa específica. No estaban tratando de echar a los británicos del Ulster, o a los israelitas del Golan; ni siquiera a los turcos de Chipre. Eran simuladores políticos cuyo enemigo era la vida. En resumen, eran asesinos por elección personal, psicópatas que camuflaban sus móviles tras una pantalla de teorías utópicas. El poder era todo su estímulo, el poder de infligir dolor y aterrorizar. Incluso su propia disposición a morir era una especie de poder, una forma enfermiza e infantil de masoquismo y expiación de culpa, no por sus repugnantes crímenes, sino por estar vivos. Tras éstos había sin duda otros motivos relacionados con los padres o con los hábitos de limpieza. A Wilt no le interesaban. Le bastaba con que fueran portadores de la misma rabia política que había conducido a Hitler a construir Auschwitz y a suicidarse en el búnker, o a los camboyanos a matarse unos a otros a millones. No eran susceptibles de compasión alguna. Wilt tenía a sus hijas que proteger y sólo su cerebro para ayudarle.

Y así, en ese intento desesperado por aislar y desconcertar a Gudrun Schautz, enunció los dogmas de Marcuse hasta que el helicóptero interrumpió su recital. Cuando aquel teléfono incrustado en una caja de madera cayó por la ventana, Wilt se tiró de bruces al suelo de la cocina.

—Al baño, rápido —chilló, convencido de que era una especie de bomba lacrimógena. Pero Gudrun Schautz ya estaba allí. Wilt se arrastró hasta ella.

—Saben que estamos aquí —susurró ella.

—Saben que yo estoy aquí —dijo Wilt, agradecido a la policía por haberle proporcionado la prueba de que era un hombre perseguido—. ¿Qué iban a querer de usted?

—Me encerraron en el baño. ¿Por qué hacerlo si no iban tras de mí?

—¿Y por qué lo iban a hacer si fueran? —preguntó Wilt—. La habrían sacado a rastras inmediatamente. —Hizo una pausa, y la miró fijamente a la luz que se reflejaba en el techo—. ¿Pero cómo llegaron hasta mí? Eso es lo que me pregunto. ¿Quién se lo dijo?

Gudrun Schautz le miró a su vez, haciéndose muchas preguntas.

—¿Por qué me mira usted a mí? Yo no sé de qué está hablando.

—¿No? —dijo Wilt, decidiendo que había llegado el momento de pasar a la locura en gran escala—. Eso es lo que dice ahora. Llega a mi casa cuando todo iba de acuerdo con el plan y de pronto aparecen los israelitas y todo kaput. Nada de asesinar a la reina, nada de usar gases, adiós a la aniquilación de todos los parlamentarios pseudodemocráticos de la Cámara de los Comunes de un solo golpe...

El teléfono sonó en el estudio interrumpiendo este catálogo demencial. Wilt escuchó con alivio. Lo mismo le sucedió a Gudrun Schautz. La paranoia, que era parte de su carácter, comenzaba a asumir en su mente nuevas proporciones cada vez que Wilt cambiaba de posición.

—Yo contestaré —dijo ella. Pero Wilt la miró con aire feroz.

—Delatora —le espetó—, ya ha hecho bastante daño. Quédese donde está. Es su única esperanza.

Y dejando que ella se las apañara con tan extraña lógica, Wilt se arrastró por la cocina y abrió la caja.

—Oiga usted, cerdo fascista —chilló antes de que Flint pudiera pronunciar una sola palabra—. No piense que va a embaucar al Ejército Alternativo del Pueblo con buenas palabras en uno de sus diálogos equívocos. Exigimos...

—Cállese, Wilt —gritó el inspector. Wilt se calló. Así que los cabrones ya lo sabían. Concretamente Flint lo sabía. Eso habría sido una buena noticia de no haber tenido a una maldita asesina respirándole en el cogote—. Así que no vale la pena que trate de engañarnos. Para que se entere, si quiere ver de nuevo a sus hijas, vivas, será mejor que deje de intentar envenenar a sus camaradas del piso de abajo.

—¿Intentar qué? —preguntó Wilt, utilizando su tono de voz normal atónito por esta nueva acusación.

—Ya me ha oído. Usted ha estado enredando en el depósito de agua y quieren que lo desenrede usted ahora mismo.

—Enredando en... —comenzó Wilt antes de recordar que no podía hablar abiertamente en la presente compañía.

—El agua del depósito —dijo Flint—. Han dado un plazo para que quede limpia, y expira dentro de media hora. La palabra exacta es ultimátum.

Hubo un momento de silencio mientras Wilt trataba de pensar. Algo venenoso debía de haber dentro de esa bolsa de mierda. Quizá los terroristas llevaban consigo su propia provisión de cianuro. Tendría que sacar la bolsa de allí, pero mientras tanto debía mantener su postura demente. Retrocedió a su antiguo plan.

–No hacemos tratos –gritó–. Si nuestras peticiones no son atendidas a las ocho de la mañana, el rehén morirá.

Hubo un ruido de risas al otro extremo de la línea.

–Pruebe con otra cosa, Wilt –dijo Flint–. ¿Cómo va a matarla? ¿Joderá con ella hasta la muerte, quizá?

Hizo una pausa para dejar que esta información hiciera su efecto antes de continuar.

–Tenemos grabada toda su sesión de volatines. Sonará la mar de bien cuando la pongamos en el juicio.

–Mierda –dijo Wilt, esta vez de forma impersonal.

–Especialmente, le ha gustado mucho a Mrs. Wilt. Sí, me ha oído usted bien. Y ahora, ¿me va usted a limpiar esa agua o quiere que sus hijas tengan que bebérsela?

–De acuerdo, acepto. Tenga usted el avión listo para despegar, y no me moveré de aquí hasta que llegue el coche. Un conductor y nada de trucos o la mujer morirá conmigo. ¿Lo ha entendido?

–No –dijo Flint, comenzando también él a sentirse confuso, pero Wilt había puesto fin a la conversación. Estaba sentado en el suelo tratando de resolver este nuevo dilema. No podía hacer nada con el tanque del agua mientras le estuviese observando la Schautz. Tendría que continuar con su farsa. Volvió a la cocina y se la encontró de pie, vacilante, junto a la puerta del baño.

–Así que ahora ya lo sabe –dijo él.

Gudrun Schautz no lo sabía.

–¿Por qué dijo usted que me mataría? –preguntó.

–¿Y usted qué cree?–dijo Wilt, reuniendo el coraje suficiente para acercarse a ella con algo parecido a una amenaza–. ¿Porque es una delatora? Sin usted, el plan...

Pero Gudrun Schautz ya tenía bastante. Retrocedió hasta el cuarto de baño, cerró de un portazo y corrió el cerrojo. Ese enano estaba loco. Toda la situación era una locura. Nada tenía sentido, y las contradicciones se iban amontonando de manera que el resultado era un torrente incomprensible de impresiones. Se sentó en el váter y trató de pensar cómo salir del caos. Si a ese hombre extraño que hablaba de asesinar a la reina lo estaba buscando la policía –y todo parecía apuntar en esa dirección, por muy ilógico que fuera–, algo había que decir para parecer su rehén. La policía británica no era estúpida, pero bien podía ser que la liberasen sin hacer demasiadas preguntas. Ésa era la única oportunidad que tenía. Y al otro lado de la puerta podía oír a Wilt murmurando para sí de manera alarmante. Había comenzado a atar otra vez la manilla de la puerta.

Cuando hubo terminado, Wilt trepó de nuevo al desván y ahora estaba con el brazo sumergido hasta el codo en el tanque del agua. Desde luego, era de un color muy azulado; cuando consiguió por fin extraer la bolsa, tenía el brazo totalmente azul. Wilt dejó la bolsa en el suelo y se puso a revolver su contenido. Encontró en el fondo una máquina de escribir portátil y un gran tampón con su sello de caucho. No había nada que pareciera venenoso, pero la cinta de la máquina y el tampón habían contaminado ciertamente el agua. Wilt volvió a la cocina y abrió el grifo.

–No es extraño que esos cretinos pensaran que los estaban drogando –murmuró, y dejando correr el grifo volvió otra vez bajo el tejado. Cuando ya había gateado hasta detrás del tanque para esconder la bolsa bajo la capa de aislante de fibra de vidrio, la aurora empezaba a competir con los focos. Salió de allí, atravesó el estudio, se tumbó en el sofá y comenzó a pensar qué hacer a continuación.

18

Así comenzó el segundo día del asedio a Willington Road. El sol salió, los proyectores palidecieron; Wilt daba cabezadas en un rincón del estudio, Gudrun Schautz estaba tumbada en el cuarto de baño, Mrs. de Frackas sentada en el sótano y las niñas apiñadas unas contra las otras bajo el montón de sacos donde Eva había almacenado sus patatas «biológicas». Incluso los dos terroristas consiguieron dormir un poco, mientras que en el centro de comunicaciones el mayor roncaba sobre su cama de campaña, agitado por sobresaltos como un perro de caza que sueña. En otra parte de la casa de Mrs. de Frackas, otros miembros de la brigada antiterrorista descansaban lo mejor que podían: el sargento encargado del dispositivo de escucha estaba acostado, hecho un ovillo, en un sofá y el inspector Flint había requisado el dormitorio principal. Pero a pesar de toda esta inactividad humana, las escuchas electrónicas transmitían información a las cintas magnéticas, y, de éstas, al ordenador y al equipo de Combate Psicológico. El teléfono de campaña, por su parte, como un caballo de Troya audiovisual, registraba la respiración de Wilt y espiaba sus menores movimientos a través del ojo de la cámara de televisión.

La única que no dormía era Eva. Tumbada en una celda de la comisaría, miraba fijamente la débil bombilla del techo. Al reclamar a un abogado, había introducido la duda en el espíritu del sargento de guardia. Era ésa una petición a la que no sabía cómo negarse. Mrs. Wilt no era una criminal y, por lo que él sabía, no había motivos legales para mantenerla encerrada en una celda. Incluso los verdaderos criminales tenían derecho a ver a un abogado y, después de haber intentado en vano ponerse en contacto con el inspector Flint, el sargento se rindió.

–Puede usted utilizar ese teléfono –le dijo. Y discretamente la dejó en la oficina para que hiciera todas las llamadas que quisiera. Si a Flint no le parecía bien, mala suerte. El sargento de guardia no tenía intención de pagar los platos rotos.

Eva hizo muchas llamadas. Despertó a Mavis Mottram a las cuatro, pero Eva la apaciguó al informarla de que no había podido contactar antes con ella porque estaba siendo retenida ilegalmente por la policía.

–Jamás había oído nada más escandaloso! Pobrecita mía... Pero no te preocupes más a partir de ahora: vamos a sacarte de ahí inmediatamente –dijo, y enseguida despertó a Patrick para que se pusiera en comunicación con el jefe de policía, con el diputado local y con sus amigos de la BBC.

–Ya puedo despedirme de mis amigos de la BBC si les despierto a las cuatro y media de la madrugada.

–¡Qué tontería! –dijo Mavis–. Al contrario, así les darás tiempo para preparar las noticias de la mañana.

También fueron despertados los Braintree. Eva los dejó pasmados contándoles cómo había sido agredida por la policía. Les preguntó si conocían a alguien que pudiera ayudarla. Peter Braintree telefoneó al secretario de la Liga por las Libertades Individuales y luego, a última hora, a todos los diarios nacionales, contándoles la historia de cabo a rabo.

Eva continuó con sus llamadas. El teléfono sacó de la cama a Mr. Gosdyke, el abogado de los Wilt, que prometió llegarse inmediatamente a la comisaría.

–No le diga nada a nadie –le aconsejó, absolutamente convencido de la culpabilidad de Mrs. Wilt. Eva no le hizo el menor caso.

Telefoneó a los Nye, al director de la Escuela, a todo el que se le ocurrió, incluido el doctor Scully. Acababa de terminar cuando llamó la BBC y Eva les concedió una entrevista grabada en calidad de ciudadana detenida sin motivo por la policía y como madre de las cuatrillizas tomadas como rehenes por los terroristas. Desde ese momento, el coro de protestas no hizo más que crecer y perfeccionarse. Al ministro del Interior le despertó su jefe de Gabinete, informándole de que la BBC hacía caso omiso de su petición de no difundir la entrevista en pro del interés nacional, alegando que la detención ilegal de la madre de los rehenes era totalmente contraria al interés de la nación. De ahí, la noticia llegó hasta el jefe superior de Policía, al que se hizo responsable de las actividades de la brigada antiterrorista, y al propio ministro de Defensa, cuyos servicios especiales habían sido los primeros en maltratar a Mrs. Wilt.

Eva acaparó la atención del boletín radiofónico de las 7 y de todos los grandes titulares de la prensa matutina. A las siete y media, la comisaría de policía de Ipford era sometida a un asedio mucho más palpable que el de la casa de Willington Road por parte de los periodistas, los fotógrafos, las cámaras de la televisión, los amigos de Eva y los espontáneos. Incluso el escepticismo de Mr. Gosdyke se desvaneció en cuanto el sargento le confesó que ignoraba por qué estaba Mrs. Wilt retenida por la policía.

—No me pregunte lo que se supone que ha hecho —dijo el sargento—. Fue el inspector Flint el que me ordenó que la encerrase en una celda. Si quiere más detalles, diríjase usted a él.

—Eso es lo que tengo la intención de hacer —dijo Mr. Gosdyke—. ¿Dónde está?

—Junto a la casa cercada. Puedo intentar localizárselo por teléfono.

Y así fue como Flint, que había conseguido dar unas cabezadas, feliz de pensar que por fin había conseguido cazar al hijoputa de Wilt que se había hundido hasta el cuello en un verdadero crimen, se despertó para encontrarse con que la situación se había vuelto completamente contra él.

–Yo no dije que hubiera que encerrarla. Dije que había que efectuar una detención preventiva, como permite la ley antiterrorista.

–¿Insinúa usted que mi cliente es sospechosa de actividades terroristas? –preguntó Mr. Gosdyke–. Porque si es así...

El inspector, que conocía bien la pena por difamación, decidió que no.

–Ha estado en prisión preventiva en su propio interés –dijo, utilizando un subterfugio. Mr. Gosdyke lo dudaba.

–Bien, considerando el estado en que se encuentra y tras madura reflexión, pienso que su seguridad hubiera estado mejor garantizada en el exterior de la comisaría que en su interior. Evidentemente la han golpeado a conciencia, ha sido arrastrada por el barro y manifiestamente también a través de los setos a juzgar por sus manos y piernas despellejadas, y se encuentra en un estado de total agotamiento nervioso. Va usted a permitirle salir ahora o será necesario que recurra a...

–No –dijo Flint precipitadamente–, por supuesto que puede irse, pero no me hago responsable de su seguridad si viene a la casa.

–A ese respecto, no es necesario que me lo asegure –dijo Mr. Gosdyke, y acompañó a Eva a su salida de la comisaría. Allí fue acogida por una barrera de preguntas y de cámaras.

–Mrs. Wilt, ¿es verdad que ha sido golpeada por la policía?

–Sí –dijo Eva, antes de que Mr. Gosdyke hubiera tenido tiempo de intervenir para decir que ella no haría declaraciones.

–Mrs. Wilt, ¿qué piensa hacer ahora?

–Me vuelvo a casa –dijo Eva. Pero Mr. Gosdyke la empujó para hacerla entrar en el coche.

–Ni pensarlo, querida amiga. Tendrá usted amigos que puedan albergarla por ahora.

Entre la muchedumbre, Mavis Mottram intentaba hacerse oír. Eva la ignoró. Se imaginaba a Henry y a aquella horrible alemana juntos en la cama. Mavis Mottram era la última persona con la que habría hablado en esos momentos. En su interior, todavía sentía rencor contra Mavis por haberla arrastrado a aquel estúpido seminario. Si se hubiera quedado en casa nada de eso hubiera pasado.

–Estoy segura de que a los Braintree no les importará en absoluto que vaya –dijo. Poco después se encontraba en la cocina de Betty tomando café y contándoselo todo.

–¿Estás segura, Eva? –dijo Betty–. Eso no es nada propio de Henry.

Con los ojos llenos de lágrimas, Eva asintió con la cabeza:

–Claro que es propio de él. Han instalado altavoces en toda la casa y se puede oír todo lo que pasa en el interior.

–Te confieso que no comprendo nada.

Ése era también el caso de Eva. No sólo no era propio de Henry ser infiel; más bien era todo lo contrario. Henry jamás miraba a otras mujeres. Estaba absolutamente segura de ello, y su falta de interés la había irritado a veces. En cierto modo, eso la privaba de ese toque de inquietud y celos a que tenía derecho como mujer casada. Además se preguntaba si esa falta de interés no la incluía también a ella. En ese instante se sentía por tanto doblemente traicionada.

–Pensarías que él iba a estar muy preocupado por la suerte de sus hijas –continuó–. Ellas abajo, y él allá arriba, con esa...

Eva se echó a llorar.

–Lo que te hace falta es un baño y dormir –dijo Betty. Eva dejó que la llevaran arriba hasta el cuarto de baño. Pero mientras estaba estirada en la bañera, de nuevo su instinto y su cerebro se pusieron en marcha. Iba a volver a casa. Era necesario, y esta vez iría a pleno día. Salió de la bañera, se secó y se puso el vestido de embarazada que era lo único que Betty Braintree había podido encontrar de su talla. Bajó las escaleras. Había decidido lo que iba a hacer.

En la sala de conferencias improvisada –habitación que había sido en otro tiempo el refugio del general de división de Frackas– el inspector Flint, el comandante y los miembros del equipo de Combate Psicológico estaban todos sentados mirando la pantalla del televisor colocado de forma incongruente en medio de la batalla de Waterloo. La pasión obsesiva del difunto general de división por los soldados de plomo y su disposición exacta sobre una mesa de ping-pong donde, tras su muerte, el polvo se había ido acumulando, aportaba un elemento surrealista a los ruidos y movimientos extraordinarios que provenían de la cámara del teléfono de campaña. El Wilt Alternativo iniciaba un nuevo ciclo de aventuras con una demostración de demencia absoluta.

–Está mal de la azotea –dijo el mayor, mientras Wilt, horriblemente deformado por el objetivo ojo de pez, crecía o menguaba al tiempo que andaba de un lado a otro del estudio murmurando palabras totalmente desprovistas de sentido. Incluso a Flint le costaba admitir la evidencia.

–¿Qué coño quiere decir «la vida perjudica al infinito»? –le preguntó al doctor Felden, el psiquiatra.

–Tendría que oír más para formarme una opinión clara –respondió éste.

–Pues yo no. Me basta con eso –dijo el mayor–. Tengo la impresión de mirar por la mirilla de una celda de aislamiento.

En la pantalla se veía a Wilt gritando algo referente a la lucha por la religión de Alá y a la matanza de todos los infieles. A continuación hizo unos ruidos muy alarmantes, como si fuera el tonto del pueblo que se hubiera atragantado con una espina, y desapareció por la cocina. Hubo un momento de silencio; luego se puso a canturrear con un espantoso falsete: «¡Las campanas del infierno hacen tilín tilín por ti, por ti, pero no por mí!» Reapareció armado con un cuchillo de cocina y gritando «Hay un cocodrilo... en el armario, madre, que se te está comiendo el abrigo. Vampiros y lagartos, desafiando la ventisca, hacen girar al mundo». Finalmente, con una risa histérica, se tumbó en el sofá.

Flint pasó por encima de la trinchera y apagó el receptor.

–Un poco más y yo también pierdo la chaveta –murmuró–. Bueno, ya han oído y visto ustedes bastante a ese imbécil. Quiero saber su opinión sobre el mejor método para manejarle.

–Visto desde el ángulo de una ideología política coherente –dijo el profesor Maerlis–, confieso que es difícil emitir una opinión.

–Estaba seguro –dijo el mayor, que aún abrigaba la sospecha de que el profesor compartía las opiniones de los terroristas.

–Por otra parte, la transcripción de las cintas de anoche prueba que Mr. Wilt tiene un conocimiento profundo de la teoría terrorista y que pertenece manifiestamente a una conspiración cuyo objetivo es asesinar a la reina. Lo que ya no comprendo es qué pintan ahí los israelíes.

–Podría muy bien ser un síntoma de paranoia –dijo el doctor Felden–. Un caso bastante típico de manía persecutoria.

–Olvídese del «podría» –dijo Flint–, ¿es que ese cabrón está loco o no?

–Es difícil de decir. En primer lugar, es posible que el sujeto haya experimentado efectos secundarios de los medicamentos que le han hecho tragar antes de entrar en la casa. El que se autodenomina médico militar que se los ha administrado me ha dicho que la pócima se componía de tres partes de valium por dos de amital de sodio, algo de bromuro y, según sus propios términos, un «manojito» de láudano. No ha podido precisarme las cantidades exactas, pero en mi opinión el hecho de que Wilt esté todavía con vida pone de relieve el vigor de su constitución.

–También pone de relieve la calidad del café de la cantina, si ese imbécil se lo ha tragado sin notar nada –dijo Flint–. Bueno, ¿se le puede preguntar por el teléfono lo que ha hecho con la Schautz o no?

El doctor Felden manoseaba pensativo un soldado de plomo.

–Yo más bien estoy en contra de esa idea. Si Fräulein Schautz está todavía con vida, no quisiera ser responsable de introducir la idea de matarla en un cerebro agitado como el de Wilt.

–Pues sí que estamos bien. Supongo que cuando esos cerdos nos vuelvan a exigir que la liberemos les tendré que decir que está en manos de un loco.

Flint volvió a entrar en la sala de comunicaciones deseando desesperadamente la llegada del sustituto del jefe de la brigada antiterrorista, antes de que comenzase la carnicería en el número 9.

—Que nadie se mueva —le dijo al sargento—. La brigada anacombi cree que estamos tratando con un loco homicida.

Ésta era, en términos generales, la reacción deseada por Wilt. Había pasado una mala noche preguntándose cuál debía ser su próxima maniobra. Hasta ahora había representado unos cuantos papeles: el de terrorista revolucionario, el de padre agradecido, el de tonto del pueblo, el de amante caprichoso, el de asesino potencial de la reina, y a cada nueva invención había visto vacilar la seguridad de Gudrun Schautz en sí misma. Gudrun, con la inteligencia completamente obnubilada por la doctrina revolucionaria, era incapaz de adaptarse a un mundo de fantasías absurdas. Y el mundo de Wilt era absurdo. Siempre lo había sido, y por lo que se podía prever, siempre lo sería. El que Bilger hubiera podido realizar aquella jodida película sobre el cocodrilo era a la vez fantástico y absurdo, pero cierto. Wilt había pasado su vida de adulto rodeado de jóvenes granujientos que creían ser irresistibles para las mujeres; de profesores que creían poder convertir a Yeseros y Mecánicos en seres sensibles mediante la lectura de *Finnegan's Wake,* y/o inculcarles una auténtica toma de conciencia proletaria distribuyéndoles pasajes escogidos de *Das Kapital.* Y el mismo Wilt había pasado también por todos los fantasmas: así sus sueños de convertirse en un gran escritor, reavivados por su primera visión de Irmgard Müller y, algunos años atrás, su deseo de asesinar a Eva a sangre fría. Durante dieciocho años, había vivido con una mujer que cambiaba de personaje con tanta frecuencia como de camisa. Con todo ese tesoro de experiencia tras él, Wilt era capaz de crear nuevas fantasías en un abrir y cerrar de ojos, siempre que no se le exigiese que les diera una mayor credibilidad haciendo algo más que pulirlas con palabras. Las palabras eran su verdadero medio, y lo habían sido durante todos esos años pasados en la Escuela. Con Gudrun Schautz encerrada en el cuarto de baño, podía utilizarlas hasta la saciedad con el único objeto de hacerla volver completamente majareta. Con la condición de que esos tipos de abajo no se lanzasen a ninguna acción violenta.

Pero Baggish y Chinanda estaban demasiado ocupados en otra clase de conducta estrafalaria. Las niñas se habían despertado temprano, repitiendo su asalto al congelador y a las reservas de frutas en almíbar de Eva. Mrs. de Frackas había renunciado a mantenerlas mínimamente limpias; la lucha era demasiado desigual. Acababa de pasar una noche terriblemente incómoda en una silla de madera y su reumatismo le había hecho sufrir un martirio. Para colmo había tenido sed, y como la única bebida disponible era la cerveza casera de Mr. Wilt, los resultados habían sido notables.

Al primer trago, la anciana se preguntó qué diablos le sucedía. En primer lugar, aquel brebaje tenía un gusto asqueroso, tan asqueroso que tomó inmediatamente otro trago para intentar enjuagarse la boca, pero también le supo muy fuerte. Después de haber tragado otra cantidad casi ahogándose, Mrs. de Frackas se quedó mirando la botella con un aire de incredulidad total. Era imposible para ella pensar que alguien hubiera podido destilar aquello con la intención de consumirlo realmente. Durante unos instantes se preguntó si Wilt, por razones diabólicas sólo por él conocidas, no había embotellado un bidón entero de disolvente concentrado. Era poco verosímil, pero también lo era el sabor de lo que se acababa de tragar. Le había carbonizado el gaznate con toda la violencia de un poderoso limpiador de inodoros que desincrusta la suciedad hasta el último de los rincones. Mrs. de Frackas miró la etiqueta y se sintió algo más tranquilizada. Ese brebaje pretendía ser «cerveza» y si bien la apelación estaba en total contradicción con la realidad, el contenido de la botella estaba destinado sin duda al consumo humano. La anciana bebió otro trago y se olvidó en seguida del reuma. Imposible concentrarse en dos achaques a la vez.

Para cuando acabó con la primera botella, le era difícil concentrarse, simplemente. El mundo se había convertido súbitamente en un lugar maravilloso, y para mejorarlo aún más le bastaba con seguir bebiendo. Se acercó con paso inseguro al estante de las botellas y seleccionó otra; estaba desenroscando el tapón cuando aquello le estalló en las narices. Empapada de cerveza pero con el gollete de la botella todavía en la mano, iba a probar con una tercera cuando se dio cuenta de que en la fila de abajo había varias botellas más grandes. Tomó una y vio que en otro tiempo había contenido champagne. No sabía lo que contenía ahora, pero por lo menos ésa parecía menos peligrosa de abrir y menos susceptible de explotar que las otras. Se llevó dos a la bodega e intentó descorcharlas. Pero no era tan fácil como parecía. Wilt había sellado los corchos con un adhesivo y lo que parecía ser los restos de una percha metálica.

–Me harían falta unas tenazas –murmuró mientras las niñas se reunían interesadas a su alrededor.

–Es la preferida de papá –dijo Josephine–. No le va a gustar si ve que se la bebe usted.

–No, querida, yo también creo que no le gustaría –dijo la anciana al tiempo que lanzaba un eructo que parecía indicar que su estómago era de la misma opinión.

–Él la llama su BB cuatro estrellas –dijo Penelope–, pero mamá dice que mejor sería llamarla pipí.

–¿Ah, sí? –dijo Mrs. de Frackas con asco.

–Es porque cuando la bebe tiene que levantarse por la noche.

Mrs. de Frackas se sintió aliviada.

–No vamos a hacer nada que pueda contrariar a vuestro padre –dijo–. Además, el champagne hay que servirlo helado.

Volvió donde los cubos de la basura, y esta vez se trajo dos botellas abiertas que habían resultado menos explosivas que las precedentes. Se sentó. Las niñas se habían reagrupado alrededor del congelador, pero la anciana señora estaba demasiado ocupada para vigilar lo que hacían. Al terminar su tercera botella, las cuatrillizas se habían convertido en octillizas y ya le costaba trabajo enfocar la vista. En todo caso, ahora comprendía lo que había querido decir Eva con lo del pipí. El brebaje de Wilt comenzaba a hacer efecto. Mrs. de Frackas se levantó, se cayó de narices y por fin subió a cuatro patas las escaleras hasta llegar a la puerta. Esa maldita puerta estaba cerrada con llave.

–¡Déjenme ssalir! –gritó– ¡Déjenme ssalir inmediatamente!

–¿Qué quiere usted? –preguntó Baggish.

–No le importa lo que... yyo quiero. Lo que importa ahora sson mis... neccessidades, y eso no es asunto suyo.

–Bueno, pues entonces quédese donde está.

–Yo no seré la responsable de de lo, lo que pase –dijo Mrs. de Frackas.

–¿Qué quiere decir?

–¡Jjjjoven, hay co cosas... que más vale ca callar... y yo nno tengo la intencción de hablar de ellas... con usted!

Al otro lado de la puerta se oía a los dos terroristas esforzándose por comprender ese inglés indescifrable. «Las co co cosas que más vale callar» les dejaban estupefactos, pero el «no seré la responsable de lo lo lo que passe» parecía bastante amenazador. Diversas pequeñas explosiones en la bodega y el ruido de cristales rotos les habían puesto ya en guardia.

–Queremos saber lo que sucederá si no la dejamos salir –pidió por fin Chinanda.

Mrs. de Frackas, por su parte, no tenía ninguna duda de lo que pasaría:

–¡Voy a explotaar! –chilló.

–¿Va usted a qué?

–¡Bum, bum, bum, explotaar... como una bomba! –aulló la anciana, que ahora estaba segura de haber alcanzado el último grado posible de retención de orina. En la cocina se celebró un conciliábulo en voz baja.

–Salga con las manos en alto –ordenó Chinanda, y quitó el pestillo de la puerta antes de retroceder hasta el hall para apuntarla con su arma. Pero Mrs. de Frackas ya no estaba en condiciones de obedecer. Intentaba alcanzar uno de los numerosos picaportes que se ofrecían a sus ojos, sin ningún éxito. Al pie de la escalera, las niñas la miraban completamente fascinadas. Estaban acostumbradas a los accesos de ebriedad de Wilt, pero nunca habían visto a una persona borracha hasta quedarse paralítica.

–Por el amor de Dios, abran esta puerta –farfulló Mrs. de Frackas.

–Yo, yo –gritó Samantha con voz aguda, y las niñas se lanzaron en tropel sobre la anciana para ver quién abriría primero. Fue Penelope quien ganó, pero en el momento en que las niñas escalaban el cuerpo de Mrs. de Frackas para entrar en la cocina, la anciana había perdido todo interés por los retretes. Extendida en el umbral de la puerta, levantó la cabeza con dificultad y lanzó sobre las niñas un juicio sin apelación.

–Les pido un ffavor; que alguien mate a estos pequeños monstruos –murmuró antes de desmayarse. Los terroristas no la oyeron. Ahora sabían lo que ella había querido decir al hablar de una bomba. Dos explosiones devastadoras llegaron desde la bodega, seguidas de una lluvia de guisantes y habas congelados. En el congelador, la BB de Wilt había terminado por explotar.

19

Eva también había estado muy ocupada. Había pasado parte de la mañana al teléfono hablando con Mr. Gosdyke y el resto discutiendo con Mr. Symper, el representante local de la Liga por las Libertades Personales. Era un joven muy inteligente e inquieto y, en condiciones normales, se habría sentido consternado por el ultrajante comportamiento de la policía al arriesgar las vidas de un ciudadano adulto y de cuatro niñas impresionables por negarse a responder a las legítimas demandas de los luchadores por la libertad que estaban sitiados en el número 9 de Willington Road. En lugar de ello, el tratamiento que había recibido Eva a manos de la policía había colocado a Symper en la posición, extremadamente incómoda, de tener que considerar el problema desde el punto de vista de ella.

—Comprendo lo que usted alega, Mrs. Wilt —dijo, forzado por la apariencia maltrecha de ella a moderar su predilección por los extranjeros radicales—, pero debe usted admitir que está libre.

—No para entrar en mi propia casa. No disfruto de esa libertad. La policía no me lo permite.

—Bien, si quiere usted que defendamos su causa contra la policía por atentar contra su libertad manteniéndola bajo custodia, podemos...

Eso no era lo que Eva quería.

—Yo quiero entrar en mi casa.

—La compadezco de veras, pero el objetivo de nuestra organización es proteger al individuo de la violación de sus libertades personales por parte de la policía, y en su caso...

—Ellos no me dejan entrar en casa —dijo Eva—. Si eso no es violar mi libertad personal, no sé lo que será.

—Sí, bueno, es verdad.

—Entonces, haga algo.

—No veo verdaderamente qué puedo hacer yo en este caso —dijo Mr. Symper.

—Usted sabía qué hacer cuando la policía detuvo un camión contenedor lleno de bengalíes congelados cerca de Dover —dijo Betty—. Organizó usted manifestaciones de protesta y...

—Eso era bastante diferente —dijo Symper, dando un respingo—. Los oficiales de aduanas no tenían derecho a insistir en que continuase conectado el sistema de refrigeración. Sufrían congelación de carácter grave. Y además, estaban en tránsito.

—No tendrían que haberse colocado la etiqueta de filetes de merluza y, en cualquier caso, usted argumentó que venían simplemente a reunirse con sus familias en Inglaterra.

—Para sus familias estaban en tránsito.

—Y lo mismo le sucede a Eva, o debería sucederle —dijo Betty—. Si alguien tiene derecho a reunirse con su familia es Eva.

—Supongo que podríamos solicitar una orden del juzgado —dijo Mr. Symper, suspirando por salidas menos domésticas—, eso sería lo mejor.

—No lo creo —dijo Eva—, sería lo más lento. Yo me voy a casa ahora y usted se viene conmigo.

—¿Cómo dice? —dijo Mr. Symper, cuyo compromiso con la causa no incluía constituirse él mismo en rehén.

—Ya me ha oído —dijo Eva, y se irguió ante él con una ferocidad que hizo tambalearse el ardiente feminismo de Mr. Symper, pero antes de que hubiera podido abogar por su propia libertad personal, ya le estaban empujando fuera de la casa. Una muchedumbre de periodistas se había congregado allí.

—Mrs. Wilt —dijo uno del *Snap*—, a nuestros lectores les gustaría saber qué siente la madre de unas cuatrillizas al saber que sus niñas están siendo retenidas como rehenes.

Los ojos de Eva refulgieron:

—¿Sentirme? —preguntó—. ¿Quiere usted saber cómo me siento?

—Eso es —dijo el hombre, chupando su bolígrafo—, el interés humano...

No pudo continuar. Los sentimientos de Eva habían rebasado el estadio de las palabras o del interés humano. Sólo los actos podían expresarlos. Levantó una mano, la abatió en un golpe de karate y, cuando el otro caía, con la rodilla le alcanzó de lleno en el estómago.

—Así es como me siento —dijo Eva, mientras él rodaba sobre el parterre en posición fetal—. Dígaselo a sus lectores.

Y escoltando al ahora completamente subyugado Mr. Symper hasta su coche, le empujó dentro de él.

—Me voy a casa con mis hijas —les dijo a los demás periodistas—. Mr. Symper, de la Liga por las Libertades Personales, me acompaña y mi abogado nos está esperando.

Y sin decir más se introdujo en el asiento del conductor. Diez minutos más tarde, seguidos por un pequeño convoy de coches de la prensa, llegaron a la barrera de Farringdon Road, donde encontraron a Mr. Gosdyke discutiendo sin éxito con el sargento de policía.

—Me temo que no hay nada que hacer, Mrs. Wilt. La policía tiene órdenes de no dejar pasar a nadie.

Eva se encogió de hombros.

—Éste es un país libre —dijo, haciendo salir del coche a Mr. Symper mediante una presa que desmentía su afirmación—. Si alguien trata de impedirme que vaya a casa llevaré el asunto ante los tribunales, al defensor del pueblo y al parlamento. Vamos, Gosdyke.

—Oiga, señora, deténgase —dijo el sargento—, tengo órdenes de...

—Le he tomado el número —dijo Eva—. Voy a denunciarle personalmente por haberme negado el libre acceso a mis hijas.

Y empujando delante de ella al poco dispuesto Symper cruzó por la abertura del alambre de espino, discretamente seguida por Mr. Gosdyke. Tras ellos el grupo de reporteros lanzó una ovación. Por un momento, el sargento se quedó tan asombrado para reaccionar que cuando fue a por el walkie-talkie, el trío ya había doblado la esquina de Willington Road. A mitad de camino fueron interceptados por dos hombres armados de las fuerzas de seguridad.

–No tienen ustedes derecho a estar aquí –gritó uno de ellos–. ¿No saben que hay un asedio?

–Sí –dijo Eva–, por eso estamos aquí. Yo soy Mrs. Wilt, éste es Mr. Symper, de la Liga por las Libertades Personales, y Mr. Gosdyke está aquí para llevar las negociaciones. Ahora haga el favor de llevarnos...

–Yo no sé de qué me está hablando –dijo el soldado–. Sólo sé que tenemos órdenes de disparar...

–Entonces, dispare –dijo Eva desafiante– y veremos lo que le pasa a usted.

El de las fuerzas de seguridad vaciló. Fusilar madres no entraba en las Normas y Reglamentos de la Reina; además Mr. Gosdyke parecía demasiado respetable para ser un terrorista.

–De acuerdo, vengan por aquí –dijo, y les escoltó hasta la casa de Mrs. de Frackas, donde les dio la bienvenida el inspector Flint con una avalancha de insultos.

–¿Qué coño está pasando aquí? –gritó–. Creí que le había dado órdenes de mantenerse alejada de aquí.

Eva empujó hacia adelante a Mr. Gosdyke.

–Dígaselo –dijo.

Mr. Gosdyke carraspeó y miró incómodo a su alrededor.

–Como representante legal de Mrs. Wilt –dijo–, he venido para informarle de que ella exige reunirse con su familia. Ahora bien, por lo que sé no hay ninguna ley que la impida entrar en su propia casa.

El inspector Flint le miró aturdido.

–¿Ninguna? –farfulló.

–Ninguna ley –dijo Mr. Gosdyke.

–Que le den por el culo a la ley –gritó Flint–. ¿Cree usted que a esos cerdos de allá les importa lo más mínimo la ley?

Mr. Gosdyke concedió que tenía razón.

–Bien –continuó Flint–, así que tenemos una casa llena de terroristas armados que le volarán la cabeza a sus condenadas crías si alguien se acerca siquiera al lugar. Eso es todo. ¿No puede metérselo en la cabeza?

–No –dijo Mr. Gosdyke bruscamente.

El inspector se dejó caer en un sillón y miró torvamente a Eva.

–Mrs. Wilt –dijo–, dígame una cosa. ¿Por casualidad no pertenece usted a alguna secta religioso-suicida? ¿No? Sólo lo preguntaba. En ese caso déjeme explicarle la situación con palabras sencillas de cuatro letras que hasta usted podrá entender. Dentro de su casa hay...

–Todo eso ya lo sé –dijo Eva–. Lo he oído una vez y otra y me da igual. Reclamo el derecho a entrar en mi casa.

–Ya veo. Y supongo que pretende usted ir caminando hasta la puerta principal y llamar al timbre.

–No –dijo Eva–. Lo que pretendo es que me dejen caer.

–¿Dejarla caer? –dijo Flint, con un brillo de incrédula esperanza en sus ojos–. ¿Dice usted realmente «dejarla caer»?

–Desde un helicóptero –explicó Eva–, igual que dejaron caer el teléfono donde está Henry la noche pasada.

El inspector se llevó las manos a la cabeza y trató de encontrar las palabras.

–Y es inútil que me diga que no puede –continuó Eva–, porque lo he visto hacer en la tele. Yo llevaré puesto un arnés, y el helicóptero...

–Oh, Dios mío –dijo Flint, cerrando los ojos para borrar esa espantosa visión–. No lo dirá en serio, ¿eh?

–Sí –dijo Eva.

–Mrs. Wilt, si, y repito, si fuera usted a entrar en la casa del modo que ha descrito, ¿sería tan amable de decirme cómo piensa ayudar a sus cuatro hijas?

220

—No se preocupe por eso.

—Pero me preocupo, me preocupo mucho. De hecho me atrevería a decir que me preocupa lo que les suceda a sus hijas bastante más de lo que parece preocuparle a usted y...

—Entonces, ¿por qué no está haciendo algo al respecto? Y no me diga que lo está haciendo porque no es verdad. Está sentado ahí con todos esos transistores escuchando cómo las están torturando y disfrutando.

—¿Disfrutando? ¿Disfrutando? —gritó el inspector.

—Sí, disfrutando —gritó a su vez Eva—. Esto le hace sentir importante y, lo que es más, tiene usted una mente indecente. Disfruta escuchando a Henry en la cama con esa mujer, y no diga que no es así.

El inspector no podía decirlo. Le faltaban las palabras. Las únicas que le venían a la mente eran obscenas y casi con seguridad le conducirían a un juicio por difamación. Se podía dar por seguro con una mujer como ésa, que traía consigo a su abogado y al cabrón de las libertades personales. Se levantó de la silla y se dirigió con paso incierto a la habitación de los juguetes dando un portazo tras él. El profesor Maerlis, el doctor Feiden y el mayor estaban sentados observando cómo Wilt pasaba el rato examinándose ociosamente el glande en busca de signos de gangrena incipiente, ante la pantalla de televisión. Flint apagó el aparato.

—No se lo van ustedes a creer —dijo—, pero esa maldita Mrs. Wilt pide que utilicemos el helicóptero para lanzarla por la ventana del ático atada a una cuerda, y así pueda reunirse con su jodida familia de mierda.

—Espero que no vaya usted a permitírselo —dijo el doctor Feiden—. Después de lo que amenazó con hacerle a su esposo ayer noche, no creo que sea conveniente.

—No me tiente —dijo Flint—, si pensara que podía quedarme aquí sentado y contemplar cómo descuartiza a ese cerdo miembro a miembro...

Se interrumpió para saborear esa imagen.

—Esa mujercita tiene agallas —dijo el mayor—. No sería yo el que se dejase caer en el interior de esa casa con una cuerda. Bueno, por lo menos sin abundante fuego de cobertura. No obstante, no es tan mala idea.

—¿Qué? —dijo Flint, preguntándose cómo demonios podía nadie llamar mujercita a Mrs. Wilt.

—Táctica de diversión, querido amigo. No se me ocurre nada mejor para poner nerviosos a esos imbéciles que la visión de esa mujer balanceándose colgada de un helicóptero. Desde luego, yo me cagaba en los pantalones.

—Imagino que sí. Pero como ése no es uno de los objetivos explícitos de la maniobra preferiría sugerencias más constructivas.

Desde la otra habitación se podía oír gritar a Eva que si no le permitían reunirse con su familia le enviaría un telegrama a la reina.

—Es lo que nos faltaba —dijo Flint—. La prensa está sedienta de sangre, y no ha habido un suicidio en masa decente desde hace meses. Saldría en la portada de todos los periódicos.

—Desde luego, haría un ruido terrible contra la ventana —dijo el mayor con espíritu práctico—, y entonces podríamos atacar a esos...

—¡No! Definitivamente no —gritó Flint, y se precipitó en el centro de comunicaciones—. De acuerdo, Mrs. Wilt. Voy a tratar de persuadir a los dos terroristas que retienen a sus hijas para que la permitan reunirse con ellas. Si se niegan es asunto suyo. Yo no puedo hacer más.

Se volvió hacia el sargento que estaba en la centralita.

—Póngame con esos dos mestizos y avíseme cuando hayan terminado con su Obertura del Cerdo Fascista.

Symper se sintió obligado a protestar.

—Realmente, creo que estos comentarios racistas son totalmente innecesarios —dijo—. En realidad, son ilegales. Llamar mestizos a unos extranjeros...

—No estoy llamando mestizos a unos extranjeros. Estoy llamando mestizos a dos cabrones asesinos y no me diga que tampoco debería llamarles asesinos –dijo Flint cuando Mr. Symper trató de intervenir–. Un asesino es un asesino y ya empiezo a estar harto de ellos.

Así parecía que estaban también los dos terroristas. No hubo discurso preliminar de insultos.

–¿Qué quieren? –preguntó Chinanda.

Flint cogió el teléfono.

–Tengo una propuesta que hacer –dijo–. Mrs. Wilt, la madre de las cuatro niñas que retienen ustedes, se ofrece voluntaria para entrar a cuidarlas. No va armada y está dispuesta a aceptar cualquier condición que quieran ustedes imponerle.

–Repítalo –dijo Chinanda. El inspector repitió el mensaje.

–¿Cualquier condición? –dijo Chinanda, incrédulo.

–Cualquiera. No tienen más que decirlo y ella aceptará –dijo Flint, mirando a Eva, que asintió.

Hubo en la cocina un murmullo de conciliábulos prácticamente inaudible a causa de los gritos de las cuatrillizas y de los gemidos de Mrs. de Frackas al otro lado de la puerta. Ahora el terrorista estaba de nuevo al teléfono.

–Éstas son nuestras condiciones: en primer lugar, la mujer debe ir desnuda, ¿me ha oído? Desnuda.

–Oigo lo que dice, pero no puedo decir que lo entienda...

–Nada de ropa encima, para que podamos ver que no está armada. ¿Entendido?

–No estoy seguro de que Mrs. Wilt vaya a aceptar...

–Acepto –dijo Eva inflexible.

–Mrs. Wilt acepta –dijo Flint con un suspiro de disgusto.

–Segundo. Las manos atadas por encima de la cabeza.

Eva asintió de nuevo.

–Tercero. Las piernas atadas.

–¿Con las piernas atadas? –dijo Flint–, ¿y cómo demonios va a andar con las piernas atadas?

–Una cuerda larga. Medio metro de tobillo a tobillo. Sin correr.

–Ya veo. Sí, Mrs. Wilt acepta. ¿Algo más?

–Sí –dijo Chinanda–. Tan pronto ella entre, las niñas saldrán.

—¿Perdón? —dijo Flint—. Ha dicho «las niñas saldrán». ¿Quiere decir que ya no las necesitan?

—¡Necesitarlas! —gritó Chinanda—. Creerá usted que queremos vivir con cuatro bichos sucios, repugnantes y desagradables que se cagan y mean por todas partes...

—No —dijo Flint—, comprendo su punto de vista.

—Entonces puede quedarse con esas jodidas máquinas de producir mierda fascista —dijo Chinanda, y colgó el teléfono violentamente.

El inspector se volvió hacia Eva con una sonrisa de felicidad.

—Mrs. Wilt, yo no entro ni salgo, pero ya ha oído usted lo que ha dicho ese hombre.

—Y lo lamentará mientras viva —dijo Eva con ojos centelleantes—. Veamos, ¿dónde me cambio?

—Aquí no —dijo con firmeza Flint—. Puede utilizar los dormitorios de arriba. El sargento le atará las manos y los pies.

Mientras Eva subía a desnudarse, el inspector consultó al equipo de combate psicológico. Resultó que estaban en completo desacuerdo entre ellos. El profesor Maerlis argumentaba que cambiando cuatro niños concebidos coincidentemente por una mujer a la que el mundo apenas echaría de menos, los terroristas obtenían una ventaja propagandística. El doctor Felder no estaba de acuerdo.

—Es evidente que los terroristas están sufriendo una considerable presión por parte de las niñas —dijo—; liberándoles de esa carga psicológica es posible que les estemos levantando la moral.

—No se preocupe por su moral —dijo Flint—. Si esa zorra entra en la casa me hará un gran servicio, y después aquí el mayor puede montar la Operación Destrucción Total por lo que a mí respecta.

—Toma ya —dijo el mayor.

Flint volvió al centro de comunicaciones, con la vista apartada de las monstruosas revelaciones de Eva al desnudo, y se volvió hacia Mr. Gosdyke.

—Pongamos esto en claro, Gosdyke —dijo—. Quiero que entienda que estoy totalmente en contra de las acciones de su cliente y que no estoy preparado para asumir la responsabilidad de lo que suceda.

Mr. Gosdyke asintió:

—Lo entiendo muy bien, inspector, y le aseguro que a mí también me gustaría no estar implicado. Mrs. Wilt, apelo a su...

Eva le ignoró. Con las manos atadas por encima de la cabeza y las piernas ligadas mediante un corto pedazo de cuerda, era una visión terrorífica y no una mujer con la que nadie se pondría a discutir por gusto.

—Estoy preparada —dijo—, dígales que allí voy.

Salió lentamente por la puerta y bajó por la calzada de Mrs. de Frackas. Entre los arbustos, los hombres de los servicios de seguridad palidecieron y se pusieron a pensar con nostalgia en aquellas emboscadas de Irlanda del Norte. Sólo el mayor, que vigilaba la escena desde la ventana de una habitación, le dio su bendición a Eva.

—Le hace a uno sentirse orgulloso de ser británico —le dijo al doctor Felden—. Por Dios que esa mujer tiene agallas.

—Debo decir que encuentro su observación de muy mal gusto —dijo el doctor, que estaba estudiando a Eva desde un punto de vista puramente fisiológico.

En la casa de al lado reinaba un cierto malentendido. Chinanda, que veía a Eva a través del buzón de la puerta delantera de los Wilt, comenzaba a arrepentirse cuando unos efluvios de vómito le llegaron desde la cocina. Abrió la puerta y apuntó con su automática.

—Trae a las niñas —le gritó a Baggish—, yo estoy cubriendo a la mujer.

—¿Que estás qué? —dijo Baggish, que acababa de entrever la masa de carne que se movía hacia la casa. Pero no fue necesario ir a buscar a las niñas. Cuando Eva alcanzó el umbral de la puerta se lanzaron hacia ella gritando encantadas.

—¡Atrás! —gritaba Baggish—. Atrás o disparo.

Era demasiado tarde. Eva vacilaba en el umbral mientras las cuatrillizas se aferraban a ella.

—Oh, mami, qué rara estás —gorjeaba Samantha, agarrándose a las rodillas de su madre. Penelope trepó por encima de las otras y echó los brazos alrededor del cuello de Eva. Por un momento se tambalearon indecisas y luego Eva dio un paso adelante, tropezó y, con un gran estrépito, cayó pesadamente dentro del hall. Las cuatrillizas resbalaron delante de ella por el pulido parquet, y el perchero, sacudido por el seísmo, se arrancó de la pared y cayó hacia adelante contra la puerta, cerrándola de golpe. Los dos terroristas contemplaban desde arriba a su nuevo rehén mientras Mrs. de Franckas levantaba la cabeza en la cocina, echaba una mirada a la fantástica visión y perdía de nuevo el conocimiento. Eva se apoyó sobre las rodillas. Tenía aún las manos atadas por encima de la cabeza, pero no pensaba más que en las cuatrillizas.

—Venga, no os preocupéis, queriditas, mami está aquí —dijo—. Todo va a ir bien.

Al abrigo de la cocina, los dos terroristas miraban atentamente la extraordinaria escena con desánimo. No compartían el optimismo de Eva.

—¿Qué hacemos ahora? —preguntó Baggish—. ¿Poner a las niñas en la puerta?

Chinanda sacudió la cabeza. No iba a colocarse a una distancia demasiado corta de esa poderosa mujer. Incluso con las manos atadas sobre la cabeza, había en Eva algo peligroso y aterrador, y parecía que ella se le acercaba ahora saltando de rodillas.

—Quédese donde está —ordenó, y levantó la pistola. Junto a él sonó el teléfono. Lo tomó con rabia.

—¿Qué quieren ahora? —le preguntó a Flint.

—Podría hacerle la misma pregunta —dijo el inspector—, ya tienen a la mujer y quedamos en que dejarían ir a las niñas.

–Si se cree que queremos a esta mujer de mierda está loco –chilló Chinanda–, y las niñas de mierda no se van a separar de ella. Así que ahora ya las tenemos a todas.

Se oyó una risita que venía de Flint.

–No es culpa mía. Nosotros no pedimos a las niñas. Ustedes las ofrecieron...

–Y nosotros no pedimos a esta mujer –gritó Chinanda, de paso que el tono de su voz se levantaba histérico–. Así que ahora hagamos un trato. Usted...

–Olvídelo, Miguel –dijo Flint, que comenzaba a divertirse–. Se han acabado los tratos y, para que lo sepa, me haría un gran favor si dispara contra Mrs. Wilt; así que adelante, tío, dispara contra quien quieras, porque en el momento en que lo hagas enviaré a mis hombres y cuando ellos os disparen a ti y al camarada Baggish no tendrán prisa en mataros. Os...

–Asesino fascista –gritó Chinanda, y apretó el gatillo de su automática. Las balas agujerearon un anuncio de la pared de la cocina que hasta ese momento había propugnado las virtudes salutíferas de buen número de hierbas alternativas, la mayoría de ellas hierbajos. Eva contempló indignada los desperfectos y las cuatrillizas le dedicaron un enorme lloriqueo.

Incluso Flint estaba horrorizado.

–¿La han matado? –preguntó, repentinamente consciente de que su pensión estaba antes que su satisfacción personal.

Chinanda ignoró la pregunta.

–Bueno, ahora somos nosotros los que hacemos un trato. Usted hace bajar a Gudrun y tiene listo el reactor en una hora justa. A partir de ahora se acabaron los juegos.

Colgó el teléfono de golpe.

–¡Mierda! –gritó Flint–. De acuerdo, póngame con Wilt. Tengo noticias que darle.

20

Pero Wilt había cambiado de táctica de nuevo. Tras haber recorrido toda la gama de personajes, desde el simple de espíritu hasta el tonto del pueblo, pasando por el fanático revolucionario que para él era simplemente una forma más violenta de la misma especie, lentamente le iba invadiendo la sensación de que se estaba acercando a la desestabilización de Gudrun Schautz desde una óptica equivocada. Esa mujer era una ideóloga, y además alemana. Tras ella había una terrible tradición que se perdía en las nieblas de la historia, una herencia cultural de *Dichter und Denker*, filósofos, artistas, poetas, y pensadores obsesionados con el sentido, significación y proceso del desarrollo histórico y social, todos ellos solemnes, monstruosamente serios y ponderados. La palabra *Weltanschauung* surgía en su mente o al menos la ocupaba. Wilt no tenía idea de lo que significaba y dudaba de que nadie lo supiera. Era algo relacionado con tener una visión del mundo y era aproximadamente igual de encantadora que *Lebensraum*, que debería haber significado cuarto de estar, pero que en realidad significaba la ocupación de Europa y de tanta Rusia como Hitler pudo acaparar. Y después de *Weltanschauung* y *Lebensraum* venía otra aún más incomprensible, *Weltschmerz* o compasión por el mundo que, considerando la propensión de Fräulein Schautz a llenar de balas a desarmados oponentes sin ningún escrúpulo, era el colmo de lo irrelevante. Y tras estos terribles conceptos estaban los portadores del virus: Hegel, Kant, Fichte, Schopenhauer y Nietzsche, que se había vuelto loco gracias a una combinación de sífilis, superhombre y señoras grandes con casco que trompeteaban por bosques de cartón piedra en Bayreuth. Wilt había hecho una vez una triste incursión en *Así habló Zaratustra* y había salido convencido de que o bien Nietzsche no tenía ni idea de lo que estaba hablando o, si no, se lo había guardado para él a pesar de su verborrea. Y Nietzsche era alegre, comparado con Hegel y Schopenhauer, que lanzaban máximas incomprensibles con un abandono absolutamente exquisito. Si lo que uno quería era material verdaderamente pesado, Hegel era su hombre, mientras que Schopenhauer alcanzaba un nadir de tristeza que convertía al Rey Lear en un optimista histérico bajo la influencia del gas hilarante. Resumiendo, el punto débil de Gudrun Schautz era la felicidad. Ya podía desgañitarse hablando de los horrores del mundo hasta que la cara se le pusiera azul, que ella no parpadearía siquiera. Lo que podía hacerla tambalear era una dosis de buen humor sin diluir y Wilt, bajo su armadura de gruñón doméstico, tenía el corazón de un hombre alegre.

Y así, mientras Gudrun Schautz se refugiaba en el cuarto de baño y Eva trastabillaba abajo, en el umbral de la puerta, él bombardeaba a su cautivo auditorio con buenas nuevas. El mundo era un lugar espléndido.

Gudrun Schautz no estaba de acuerdo.

—¿Cómo puede usted decir eso cuando hay millones muriéndose de hambre? —preguntó.

—El hecho de que pueda decirlo significa que no me estoy muriendo de hambre —dijo Wilt, aplicando la lógica que había aprendido con Yeseros II—, y, en cualquier caso, el que ahora sepamos que se están muriendo de hambre significa que podemos hacer algo por ellos. Las cosas estarían mucho peor si no lo supiéramos. Para empezar no podríamos enviarles comida.

—¿Y quién está enviándoles comida? —preguntó ella imprudentemente.

–Por lo que yo sé, los perversos americanos –dijo Wilt–. Estoy seguro de que los rusos también lo harían si pudieran producir lo suficiente; pero no es así, o sea que les envían cubanos y tanques para distraer su mente del estómago vacío. De todos modos, no todo el mundo se está muriendo de hambre y sólo tiene usted que mirar a su alrededor para ver lo divertido que es estar vivo.

En la visión que Gudrun Schautz tenía del cuarto de baño no entraba la diversión. Aquello tenía un notable parecido con la celda de una prisión. Pero eso no lo dijo.

–Fíjese por ejemplo en mi caso –continuó Wilt–, tengo una esposa maravillosa y cuatro hijas adorables...

Sonó una risotada en el cuarto de baño como para indicar que había límites a la credulidad de la Schautz.

–Bueno, puede que usted no piense así –dijo Wilt–, pero yo sí. E incluso si cree que yo no, tendrá que admitir que las cuatrillizas sí adoran la vida. Puede que sean un poco exuberantes para el gusto de algunas personas, pero nadie puede decir que no sean felices.

–¿Y que Mrs. Wilt es una esposa maravillosa? –dijo Gudrun Schaultz con marcado escepticismo.

–Efectivamente, no podría encontrar una mejor –dijo Wilt–. Puede que no lo crea, pero...

–¿Creerlo? Sé lo que ella dice de usted y además siempre están riñendo.

–¿Riñendo? –dijo Wilt–. Por supuesto que tenemos nuestras pequeñas diferencias de opinión, pero eso es esencial en un matrimonio feliz. Es lo que nosotros los británicos llamamos toma y daca. En términos marxistas supongo que lo llamarán ustedes tesis, antítesis y síntesis. Y la síntesis en nuestro caso es la felicidad.

–Felicidad –bufó Gudrun Schautz–. ¿Y qué es la felicidad?

Wilt consideró la pregunta y las diversas maneras como podía responderla. En conjunto, parecía más sensato evitar la metafísica y atenerse a lo cotidiano.

–En mi caso, viene a ser ir andando a la Escuela una mañana de escarcha mientras brilla el sol y los patos anadean y saber que no tengo ninguna reunión del comité, y dar clases, y volver a casa a la luz de la luna y encontrar una cena buena de verdad con estofado de ternera y empanadillas y luego meterme en la cama con un buen libro.

—Cerdo burgués. Sólo piensa en su propio bienestar.

—No sólo pienso en eso —dijo Wilt—, pero usted pidió una definición de felicidad y resulta que ésa es la mía. Si usted quiere puedo continuar.

Gudrun no quería, pero Wilt continuó de todos modos. Habló de las excursiones a la orilla del río en un día de verano, y de encontrar un libro que deseaba en una tienda de segunda mano, y del placer de Eva cuando los ajos que había sembrado conseguían al fin empezar a brotar; y de lo que les gustaba a ambos decorar el árbol de Navidad con las cuatrillizas y despertarse por la mañana con ellas alrededor de la cama abriendo los regalos y bailando por la habitación con los juguetes que habían deseado y que probablemente olvidarían una semana después y... Sencillos placeres y sorpresas familiares que esta mujer nunca conocería pero que eran la piedra angular de la existencia de Wilt. Y mientras se lo iba diciendo a ella, adquirían para él una nueva significación y suavizaban los horrores presentes con un bálsamo de bondad. Wilt comprendió que eso era él en realidad, un buen hombre, a su estilo tranquilo y discreto, casado con una buena mujer, a su estilo exuberante y ruidoso. No le importaba que nadie más le viese de este modo. Lo que importaba era lo que él era y lo que había hecho, y Wilt no recordaba haber hecho nada malo en toda su vida. En todo caso, una cantidad módica de bien.

No era así como Gudrun Schautz veía las cosas. Hambrienta, helada y atemorizada, oía a Wilt hablar de cosas simples con un sentimiento creciente de irrealidad. Había vivido tanto tiempo en un mundo de acciones bestiales emprendidas para lograr la sociedad ideal, que no podía soportar ese catecismo de los placeres domésticos. Las únicas respuestas que ella podía darle eran llamarle cerdo fascista, sabiendo en el fondo que estaba malgastando sus energías. Finalmente se quedó callada, y Wilt estaba a punto de apiadarse de ella y abreviar una versión modificada de sus vacaciones familiares en Francia cuando sonó el teléfono.

—Bueno, Wilt —dijo Flint—. Puede dejarse de charlatanerías. Éste es un momento crítico. Su señora está abajo con las niñas y si la Schautz no baja inmediatamente será usted responsable de una masacre sin importancia.

—Ya me sé ese truco —dijo Wilt— y para que lo sepa...

—Ah, no, no lo sabe usted. Esta vez es en serio; y si usted no la hace bajar, lo haremos nosotros, se lo juro por Dios. Eche una mirada por la ventana.

Wilt lo hizo. En el campo unos hombres subían al helicóptero.

—Bien —continuó Flint—. Van a aterrizar en el tejado y la primera persona a la que van a sacar es a usted. Muerto. Queremos a la zorra de la Schautz viva. Ahora muévase.

—No diré que me guste su orden de prioridades —dijo Wilt, pero el inspector ya había colgado. Wilt atravesó la cocina y liberó la puerta del cuarto de baño.

—Ya puede salir —dijo—. Sus amigos de abajo parece que ganan. Quieren que usted se reúna con ellos.

No hubo respuesta en el cuarto de baño. Wilt trató de abrir la puerta y se encontró con que estaba cerrada por dentro.

—Escuche. Tiene usted que salir. Lo digo en serio. Baggish y Chinanda están abajo con mi mujer y mis hijas, y la policía está preparada para aceptar sus exigencias.

El silencio sugería que Gudrun, en cambio, no estaba preparada. Wilt puso la oreja contra la puerta y escuchó. Quizá aquella desgraciada se había escapado de algún modo o, aún peor, se había suicidado.

—¿Está usted ahí? —preguntó estúpidamente. Un débil gemido le tranquilizó.

—Muy bien. Mire, nadie va a hacerle daño. No tiene nigún sentido permanecer ahí y...

Una silla bloqueó la manilla de la puerta por el otro lado.

232

—Mierda —dijo Wilt, y trató de calmarse—. Por favor, atienda a razones. Si no sale usted y se reúne con ellos, esto va a ser un infierno y alguien va a resultar herido. Tiene usted que creerme.

Pero Gudrun Schautz había oído ya tantas sinrazones que no se creía nada. Farfullaba débilmente en alemán.

—Sí, bueno, eso es una gran ayuda —dijo Wilt, consciente ahora de que su alternativa había dado unos resultados excesivos. Volvió al salón y llamó a Flint.

—Tenemos un problema —dijo, antes de que el inspector le interrumpiera.

—Usted tiene un problema, Wilt. No nos incluya a nosotros.

—Sí, bueno, pues ahora todos tenemos problemas —dijo Wilt—. Ella está en el cuarto de baño y ha cerrado la puerta y por lo que parece no va a salir.

—Sigue siendo su problema —dijo Flint—. Usted la metió ahí y usted la sacará.

—Oiga, espere un momento. No podría usted persuadir a esos dos cretinos...

—No —dijo Flint, y puso fin a la discusión.

Suspirando profundamente Wilt volvió hacia el cuarto de baño, pero lo que se oía en el interior no hacía entrever que Gudrun Schautz estuviese más receptiva que antes a la persuasión racional, y después de exponer su caso con la mayor energía que pudo y de jurar por Dios que no había israelíes abajo, volvió a telefonear.

—Lo único que quiero saber —dijo Flint cuando contestó— es si ella está abajo con Bonnie and Clyde o no. No me interesa si...

—Voy a abrir la puerta del ático. Me quedaré donde esos estúpidos puedan ver que no voy armado para que puedan subir por ella. Bueno, por favor, ¿quiere hacerles esta sugerencia a ese par de maricones?

Flint consideró la oferta en silencio durante un rato y respondió que llamaría más tarde.

—Gracias —dijo Wilt, y quitando la cama de la puerta se quedó escuchando cómo latía su corazón. Era como si quisiera recuperar el tiempo perdido.

Dos pisos más abajo Chinanda y Baggish también estaban nerviosos. La llegada de Eva, en lugar de tranquilizar a las cuatrillizas había despertado su curiosidad hasta alcanzar niveles de desagradable franqueza.

–Tienes muchas arrugas en la tripita, mami –dijo Samantha, expresando con palabras lo que ya había notado Baggish con repulsión–. ¿Cómo te han salido?

–Bueno, antes de que vosotras nacierais, cariño –dijo Eva, que había cruzado el Rubicón del pudor al penetrar desnuda en la casa–, la barriguita de mami era mucho más grande. Vosotras estabais dentro, sabes.

Los terroristas se estremecieron ante ese pensamiento. Ya era suficientemente penoso encontrarse arrinconados en una cocina y un hall con esas repugnantes niñas sin que además se les regalase con las intimidades fisiológicas de su existencia prenatal en esa asombrosa mujer.

–¿Y qué estábamos haciendo dentro de ti? –preguntó Penelope.

–Creciendo, cariño.

–¿Qué comíamos?

–No comíais exactamente.

–Si no se come, no se crece. Siempre le estás diciendo a Josephine que no se hará grande y fuerte si no come muesli.

–A mí no me gusta el muesli –dijo Josephine–, tiene pasas.

–Yo sí sé lo que comíamos –dijo Samantha con satisfacción–: sangre.

En un rincón junto a las escaleras de la bodega, Mrs. de Frackas, bajo los efectos de una estupenda resaca, abrió un ojo inyectado en sangre.

–No me sorprendería lo más mínimo –murmuró–. Son lo más parecido a los vampiros que he visto nunca. ¿Quién llamó a esto *babysitting?* Algún maldito imbécil.

–Pero si no teníamos dientes –continuó Samantha.

—No, querida; estabais unidas a mami por vuestros cordones umbilicales. Y lo que mami comía pasaba por el cordón...

—Las cosas no pueden pasar por cordones, mami —dijo Josephine—. Los cordones son como hilos.

—Las navajas sí que pueden traspasar un hilo —dijo Samantha.

Eva la miró apreciativamente.

—Sí, cariño, así es...

Baggish cortó la charla en seco.

—Cállese y cúbrase con esto —le gritó, lanzándole la manta mexicana desde la sala de estar.

—Y cómo me las arreglo con las manos atadas, ¿eh? —comenzó Eva, pero el teléfono estaba sonando. Chinanda respondió.

—Basta de charla. O si no... —dijo, parándose a escuchar. Detrás de él, Baggish agarraba su metralleta y miraba a Eva con desconfianza.

—¿Qué dicen ahora?

—Que Gudrun no quiere bajar —dijo Chinanda—, quieren que subamos nosotros.

—Ni hablar. Es una trampa. La policía está arriba. Eso ya lo sabemos.

Chinanda apartó la mano del auricular.

—Nadie va a subir, pero Gudrun baja. Les damos cinco minutos o...

—Yo subiré —dijo Eva—. Arriba no está la policía. Es mi marido el que está. Yo les haré bajar a los dos.

Los terroristas se la quedaron mirando.

—¿Su marido? —preguntaron al unísono. Las cuatrillizas también.

—¿Quieres decir que papi está en el ático? Oh, mami, haz que baje. Va a enfadarse tanto con Mrs. de Frackas. Ella se ha bebido tanto pipí de ese de papi...

—Bien podéis decirlo, sí —gimió la anciana, pero Eva no hizo caso de esta extraordinaria afirmación. Estaba mirando fijamente a los terroristas y deseando que le permitieran subir arriba.

—Les prometo que...

–Está usted mintiendo. Quiere subir para informar a la policía.

–Quiero subir para salvar a mis hijas –dijo Eva–, y si no me creen, díganle al inspector Flint que Henry tiene que bajar ahora mismo.

Los terroristas se retiraron a la cocina a deliberar.

–No es mala idea, si podemos liberar a Gudrun y librarnos de esta mujer y de sus hijas asquerosas –dijo Baggish–. Tenemos al hombre y a la vieja.

Chinanda no estaba de acuerdo.

–Nos quedamos con las niñas. De esta manera la mujer no cometerá errores.

Volvió al teléfono y repitió el mensaje de Eva.

–Sólo tienen cinco minutos. Ese Wilt bajará...

–Desnudo –dijo Eva, decidida a que Henry compartiera su miserable situación.

–Que baje desnudo –repitió Chinanda– y con las manos atadas...

–No puede atarse las manos a sí mismo –dijo Flint, práctico.

–Gudrun se las atará –respondió Chinanda–. Ésas son nuestras condiciones.

Colgó el teléfono y se quedó mirando a Eva con cansancio. Los ingleses eran gente extraña. Con mujeres así, ¿cómo pudieron haber perdido el Imperio? Pronto salió de su ensueño porque Mrs. de Frackas se estaba poniendo de pie trabajosamente.

–Siéntese –le gritó, pero la anciana le ignoró. Se dirigió tambaleándose hacia el fregadero.

–¿Por qué no le pegamos un tiro? –dijo Baggish–. Así sabrán que hablamos en serio.

Mrs. de Frackas le miró con ojos enrojecidos.

–Joven –le dijo–, con la cabeza que tengo ahora me harían un favor. Pero no fallen.

Y para subrayar lo dicho le dio la espalda y puso el moño bajo el grifo del agua fría.

21

En el centro de comunicaciones también reinaba la confusión. Flint se lo estaba pasando en grande transmitiéndole el mensaje a Wilt, quien protestaba de que ya era suficiente con arriesgarse a morir de un tiro, y que no veía por qué tenía que ir desnudo y añadir al riesgo una pulmonía doble, y de todos modos cómo coño iba a atarse las manos él solo; de pronto, el nuevo jefe de la brigada antiterrorista le hizo callar.

—Dejen todo tal como está —le dijo el superintendente a Flint—. La brigada anacombi acaba de traer un perfil psicopolítico de Wilt, y tiene mal aspecto.

—Tendrá un aspecto mucho peor si ese hijo de puta no sale del ático antes de tres minutos —dijo Flint—, y además, ¿qué puñetas es un perfil psicopolítico?

—Eso no importa ahora. Usted ocúpese de llegar a un acuerdo con los terroristas de abajo para que esperen.

Dejó a Flint, que se sintió como un controlador aéreo tratando de entenderse con dos pilotos dementes a punto de colisionar, y se apresuró a entrar en la sala de conferencias.

—Bien —dijo—, he ordenado a todo el personal armado que retroceda para calmar los nervios. Y ahora, ¿dejamos que baje ese bobo o no?

El doctor Felden no dudó para nada:

–No –dijo–. Según los datos que hemos acumulado, para mí no hay duda de que Wilt es un psicópata latente con tendencias homicidas extremadamente peligrosas, y dejarle suelto...

–No estoy de acuerdo con eso –dijo el profesor Maerlis–. La transcripción de las conversaciones que ha mantenido con la Schautz indican un altísimo grado de compromiso ideológico con el anarquismo postmarcusiano. Y aún diría más...

–No tenemos tiempo, profesor. Es más, nos quedan exactamente dos minutos, y todo lo que quiero saber es si podemos realizar el canje.

–Mi opinión es definitivamente negativa –dijo el psiquiatra–. Si sumamos el caso Wilt a Gudrun Schautz y a los dos terroristas que retienen a las niñas, el efecto puede ser explosivo.

–¡Valiente ayuda la suya! –dijo el superintendente–. Estamos sentados sobre un barril de pólvora y... ¿diga, mayor?

–Se me ocurre que si los tenemos a los cuatro juntos en el piso de abajo podemos matar dos pájaros de un tiro –dijo el mayor.

El superintendente le miró con atención. Aún no había comprendido por qué habían llamado a las fuerzas de seguridad desde un principio, y la total falta de lógica del mayor le confundía.

–Si con eso quiere usted decir que de ese modo haremos una carnicería con todos los de la casa, no veo ninguna razón para llevar adelante el intercambio. Podemos hacerlo ahora mismo. El objetivo de esta maniobra es no matar a nadie en absoluto. Quiero saber cómo evitar un baño de sangre, no cómo desencadenarlo.

Pero los acontecimientos en la casa de al lado iban más rápido que él. Lejos de conseguir que los terroristas concedieran una tregua, el mensaje de Flint de que había ligeras dificultades técnicas provocó la inmediata réplica de que si Wilt no bajaba en un minuto exactamente, sería padre de trillizas. Pero había sido Eva quien en realidad forzó a Wilt a actuar.

–Henry Wilt –gritó por la escalera–, si no bajas ahora mismo, yo...

Flint, con la oreja pegada al teléfono, oyó el trémulo «Sí, querida, ya voy». Conectó el monitor del teléfono de campaña y pudo oír a Wilt desvestirse torpemente y luego el ruido de sus pasos ligeros en la escalera. Un momento más tarde les siguió el pesado sonido de Eva que subía. Flint se dirigió a la sala de conferencias y anunció este último acontecimiento.

–Creo que le dije... –comenzó el superintendente antes de sentarse pesadamente–. Así que ahora ya estamos jugando a otra cosa.

Las cuatrillizas habían llegado exactamente a la misma conclusión, aunque no lo expresaban de ese modo. En tanto Wilt cruzaba el hall con precaución hacia la cocina, ellas daban grititos de alegría.

–Papi tiene una colita, mami tiene un agujerito. El pipí de mamá se le cae por las piernas, el de papá cae en chorrito por delante –cantaron, para asombro de los terroristas y disgusto de Mrs. de Frackas.

–Es absolutamente repugnante –dijo ésta, combinando la crítica de tal lenguaje con su propio veredicto sobre Wilt. Nunca le había gustado vestido: desnudo le detestaba. Ese tipo no sólo era responsable de la poción letal que le había hecho sentir como si fuera una pelota de ping-pong viviente dentro de una batidora y ahora, además, como si le hubieran cauterizado las vías urinarias, sino que encima presentaba una visión frontal completa de ese diabólico órgano que había contribuido a arrojar en este mundo ya abrumado por el sufrimiento a cuatro de las más espantosas niñas que jamás había conocido. Y todo ello con un completo desprecio por esos refinamientos sociales a los que ella estaba acostumbrada. Mrs. de Frackas dejó a un lado toda precaución.

–Si se han pensado por un momento que voy a quedarme en una casa con un hombre desnudo, están muy equivocados –dijo, y se dirigió a la puerta de la cocina.

–Quédese donde está –gritó Baggish, pero Mrs. de Frackas había perdido ya el poco miedo que en algún momento hubiese podido dominarla. Siguió avanzando.

–Un paso más y disparo –aulló Baggish. Mrs. de Frackas dio un bufido burlón y avanzó. Lo mismo hizo Wilt. Cuando apareció el arma se abalanzó con las niñas, que estaban agarradas a él, fuera de la línea de fuego. Asimismo, fuera de la cocina. La puerta de la bodega estaba abierta. Wilt y su prole se lanzaron por ella, rodaron escaleras abajo, resbalaron por el suelo cubierto de guisantes y terminaron sobre un montón de carbón. Sobre sus cabezas sonó un disparo, algo que caía, y la puerta de la bodega que se cerró de un portazo cuando Mrs. de Frackas se dio contra ella al caer al suelo.

Wilt no esperó más. No deseaba oír más disparos. Trepó por la pila de carbón y empujó con los hombros contra la trampilla de metal por donde se echaba el carbón. Bajo sus pies se deslizaban pedazos de carbón, pero la tapa ya se estaba moviendo y al fin su cabeza y sus hombros estuvieron al aire libre. La tapa se abrió del todo y Wilt trepó afuera, sacó a las cuatro niñas y volvió a colocar la tapa en su sitio. Dudó unos instantes; a su derecha estaban las ventanas de la cocina, a su izquierda la puerta, pero más allá estaban los cubos de la basura y, aún mejor, el colector orgánico para las basuras de Eva. Por primera vez, Wilt miró el contenedor con gratitud. No importaba lo que contuviese; había espacio para todos ellos y, gracias a la insistencia de las autoridades sanitarias, estaba hecho de madera alternativa, o sea, cemento. Wilt sólo se detuvo el tiempo de coger bajo los brazos a las cuatrillizas, y se precipitó hacia el colector, dejó caer allí a las niñas y luego se metió él adentro encima de ellas.

–Oh, papi, qué divertido –gorjeó Josephine, levantando una cara completamente cubierta de tomate podrido.

–Cállate –gruñó Wilt, empujándola abajo. Luego, consciente de que alguien podía abrir la puerta de la cocina y verles, se enterró aún más entre restos de peladuras, raspas de pescado y desperdicios caseros, hasta que fue casi imposible decir dónde comenzaban Wilt y las niñas y dónde terminaba la basura.

—Se está tan calentito —gorjeó la infatigable Josephine bajo un aliño de calabacines en descomposición.

—Estará mucho más caliente como no tengáis la boca cerrada —dijo Wilt, lamentando haberla abierto él. La tenía medio llena de cáscaras de huevo y de algo que parecía haber estado alguna vez dentro del aspirador y que debería haberse quedado allí. Wilt escupió aquella marranada y al hacerlo le llegó el eco de fuego rápido en alguna parte dentro de la casa. Los terroristas estaban disparando al azar en la oscuridad de la bodega. Wilt dejó de escupir. Y ahora qué demonios le iba a pasar a Eva.

Pero no tenía de qué preocuparse. Eva estaba ocupada en el ático. Ya había utilizado el cristal roto de la puerta del balcón para cortar la cuerda de sus manos y se había desatado las piernas. Luego había pasado a la cocina. Al cruzarse con ella en las escaleras, Wilt le había susurrado algo acerca de que la zorra estaba en el cuarto de baño. Eva no había dicho nada. Se reservaba sus comentarios sobre la conducta de él y de la zorra hasta que las niñas estuviesen a salvo, y la manera de ponerlas a salvo era que bajara Gudrun Schautz y hacer lo que los terroristas quisieran. Pero ahora, mientras intentaba abrir la puerta del cuarto de baño, había oído el disparo que derribó a Mrs. de Frackas. Ésa fue la señal para que toda la furia acumulada en su interior se desencadenase. Si habían asesinado a alguna de las niñas la vil criatura a la que había invitado a su casa también moriría. Y si Eva tenía que morir, se llevaría por delante tantos terroristas como pudiese. De pie frente a la puerta del baño, levantó una musculosa pierna. Al instante se escuchó abajo otra serie de disparos, y la planta del pie de Eva se abatió sobre la puerta. Ésta se salió de sus goznes; saltó la cerradura. Eva pegó otra patada. La puerta cayó hacia el interior del baño y Eva Wilt entró sin pisarla. En un rincón, junto al lavabo, estaba acurrucada una mujer tan desnuda como la propia Eva; no tenían ninguna otra cosa en común. El cuerpo de Gudrun

241

Schautz no tenía marcas de maternidad. Era tan suave y sintéticamente atractivo como la página central de una revista porno y su rostro estaba en contradicción con ese atractivo. Sus ojos miraban extraviados, desde una máscara de terror y demencia, sus mejillas eran de color ceniciento y la boca lanzaba los sonidos ininteligibles de un animal aterrorizado.

Pero Eva había superado la piedad. Avanzó pesada e implacablemente y luego, con sorprendente rapidez, sus manos se aferraron al cabello de la otra mujer. Gudrun Schautz peleó al principio, pero Eva le aplicó un rodillazo. Sin respiración y doblada en dos, Gudrun salió a rastras del baño y Eva la arrojó al suelo de la cocina. Luego, la mantuvo en el suelo con una rodilla entre los omoplatos y, retorciéndole los brazos, le ató las muñecas con el cordón eléctrico y la amordazó con un trapo de cocina. Finalmente, le ató las piernas con una servilleta rasgada.

Eva hizo todo esto con tan poca preocupación como si hubiera preparado un pollo para la comida del domingo. En su cabeza había madurado un plan; un plan que casi parecía haber estado esperando aquel momento, un plan nacido de la desesperación y del ansia de matar. Se volvió y rebuscó en el cajón del fregadero hasta que encontró lo que estaba buscando: la cuerda de emergencia para casos de incendio que había hecho instalar cuando acondicionaron el apartamento del ático. Estaba previsto que colgase de un gancho en el balcón y pensada para salvar vidas en una emergencia, pero ahora le había encontrado una utilidad diferente. Y como abajo sonaba de nuevo el tiroteo, se puso rápidamente manos a la obra. Cortó la cuerda en dos y cogió una silla de respaldo recto que colocó en medio del dormitorio, frente a la puerta. Luego arrastró la cama y la apoyó encima de la silla; volvió a la cocina y arrastró a su prisionera por los tobillos hasta el balcón. En seguida volvió con los dos trozos de cuerda y los ató a las patas de la silla, haciéndolos pasar por el gancho y, dejando un extremo libre, pasó el otro bajo los brazos de la mujer, le dio una vuelta alrededor de su cuerpo e hizo un nudo. Luego enrolló cuidadosamente el segundo trozo sobre el suelo junto a la silla y, con desconocida habilidad, hizo un nudo corredizo en la otra punta y se lo pasó a la terrorista por la cabeza alrededor del cuello.

Entonces Gudrun Schautz, que había infundido el miedo a la muerte en tantas personas inocentes, conoció por sí misma ese terror. Por un momento se retorció en el balcón, pero Eva ya estaba en la habitación enrollándole la cuerda alrededor del pecho. Gudrun Schautz se levantó vacilante cuando Eva tiró de la cuerda. Luego se elevó sobre el suelo al nivel de la barandilla. Eva enganchó la cuerda a la cama y volvió al balcón, haciendo pasar la cuerda por encima de la barandilla. Abajo estaba el patio y la nada. Finalmente, Eva le quitó la mordaza y volvió a la silla. Pero antes de sentarse abrió la puerta que daba a la escalera y soltó la cuerda de la cama. Agarrándola con ambas manos la dejó correr hasta que pasó por encima de la barandilla y pareció tensa. Asiéndola aún con una mano, empujó la cama para liberar la silla y allí se sentó. Después soltó la cuerda. Durante un segundo le pareció que la silla se levantaba del suelo, pero su propio peso la mantuvo firme. En el momento en que le pegaran un tiro o que se levantase de la silla, ésta se precipitaría a través de la habitación y la asesina, que ahora se balanceaba sobre ese patíbulo improvisado, moriría ahorcada. A su modo escalofriantemente doméstico, Eva Wilt había equilibrado la terrible balanza de la Justicia.

No era exactamente así como lo veían los espectadores desde la sala de conferencias de la casa de al lado. En la pantalla del televisor Eva adquiría dimensiones de una arquetípica Madre Tierra, y sus movimientos tenían un carácter simbólico que sobrepasaba la mera realidad. Incluso el doctor Felden –cuya experiencia con maníacos homicidas era amplia– estaba anonadado, mientras que el profesor Maerlis, testigo por primera vez de los terribles preparativos de ahorcamiento de una mujer desnuda, parecía murmurar algo sobre una enorme bestia candidata al manicomio. Pero el que reaccionó más violentamente fue el representante de la Liga por las Libertades Personales. Mr. Symper no podía dar crédito a sus ojos.

—¡Dios mío! —graznó—. Va a ahorcar a la pobre chica. Está fuera de sí. Alguien tiene que detenerla.

—No veo por qué, muchacho —dijo el mayor—. Yo siempre he estado a favor de la pena capital.

—Pero esto es ilegal —chirrió Mr. Symper, apelando a Gosdyke, pero el abogado había cerrado los ojos y estaba planeando alegar responsabilidad disminuida. En conjunto, pensaba que eso convencería más probablemente a un jurado que no el homicidio justificado. La autodefensa estaba evidentemente fuera de lugar. A través del objetivo gran angular del teléfono de campaña, Eva parecía gigantesca y Gudrun Schautz tenía las diminutas proporciones de uno de los soldados de juguete del general de Frackas. El profesor Maerlis, como siempre, buscó refugio en la lógica.

—Es una interesante situación ideológica —dijo—. No se me ocurre ejemplo más claro de polarización social. Por un lado, tenemos a Mrs. Wilt, y por el otro...

—A una teutona sin cabeza, por lo que parece —dijo el mayor entusiásticamente mientras Eva, levantando a Gudrun Schautz, la hacía pasar por encima de la barandilla del balcón—. No sé cuál será la altura adecuada para una horca, pero me parece que diez metros es un poco excesivo.

—¡Excesivo! —gritó Mr. Symper—. Es absolutamente monstruoso. Y además, desapruebo su utilización de la palabra «teutona». Protestaré de la forma más enérgica ante las autoridades.

—Qué chico tan raro —dijo el mayor mientras el secretario de la Liga por las Libertades Personales salía en tromba de la habitación—. Cualquiera diría que era Mrs. Wilt la terrorista, en vez de una abnegada madre de familia.

Ésa era más o menos la actitud que había adoptado el inspector Flint.

—Oiga, amigo —dijo al conmovido Symper—, puede encabezar tantas marchas de protesta como le salga de las narices, pero no me venga gritando que la sanguinaria Mrs. Wilt es una asesina. Usted la trajo aquí...

—Yo no sabía que se iba a poner a ahorcar a la gente. Me niego a participar en una ejecución privada.

—No, usted no participará. Usted es un mero accesorio. Los hijos de puta del piso de abajo han debido de matar a Wilt y a las niñas, seguramente. ¿Qué le parece eso como pérdida de las libertades personales?

—Pero ellos no lo habrían hecho si usted les hubiera dejado marchar. Ellos...

Flint ya tenía suficiente. A pesar de todo lo que le desagradaba Wilt, la idea de que ese histérico benefactor culpara a la policía por negarse a aceptar las exigencias de un grupo de sanguinarios extranjeros era demasiado para él. Se levantó de la silla y agarró a Mr. Symper por las solapas.

—De acuerdo, si eso es lo que usted opina del asunto le enviaré a la casa de al lado para que convenza a la viuda Wilt de que baje y deje que le disparen esos...

—No pienso ir —farfulló Symper—. No tiene usted derecho...

Flint le agarró más fuerte y le hizo retroceder a empujones hasta el hall; ahí le interrumpió Mr. Gosdyke.

—Inspector, hay que hacer algo inmediatamente. ¡Mrs. Wilt está tomándose la justicia por su mano!

—Bien hecho —dijo Flint—. Este mierda acaba de presentarse voluntario como emisario ante nuestros amistosos vecinos, los luchadores por la libertad.

—No he hecho nada de eso —gimió Mr. Symper—. Mr. Gosdyke, apelo a usted...

El abogado no le hizo caso.

—Inspector Flint, si está usted dispuesto a comprometerse a que mi cliente no sea considerada responsable, ni interrogada, ni retenida, ni acusada, ni perseguida en modo alguno por lo que evidentemente está a punto de hacer...

Flint soltó al magnífico Mr. Symper. Años de experiencia en las salas de justicia le habían enseñado a distinguir cuándo estaba vencido. Siguió a Mr. Gosdyke a la sala de conferencias y estudió el asombroso trasero de Eva Wilt con estupefacción. El comentario de Gosdyke acerca de tomar la justicia por su mano parecía totalmente inapropiado. Lo que estaba haciendo era aplastarla con su peso. Flint miró al doctor Felden.

—Mrs. Wilt está evidentemente en un estado mental extremadamente perturbado, inspector. Debemos tratar de tranquilizarla. Sugiero que utilice el teléfono...

—No —dijo el profesor Maerlis—. Desde este ángulo tal vez parezca que Mrs. Wilt tiene las proporciones de un gorila, pero aun así dudo que pueda alcanzar el teléfono sin levantarse de la silla.

—¿Y qué hay de malo en eso? —preguntó el mayor agresivamente—. Esa zorra de la Schautz se lo ha buscado.

—Quizá, pero no vamos a convertirla en una mártir. Ya tiene un carisma político muy considerable...

—Me cago en su carisma —dijo Flint—. Ella ha estado martirizando al resto de la familia Wilt. Además, siempre podremos alegar que su muerte fue accidental.

El profesor le miró, escéptico.

—Puede usted intentarlo, supongo, pero creo que tendrá algunas dificultades para persuadir a los medios de comunicación de que una mujer a la que han colgado de un balcón por el extremo de dos cuerdas, una de las cuales le había sido hábilmente anudada alrededor del cuello, y que subsiguientemente resultó ahorcada y/o decapitada, murió de una manera completamente accidental. Naturalmente, es cosa suya, pero...

—De acuerdo. Entonces, ¿qué coño propone usted?

—Cierre los ojos, amigo mío —dijo el mayor—. Después de todo Mrs. Wilt es sólo un ser humano...

—¿Sólo? —murmuró el doctor Felden—. Un ejemplo más claro de antropomorfismo...

—En algún momento tendrá que responder a la llamada de la naturaleza.

—¿La llamada de la naturaleza? —gritó Flint—. Ya la ha escuchado. Está ahí sentada como un elefante de circo...

—Mear, tío, mear —continuó el mayor—. Tendrá que levantarse para echar una meada tarde o temprano.

—Roguemos por que sea lo más tarde posible —dijo el psiquiatra—. La idea de esa forma monstruosa levantándose de la silla va a ser demasiado.

—En cualquier caso, probablemente tenga una vejiga como un globo sonda —dijo Flint—. Aunque no debe de estar pasando calor, y no hay nada como el frío para hacerle llenar a uno el orinal.

—En ese caso, será el acto final para la Schautz —dijo el mayor—. Eso nos sacaría del apuro, ¿eh?

—Se me ocurren maneras más adecuadas de decirlo —dijo el profesor—, y además eso no resuelve el problema del evidente martirio de Fräulein Schautz.

Flint los dejó discutiendo y salió a buscar al superintendente. Cuando pasaba por el centro de comunicaciones el sargento le llamó. De uno de los dispositivos de escucha salían una serie de gritos agudos y ruidos como de succión.

—Viene del micrófono orientado a la ventana de la cocina —explicó el sargento.

—¿La ventana de la cocina? —dijo incrédulo Flint—. A mí me suena como a una compañía de ratones bailando claqué en una fosa séptica. ¿Qué coño son esos grititos?

—Niños —dijo el sargento—. No es muy probable, ya lo sé, pero no he oído nunca a un ratón decirle a otro que cierre la boca. Y no viene del interior de la casa. Los dos tipos se han estado quejando de que no les quedaba nadie a quien disparar. Si quiere saber mi opinión...

Pero Flint ya estaba abriéndose camino entre los restos del invernadero en pos del superintendente. Lo encontró tumbado en la hierba junto al pabellón de verano al fondo del jardín de los Wilt, estudiando la anatomía de Gudrun Schautz con la ayuda de un par de gemelos.

—Es extraordinario lo que esos locos pueden llegar a hacer para darse publicidad —dijo a modo de explicación—. Ha sido buena idea mantener las cámaras de televisión fuera del alcance.

—Ella no está ahí por decisión propia —dijo Flint—. Cosas de Mrs. Wilt; es la ocasión para cazar a esos dos cerdos en la planta baja. De momento se han quedado sin rehenes.

—¿De verdad? —dijo el superintendente, y trasladó su atención con cierta renuencia a las ventanas de la cocina. En ese momento estaba enfocando los gemelos sobre el depósito del abono.

—Dios mío —murmuró—, he oído hablar de la fermentación rápida pero... Oiga, eche una mirada a ese recipiente, junto a la puerta trasera.

Flint tomó los gemelos y miró. Gracias al aumento pudo ver lo que el superintendente entendía por fermentación rápida. La basura estaba viva. Se movía, se elevaba, varias vainas de judía subían y bajaban, mientras que una remolacha emergía de pronto entre la masa y desaparecía de nuevo. Finalmente, y eso era lo más desconcertante de todo, algo que parecía una calabaza de Halloween con un mechón de pelo en lo alto, apareció por un lado del depósito.

Flint cerró los ojos, los abrió otra vez y lo que vio era una cara muy familiar tras una máscara de materia vegetal en descomposición.

22

Cinco minutos más tarde sacaron a Wilt sin ceremonias del montón de basura, mientras una docena de policías armados apuntaban a la puerta y a las ventanas de la cocina.

—Bang, bang, estás muerto —gritaba Josephine mientras la sacaban de aquella masa. Un policía la pasó como un paquete a través del seto y regresó por Penelope. Dentro de la casa, los terroristas permanecieron quietos. Flint los tenía ocupados al teléfono.

—Se terminaron los tratos —les estaba diciendo mientras la familia de Wilt era conducida a través del invernadero—. O salen con los brazos en alto y sin armas o entramos a tiros, y después de los diez primeros disparos ni siquiera sabrán quién les ha herido... Joder, ¿qué es esa peste tan horrible?

—Dice que la llaman Samantha —dijo el policía que llevaba a la fétida niña.

—Bien, llévense esa cosa asquerosa y desinféctenla —dijo Flint, buscando precipitadamente un pañuelo.

—No quiero que me desinfecten —bramó Samantha. Flint lanzó de reojo una mirada fatigada a todo el grupo y, por un momento, tuvo la sensación de pesadilla de que miraba algo en avanzado estado de descomposición. Pero la visión se desvaneció. Ahora veía que no era más que Wilt cubierto de basura.

Vaya, mirad lo que trajo el gato. Si es el mismo Basura Casanova en persona, nuestro héroe del momento. He visto cosas repugnantes en mi vida, pero...

–Encantador –dijo Wilt–. Considerando todo lo que acabo de pasar, créame que podría prescindir de esas ironías sobre la *nostalgie de la boue*. ¿Y qué hay de Eva? Ella aún está arriba y si empiezan ustedes a disparar...

–Cállese, Wilt –dijo Flint, poniéndose en pie trabajosamente–. Sepa usted que de no haber sido por el reciente entusiasmo de Mrs. Wilt por ahorcar a la gente ya estaríamos dentro de la casa hace una hora.

–¿Su entusiasmo por *qué?*

–Que alguien le dé una manta –dijo Flint–, ya he visto bastante a este vegetal humano para todo lo que me queda de vida.

Entró en la sala de conferencias con Wilt detrás, envuelto más bien escasamente en uno de los chales de Mrs. de Frackas.

–Caballeros, me gustaría presentarles a todos ustedes a Henry Wilt –dijo al asombrado equipo de combate psicológico–, ¿o debería decir al camarada Wilt?

Wilt no oyó la ironía. Estaba mirando la pantalla del televisor.

–Ésa es Eva –dijo petrificado.

–Sí, bueno, supongo que hay que conocerla –dijo Flint–. Pues al final de todas esas cuerdas está su compañera de juegos, Gudrun Schautz. En el momento en que su señora se levante de esa silla estará usted casado con la primera mujer verdugo de las Islas Británicas. A mí eso ya me está bien. Estoy totalmente a favor de la pena capital y de la liberación de la mujer. Desgraciadamente, estos caballeros no comparten mi ausencia de prejuicios y el ahorcamiento casero está fuera de la ley, así que si no quiere usted que acusen a Mrs. Wilt de homicidio justificado es mejor que piense algo, y rápido.

Pero Wilt se había sentado, mirando consternado la pantalla. Su propio terrorismo alternativo era una filfa comparado con el de Eva. Allí estaba ella, tranquilamente sentada esperando a que la asesinaran y había planeado una espantosa fuerza disuasoria.

—¿No pueden llamarla por teléfono? –preguntó finalmente.

—Para qué tiene la cabeza, hombre. En cuanto se levante...

—Entiendo –dijo Wilt apresuradamente–. Y supongo que no hay manera de poner una red, o algo, debajo de Miss Schautz. Quiero decir...

Flint lanzó una carcajada sardónica.

—Oh, ahora es Miss Schautz, ¿no? Qué modestia. Considerando que hace sólo unas horas estaba usted beneficiándose a esa zorra, le diré que...

—Bajo presión –dijo Wilt–. Usted no pensará que yo tengo la costumbre de irme a la cama con asesinas, ¿verdad?

—Wilt –dijo Flint–, lo que usted haga en su tiempo libre no es asunto mío. O no lo sería mientras usted se mantuviera dentro de los límites de la ley. En cambio llena usted la casa de terroristas y les da lecciones sobre teoría del asesinato en masa.

—Pero eso era...

—No replique. Tenemos grabado todo lo que dijo. Hemos elaborado un psico...

—Perfil –apuntó el doctor Felden, que prefería estudiar a Wilt en lugar de mirar a Eva en la pantalla.

—Gracias, doctor. Un psicoperfil de su...

—Un perfil psicopolítico –dijo el profesor Maerlis–. Me gustaría que Mr. Wilt explicara dónde obtuvo un conocimiento tan extenso de la teoría del terrorismo.

Wilt se sacó una peladura de zanahoria de la oreja y suspiró. Siempre pasaba lo mismo. Nadie le comprendía ni le comprendería jamás. Era una criatura de una incomprensibilidad infinita y el mundo estaba lleno de idiotas, él incluido. Y todo ese tiempo Eva seguía en peligro de muerte, y de matar. Se puso de pie cansinamente.

—De acuerdo, si es así como lo quieren, volveré a la casa y les diré a esos maníacos que...

—Ni lo sueñe –dijo Flint–. Se quedará exactamente donde está y pensará una solución al embrollo en que nos ha metido a todos.

Wilt se volvió a sentar. No se le ocurría nada que pudiera sacarles de ese callejón sin salida. El azar reinaba y sólo el caos podría determinar el destino del hombre.

Y como para confirmar esta opinión, les llegó el eco de un gruñido sordo en la casa de al lado, seguido de una violenta explosión y el estruendo de cristales rotos.

–Dios mío, esos cerdos se han volado a sí mismos como kamikazes –gritó Flint mientras varios soldados de juguete se tambaleaban sobre la mesa de ping-pong. Dio la vuelta y corrió al centro de comunicaciones con el resto del equipo de Combate Psicológico. Sólo Wilt permaneció mirando fijamente el monitor. Por un momento, le había parecido que Eva estaba a punto de levantarse de la silla. Pero se había echado hacia atrás de nuevo y estaba sentada tan impasible como antes. Desde la otra habitación se oía al sargento que le gritaba a Flint su versión del desastre.

–No sé lo que ha pasado. Primero, estaban hablando de entregarse y quejándose de que utilizábamos gases tóxicos, y un momento después todo ha explotado. No creo ni que supieran la causa de la explosión.

Pero Wilt sí lo sabía. Con una alegre sonrisa se puso en pie y se dirigió al invernadero.

–Si quieren ustedes seguirme –le dijo a Flint y a los otros–. Puedo explicárselo todo.

–Espere un momento, Wilt –dijo Flint–. Pongamos esto en claro. ¿Acaso está sugiriendo que es usted el responsable de esa explosión?

–Sólo incidentalmente –dijo Wilt, con la sublime confianza del hombre que sabe que está diciendo solamente la verdad–, sólo incidentalmente. No sé si están ustedes familiarizados con el funcionamiento de los retretes orgánicos, pero...

–Oh, mierda –dijo Flint.

–Precisamente, inspector. Pues bien, la mierda se convierte anaeróbicamente dentro del retrete orgánico o, hablando más propiamente, del váter alternativo, en metano; el metano es un gas que se

252

inflama con la mayor facilidad al contacto con el aire. Y Eva ha hecho todo lo posible por convertirse a la autosuficiencia. Sueña con cocinar por medio del movimiento perpetuo o más bien por movimientos perpetuos. Así, la cocina está conectada con los retretes orgánicos, y lo que llega a un extremo vuelve por el otro y viceversa. Por ejemplo, un huevo cocido...

Flint se le quedó mirando incrédulo.

–¿Huevos cocidos? –gritó–. Me va usted a decir ahora que los huevos cocidos... Oh, no. No, decididamente no. Ya nos hemos tragado antes la historia del pastel de cerdo. Esta vez no se burlará de mí. Voy a llegar al fondo de todo esto.

–Anatómicamente hablando... –comenzó Wilt, pero ya Flint estaba atravesando el invernadero con dificultad en dirección al jardín. Una mirada por encima de la cerca bastó para convencerle de que Wilt tenía razón... Las pocas ventanas que quedaban en el piso de abajo de la casa estaban salpicadas de pegotes de papel amarillo y alguna otra cosa. Pero era la peste que se le vino encima lo que acabó de convencerle. El inspector buscó a tientas su pañuelo. Dos extraordinarias figuras habían salido tambaleantes por las destrozadas ventanas del patio. Como terroristas eran irreconocibles. Chinanda y Baggish habían comprobado toda la fuerza del retrete orgánico y eran ejemplos perfectos del valor de su propia ideología.

–Mierdas cubiertas de mierda –murmuró el profesor Maerlis, contemplando horrorizado los excrementos humanos que avanzaban por el sendero.

–¡Quietos ahí! –gritó el jefe de la brigada antiterrorista mientras sus hombres les apuntaban con los revólveres–. Los tenemos cubiertos.

–Una observación bastante innecesaria, en mi opinión –dijo el doctor Felden–. He oído hablar de cerebros destruidos por el absurdo pero nunca me había dado cuenta del potencial desestabilizador del estiércol sin tratar.

Pero los dos terroristas habían dejado atrás su celo por la destrucción del fascismo pseudodemocrático. Su preocupación ahora era de tipo personal. Se revolcaban por el suelo en un frenético intento por librarse de aquella asquerosidad mientras por encima de ellos Gudrun Schautz les contemplaba con una sonrisa imbécil.

Wilt entró en la casa una vez que Baggish y Chinanda fueron puestos en pie por unos policías no muy entusiastas. Wilt atravesó la devastada cocina, y saltó por encima de la anciana Mrs. de Frackas y fue escaleras arriba. Dudó un instante en el descansillo.

–Eva –llamó–, soy yo, Henry. Todo va bien. Las niñas están a salvo. Los terroristas están arrestados. Tú no te levantes de esa silla. Voy a subir.

–Te advierto que si es un truco no seré responsable de lo que suceda –gritó Eva.

Wilt sonrió, feliz, para sus adentros. Ésa era su Eva, hablando en contra de toda lógica. Subió al ático y se quedó en el umbral de la puerta mirándola con abierta admiración. Ahora sí que ella no tenía nada de estúpido. Sentada allí, desnuda y sin vergüenza, poseía una fuerza que él nunca podría tener.

–Querida –dijo sin precaución antes de interrumpirse. Eva le estaba estudiando con franco disgusto.

–No me digas a mí «querida», Henry Wilt –dijo ella–. ¿Y cómo te has puesto en ese asqueroso estado?

Wilt se miró el torso. Ahora que se fijaba, estaba en un estado realmente asqueroso. Un pedazo de apio asomaba de forma bastante ambigua por el chal de Mrs. de Frackas.

–Bueno, la verdad es que yo estaba en el tanque de basura con las niñas...

–¡Con las niñas! –gritó Eva furiosa–, ¿en el tanque de basura?

Y antes de que Wilt tuviera ocasión de explicarse, ya se había levantado de la silla. Mientras ésta salía disparada por la habitación, Wilt se precipitó sobre la cuerda, se aferró a ella, fue a parar contra la pared opuesta y finalmente consiguió apalancarse tras el armario.

–Por el amor de Dios, ayúdame a levantarla –gritó–. No puedes colgar a esa zorra.

Eva se puso en jarras.

—Ése es tu problema. Yo no le estoy haciendo nada. Eres tú quien sujeta la cuerda.

—Sólo por los pelos. Y supongo que vas a decirme que si de verdad te quisiera la soltaría. Bueno, pues déjame que te diga...

—No te molestes —gritó Eva—. Ya te oí en la cama, con ella. Sé cómo estabas de lanzado.

—¿Lanzado? —chilló Wilt—. La única manera que tenía de lanzarme era imaginarme que eras tú. Sé que puede parecer inverosímil...

—Henry Wilt, si crees que me voy a quedar aquí a que me insultes...

—No te estoy insultando. Te estoy haciendo el mayor maldito cumplido que te hayan hecho en la vida. Sin ti no sé lo que habría hecho. Y por el amor de Dios...

—Yo sí sé qué habrías hecho sin mí —gritó Eva—, habrías hecho el amor con esa horrible mujer...

—¿Amor? —aulló Wilt—. Eso no era amor. Eso era guerra. Esa zorra se cebó en mí como un escaramujo hambriento de sexo, y...

Pero era demasiado tarde para explicaciones. El armario se estaba moviendo, y en el último momento Wilt, aún aferrado a la cuerda, se elevó lentamente en el aire hacia el gancho del balcón. La silla se vino tras él, que se había quedado aplastado contra el techo, con la cabeza en un curioso ángulo. Eva le miraba indecisa. Por un segundo dudó, pero ya que las niñas estaban por fin a salvo no podía dejarle ahí, y era un error ahorcar a la alemana.

Eva se agarró de las piernas de Wilt y comenzó a tirar. Fuera, el policía había podido alcanzar a Gudrun Schautz y trataba de cortar la cuerda para bajarla. Al romperse la cuerda, Wilt se cayó de su inestable posición confundido entre pedazos de la silla.

—¡Oh, cariño mío! —dijo Eva, con una voz que de pronto había adquirido un tono de nueva y, para Wilt, alarmante solicitud. Era típico de esa maldita mujer convertirlo prácticamente en un inválido para luego tener remordimientos de conciencia. Cuando ella le cogió en sus brazos, Wilt se puso a gemir y decidió que había llegado el momento de hacer mutis diplomáticamente. Se desmayó.

Abajo en el patio, Gudrun Schautz también estaba inconsciente. Antes de que pudiera resultar más que parcialmente estrangulada la habían bajado en brazos. Ahora, el jefe de la brigada antiterrorista le estaba practicando el boca a boca con un apasionamiento algo mayor de lo necesario. Flint se apartó de esta relación contra natura y entró con precaución en la casa. Un agujero en el suelo de la cocina daba testimonio de la fuerza destructiva de un retrete biológico.

–Sólo a ellos se les podía ocurrir –murmuró detrás del pañuelo. Se deslizó hacia el hall dirigiéndose luego a las escaleras que llevaban al ático. La escena que contempló no hizo sino confirmar su opinión. Los Wilt estaban uno en brazos del otro. Flint se estremeció. Nunca comprendería qué veían el uno en el otro esos dos seres diabólicos. Y puestos a pensar, mejor no saberlo. Hay ciertos misterios que es preferible no intentar desvelar. Se volvió para regresar a ese mundo suyo, más formal, donde no había tan espantosas ambigüedades; en el descansillo, las cuatrillizas le dieron la bienvenida. Estaban vestidas con unas ropas que habían encontrado en los cajones de una cómoda de Mrs. de Frackas y llevaban puestos sombreros que habían estado de moda antes de la Primera Guerra Mundial. Cuando intentaban pasar, Flint las detuvo.

–Creo que mami y papi no quieren que se les moleste –dijo, aferrándose con fuerza a la idea de que a los dulces niños se les debe evitar la visión de sus padres desnudos presumiblemente haciendo el amor. Pero las cuatrillizas Wilt nunca habían sido dulces.

–¿Qué están haciendo? –preguntó Samantha.

Flint tragó saliva.

–Están... ejem... prometidos.

–¿Quiere decir que no están casados? –preguntó Samantha encantada ajustándose bien su boa.

–Yo no he dicho eso... –comenzó Flint.

–Entonces somos bastardas –gorjeó Josephine–. El papá de Michael dice que si las mamis y los papis no están casados a sus niños se les llama bastardos.

Flint se quedó mirando aquella niña espantosamente precoz.

–Ya lo puedes decir –murmuró, y fue a bajar las escaleras. Arriba se oía a las cuatrillizas que cantaban algo sobre los papis que tiene colita y las mamis que tienen... Flint corrió fuera del alcance de sus voces y encontró un considerable alivio en la peste de la cocina. Los de la ambulancia se estaban llevando a Mrs. de Frackas en una camilla. Sorprendentemente, todavía estaba viva.

–La bala se alojó en su corsé –dijo uno de los enfermeros–, es un pájaro correoso. Ya no los hacen como ése.

Mrs. de Frackas abrió un ojo negro.

–¿Las niñas todavía viven? –preguntó débilmente.

Flint asintió.

–Todo va bien. Están sanas y salvas. No debe preocuparse por ellas.

–¿Por ellas? –gimió Mrs. de Frackas–. No dirá usted en serio que me preocupo por ellas. Es el pensamiento de que tendré que vivir en la casa de al lado de esas pequeñas salvajes lo que...

Pero el solo esfuerzo de expresar su horror era demasiado para ella y se dejó caer de nuevo sobre la almohada. Flint la siguió hasta la ambulancia.

–Quítenme el gota a gota –rogó cuando la introducían en el coche.

–No puedo hacer eso, señora –dijo el enfermero–, es ilegal.

Cerró las puertas y se volvió hacia Flint.

–Tiene conmoción, pobrecilla. A veces les pasa. No saben lo que están diciendo.

Pero Flint sabía que no era así, y mientras la ambulancia se alejaba su corazón partía también con la valerosa anciana. Él mismo estaba pensando en pedir un traslado.

23

Estaban al final del trimestre en la Escuela Técnica. Wilt atravesaba a pie el terreno comunal mientras la escarcha cubría la hierba, los patos anadeaban por el río y el sol brillaba desde un cielo sin nubes. No tenía que asistir a ninguna reunión del comité y no tenía clase. La única nube en el horizonte era la posibilidad de que el director quisiera felicitar a la familia Wilt por la forma notable como escaparon del peligro. Para evitarlo, Wilt ya le había anunciado al subdirector que tal grado de hipocresía sería del peor gusto. Si el director tuviera que expresar sus verdaderos sentimientos, habría de admitir que su más ferviente deseo era que los terroristas hubiesen llevado a cabo sus amenazas.

El doctor Mayfield compartía la misma opinión. Los servicios especiales habían «peinado» a los alumnos de Inglés Avanzado para Extranjeros, y la brigada antiterrorista había detenido a dos iraquíes para interrogarles. Incluso el plan de estudios había sido sometido a examen, y el profesor Maerlis, hábilmente asistido por el doctor Board, había presentado un informe que censuraba los seminarios sobre Teorías Contemporáneas de la Revolución y Cambio Social como claramente subversivos e incitadores a la violencia; y el doctor Board había contribuido a exonerar a Wilt.

–Teniendo en cuenta a los chalados políticos con los que tiene que habérselas en su departamento, es un milagro que Wilt no sea un fascista radical. Tomemos a Bilger, por ejemplo... –le decía al oficial de servicios especiales que estaba a cargo de la investigación. El oficial tomó, efectivamente, a Bilger. También había proyectado la película, habiéndola contemplado con incredulidad.

–Si ésta es la clase de marranada que usted promociona entre sus profesores, no me extraña que el país se encuentre tan revuelto como está –le dijo al director, que había tratado en seguida de echarle la culpa a Wilt.

–Yo siempre he considerado este asunto una vergüenza –dijo Wilt–, y si usted echa una mirada a las actas de las reuniones del Comité de Educación, comprobará que yo quería hacerlo público. Creo que los padres tienen derecho a saber si a sus hijos se les adoctrina políticamente.

Y las actas habían demostrado que él tenía razón. A partir de ese momento, Wilt estuvo fuera de toda sospecha. Oficialmente.

Pero en el terreno doméstico la sospecha todavía persistía. A Eva se le había metido en la cabeza despertarle de madrugada para pedirle una prueba de su amor.

–Claro que te quiero, maldita sea –gruñía Wilt–. ¿Cuántas veces tengo que decírtelo?

–Los actos valen mucho más que las palabras –respondió Eva, pegándose a él.

–Oh, bueno –dijo Wilt. Y el ejercicio le había sentado bien. Más delgado y saludable, Wilt caminaba a paso vivo hacia la Escuela; el hecho de saber que no tendría que recorrer ese camino de nuevo elevaba su espíritu. Se iban de Willington Road. El camión de las mudanzas ya había llegado cuando él salió de casa, y esa tarde volvería a su hogar en el 45 de Oakhurst Avenue. La elección de la nueva casa había sido cosa de Eva. Estaba varios grados más abajo en la escala social que Willington Road, pero aquella gran casa tenía malas vibraciones para ella. Wilt deploraba la expresión, pero estaba de acuerdo. A él siempre le habían desagradado las pretensiones del vecindario y Oakhurst Avenue era tan agradablemente anónima.

—Al menos estaremos lejos de la Haute Académie y de los residuos de la arrogancia imperial —le dijo a Peter Braintree mientras estaban sentados en el Gato por Liebre tras el discurso del director. No se había hecho mención de las aventuras de Wilt y había que celebrarlo—. Y en la esquina hay un pub tranquilo, de forma que no tendré que destilar mi propia pócima.

—Gracias a Dios. ¿Pero Eva no echará de menos su estiércol y todo eso?

Wilt se bebió la cerveza alegremente.

—Los efectos educativos de la explosión de las fosas sépticas tienen que verse para creerse —comentó—. Decir que las nuestras revelaron los defectos fundamentales de la Sociedad Alternativa sería quizá ir demasiado lejos, pero ciertamente la idea se le ha ocurrido a Eva. He notado que ha vuelto al papel higiénico esterilizado y no me extrañaría enterarme de que está haciendo el té con agua destilada.

—Pero tendrá que encontrar algo en que ocupar su energía.

Wilt asintió:

—Ya lo ha encontrado. Las cuatrillizas. Está decidida a ocuparse de que no crezcan a imagen de Gudrun Schautz. Una batalla perdida, en mi opinión, pero al menos he conseguido evitar que las envíe a un convento. Es notable lo que ha mejorado su lenguaje últimamente. En conjunto tengo la impresión de que a partir de ahora la vida va a ser más apacible.

Pero como muchas de las predicciones de Wilt, ésta era prematura. Cuando después de pasar una hora ordenando su oficina se dirigió alegremente hacia Oakhurst Avenue, se encontró la nueva casa vacía y cerrada. No había señales de Eva, de las cuatrillizas ni del camión de la mudanza. Esperó alrededor de una hora y luego telefoneó desde una cabina. Eva explotó al otro extremo.

—A mí no me eches la culpa —gritó—, los de la mudanza han tenido que descargar el camión.

—¿Descargar el camión? ¿Pero por qué demonios?

—Es que Josephine se escondió en el armario, y era lo primero que habían cargado. Por eso.

—Pero ésa no era razón para descargarlo —dijo Wilt—. Ella no se iba a asfixiar y de paso le habría servido de lección.

—Y qué me dices del gato de Mrs. de Frackas, el caniche de los Ball y los cuatro conejitos de Jennifer Willis...

—¿Los qué? —dijo Wilt.

—Estaba jugando a rehenes —gritó Eva—, y...

Pero el teléfono se tragó la moneda. Wilt no se molestó en poner otra. Siguió andando por la calle preguntándose qué era lo que sucedía en su matrimonio con Eva que las cosas cotidianas se convertían en pequeñas catástrofes. No podía imaginarse qué tipo de sentimientos había experimentado Josephine en el armario. Hablando de traumas... Bueno, no había nada como la experiencia. Mientras se dirigía al pub de Oakhurst Avenue, Wilt sintió una repentina lástima por sus nuevos vecinos. Todavía no tenían ni idea de lo que se les venía encima.